如莲的心事

郭文斌 著

中国工人出版社

图书在版编目（CIP）数据

如莲的心事 / 郭文斌著. —北京：中国工人出版社，2017.5
（华章书系 / 古耜主编）
ISBN 978-7-5008-6680-0

Ⅰ.①如… Ⅱ.①郭… Ⅲ.①散文集—中国—当代 Ⅳ.①I267

中国版本图书馆CIP数据核字（2017）第112216号

如莲的心事

出 版 人	芮宗金
责任编辑	傅 娉
责任校对	董春娜
责任印制	黄 丽
出版发行	中国工人出版社
地 址	北京市东城区鼓楼外大街45号 邮编：100120
网 址	http://www.wp-china.com
电 话	（010）62005043（总编室） （010）62005039（出版物流部） （010）62379038（社科文艺分社）
发行热线	（010）62005049 （010）62005042（传真）
经 销	各地书店
印 刷	三河市万龙印装有限公司
开 本	710毫米×1000毫米 1/16
印 张	16.75
字 数	250千字
版 次	2017年7月第1版 2017年7月第1次印刷
定 价	36.00元

目录

辑一　永远的堡子

辑二　好大一个年

辑三　子在川上曰

辑四 生命之河

辑五 如莲的心事

辑 一

永远的堡子

在“堡子里”的故事中，母亲是一个关键性人物。

母亲不知书却达理，她待伯母一直如古式的儿媳待婆婆。

她自己为自己编排了一套行为规范，

事实上也就编排了她的一生。

布底鞋

月光从淡蓝色的纱窗里照进来，小屋子便如一个缥缈的梦。梦中，这声音便有一种邈远而又古旷的味道，似乎它并不出自母亲的双手，而是来自遥遥上古、茫茫天外。

儿子和妻子已睡熟了。我翻完了一本杂志的最后一页，拉了灯，准备休息，却听见母亲还在外屋“刺儿刺儿”地纳鞋底，仿佛被什么击了一下似的，我呆坐在凳上……

这声音太熟悉了，熟悉得有点儿陌生。

当我还在母亲腹中时，就听到了这种声音。那时，母亲给我纳着第一双鞋底。之后，便有了第二双，第三双……

鞋底一年比一年宽肥，声音一双比一双浊重，母亲手上磨起的老茧也一年比一年粗厚。母亲就那样不停地纳着，纳了一双又一双，纳进她的期冀，纳进她的慈爱。我也就在这亲切的声音里拔节。多少次，当我惊醒时，那摇篮曲似的“刺儿刺儿”的声音仍在响着，母亲还在穿针引线，或借一盏荧荧油灯，或借一月脉脉清辉。

之后，我上学了，每晚，母亲在操劳完家务后，就坐在或读书或写字的我的身边纳起来。不时地看看我，将满心的希冀纳成慈祥而又温暖的歌，纳成一条清凉而又温柔的溪流，承载着我，鼓励着我，给我意志，给我力量，洗去不时向我袭来的倦意，抚平不时向我挑衅的浮躁。

那时，我才懂得，真正的监督和鼓励是无声的。

有一年，母亲上山打柴时，摔了一跤，右手被镰刀割伤了。看着连筷子都拿不成的母亲，我的心里很难过。不单单是因为心疼母亲，还意味着我将要光着脚板上学了。当时，我脚上的鞋已经藏不住大拇指了，母亲正在给我赶做一双新的布底鞋。

庄户人的活计是一天也不能停的。放学后，我必须接替母亲上山打柴，而脚上的鞋是再也不敢穿了，因为它已经经不起上一次山了。明天，我还要穿着它去上学。小的时候，穷得做不起鞋，光着脚板上学没什么，而眼下我已经是四年级了，四年级了还光着脚板，同学们会笑的。

于是，我只好光着脚板上山打柴，可是，恶毒的刺就好像故意和我作对似的一根接一根地扎进我的脚板。我疼得哇哇直叫，回到家里，母亲流着泪给我用针挑刺。

第二天，我醒来时，眼前放着一双新鞋。可以穿新鞋上学了！我高兴得不知说什么好，拿起来刚要试穿，却怔住了，那白色的鞋底上沾满了鲜血，触目惊心。

泪就来了。

那一天上课，我第一次改掉了做小动作的坏毛病，听得格外认真。

我是穿着母亲做的布底鞋走完人生第一程的。

那年，我怀着万分喜悦的心情，穿着母亲新做的布底鞋踏进了师范的大门，但是，没过多久，我就和布底鞋告别了。

当我怀着复杂的心情，脱下那双母亲熬了几个通宵赶出来，料最好、工最细的毛边布底鞋，换上一双新买的运动鞋时，我的脑海里冒出一个词：叛变。

夜，很深了。月光从窗外照进来，小屋子便如一个缥缈的梦，如同当年在月下入迷地倾听母亲娓娓讲述远古的传说似的，我静听着这亲切的刺儿刺儿的声音，带着母亲的乳香，溪流般在深夜里流淌。流淌出一段甜蜜而又苦涩的记忆，冲刷着我被岁月尘封了的心。

人往往最容易忽视别人。

当年母亲点灯熬夜，用心、用血纳鞋底是为了生存，想不到今天也是为了生存。

下了班，匆匆吃饭后，妻子争分夺秒地给儿子教识字，而我纯粹用小说打发时光，母亲一人坐在外屋里，孤单单地，多寂寞呀！

不纳鞋底再干什么呢？纳鞋底成了母亲排遣寂寞的一种方式。我知道，只要这刺儿刺儿的声音响起，她老人家就会看见她的儿女们一串歪歪斜斜的脚印、歪歪斜斜的故事，她的心里也就充满了儿女们跌跌打打的欢声笑语，就不再寂寞，不再孤独。

我开门出去，走近在灯下弯成一张弓的母亲身边，问，妈，给谁纳呢？

纳成了再说。母亲一边用牙咬住穿在鞋底中的大针，使劲往外拽，一边说。

我能穿吗？

母亲抬起头来，非常意外地看着我。

永远的堡子

至今没有写成一篇关于母亲的文章。这并不是因为我的疏懒，而是因为一个堡子，一个我从中长大可是至今仍然难以进入的堡子。

三十年前的一天，祖母撒手人寰。她老人家辛苦一生给父亲留下了两样东西，一样是一个具有职称意义的大堡子，一样是一句具有宪法意义的遗嘱。临终时她将父亲和母亲叫到炕头说，好生待你兄嫂，就咽了气。祖母之所以要以此为嘱，除过伯父较之父亲有点儿老实外，更重要的是伯母不生育。

一个堡子难坐两家人，按照常理，分家是难免的。然而事实却大大走向人们的意料之外。到了我能记事时，“堡子里”已经成为一个传奇式的家庭话题，一个稀罕的伦理现象，从而具有了传颂的意义。以致母亲偶尔去一趟街上，人们都要争相观看。为此每当人们提到“堡子里”时，我的脸上就像将军的后代听到人们谈论将军的赫赫战功似的大放光芒。

可是随着我年龄的增长，这种光芒却渐渐变成一种揪心而又难以言说的滋味。

在“堡子里”的故事中，母亲是一个关键性人物。

母亲不知书却达理，她待伯母一直如古式的儿媳待婆婆。她自己为自己编排了一套行为规范，事实上也就编排了她的一生。

伯母每天早起时都有一声习惯性的干咳，而母亲在这声干咳前已经干完了掏灶灰、扫院、挑水、垫牛圈等一应事务。大概是伯母感到这样有点儿不妥，一再将干咳的时间提前，但是总也赶不到母亲的前边去，就说，以后灶灰放下我来掏，院让我来扫……母亲就说：我是大脚嘛。母亲显然将此作为一种礼仪贯彻着，几十年如一日，即便在大病之中也要挣扎着起来干完这些再回屋躺下，几次都晕倒在院里。

每次做饭前，母亲总要去问伯母，嫂子，这顿做啥？伯母常常就生气，你想做啥就做嘛，问啥着呢。但下顿母亲还是要问，嫂子，这顿做啥？可见请示已成了她的习惯。从后来母亲帮妻子带孩子时做饭闹出的笑话，我们可以知道她老人家将这种习惯强化到何种程度。一天，妻子正在上课，母亲推开门问，把土豆切成丝还是块？惹得学生大哗。做好饭，如果伯父和伯母不在，她就不让其他人动筷子。中午，眼看上学时间已到，我们急得直哭，母亲却压死阵脚不从锅里往出舀饭，因为伯父和伯母还没有回来。我们就抹着泪空着肚子去上学。一个夏天，伯母因为一件事耍了脾气不吃饭，一锅饭就馊在锅里。

我们出外买些衣物回来，她总要说，给你娘给你娘，我能行。所以即便是最困难的时候，伯父伯母还有两件新衣服，而她和父亲则一直穿着我们的退役货。偶尔有些好吃的，她也是先给伯父伯母送去，而伯父伯母也大多只是尝一下就给了我们，但是这个程序却历来一丝不苟。

伯母是一双小脚，隔一段时间就要像给伤员换药似的拆洗一次裹脚。每当拆裹脚时，我们总是捂了鼻子躲开，因为那种气味实在太逼人。但是伯母后半生的这个工作却全由母亲承担了下来，而且做得让人看起来是那么富有诗意。剥呀剥，剥了再洗，洗了再剪，眉头也不皱一下。也正因为伯母是小脚，所以家里家外的重活母亲都揽在身上。我真担心，整天这样超负荷高速旋转的母亲，说不定在什么时候会突然熄火，或者爆炸。

人毕竟是人，在这么长的岁月里，说她们之间完全没有摩擦是不真实的，但是要想找出她们之间的一点具体纠葛还真不容易。显然，她们即使有过摩擦也是对晚辈严密封锁的，对外就更不用说了。有一次她们的口舌相对公开化，可怜母亲在没有丝毫防备的情况下被父亲一顿铁尺差点儿打断了脚踝骨。没想到母亲却对此守口如瓶，隔壁就是她的娘家，她也没有去诉一下冤屈，只是躺在炕上“害了半年病”。亲戚邻人来看，也不知道事情真相。

现在想来，如果分开过，无疑对大家都有好处，特别对母亲是一个巨大的解放。但他们几十年一直将分家作为一个大忌，小心翼翼地回避着，就连曾经有过的几次堂皇的分家机会他们也都坚决放弃了。一次是乡上养老院建成，条件十分优越，让许多非“五保”老人眼馋，但当队长动员伯父和伯母时，平时老实巴交的伯父措辞却极尽敏锐：是人家两口子待我们不好呢，还是儿女们对我们不孝顺，要到那个地方去？噎得队长说不出话来。一次是我工作后，让伯父伯母随我住进城里，但他们却执意不肯。由于“堡子”的缘故，我们成了队里成分最高的人家，为此受到当时高成分人家通常的待遇，口粮也就常常接不上。一个很冷很冷的冬天，伯母背上背篓出门讨要，被母亲夺下。事情坏就坏在她夺下背篓时说的一句话，要也轮不到你要。惹得伯母生了平生最大的一次气。她当即哭着进了屋子，关上房门。母亲意识到是自己说岔话了，就忙敲伯母的门，嫂子，你别往心上去，我的意思是说我是大脚。两天后，感冒发着高烧又被狗咬得遍体鳞伤的母亲回来了，没有坐下喝上一口热水，却被父亲兜头就是一顿拳脚。同样，她仍然十分平静地接受了父亲的毒打，没有丝毫反抗。而且等父亲停下拳脚就奔向伯母屋里给伯母再次下话。这件事将我们都搞蒙了，后来才知是伯母从母亲的话中听出了生分：为什么不能轮到我去要，不就因为娃娃不是我的吗？母亲就晕过去了。保健员说狗咬伤最忌生气，况且她正患重感冒。伯母就伏在母亲的身上哭了起来。谁料就在第二天做午饭时，母亲竟又颤巍巍地站在伯母的门口，问，嫂子，这顿做啥？

就是在这样困难的时候，父母也忌讳接受针对伯父伯母的任何照顾性项目。大哥好不容易为伯父申请来一笔“五保”津贴，却惹得父亲发了一通火，你们有本事就自己挣钱孝敬老人……

后来，嫂子进门，这给母亲带来了从未有过的困惑，到底该以何种姿态出现？是当婆婆呢还是继续当她的弟媳？最终，她选择了后者。这让不知内情的人一直搞不清她们婆媳、妯娌之间的关系，几次陌生人到家里都闹出了笑话。更重要的是，母亲的选择给“堡子里”的运转造成难释的尴尬。所以在我结婚后，族人召开“堡子会议”，让父亲指定伯父的继嗣人分开过，但父母却坚决不肯，这多少让一些人怀疑父母在继嗣问题上的态度。

一九九四年，伯母的人生列车开到最后一站。在她咽气的前三天，母亲为她洗了最后一次脚。这个工作完全可以由儿媳和女儿来完成，但是她执意不让。伯母咽气有过一个长达半天的滞留徘徊。这一阶段母亲正在厨房里忙活。突然，她像记起什么似的一边在护巾上擦手，一边跑过去站在伯母头顶，拉着伯母的手叫了一声嫂子。不想很久不能动弹的伯母竟动了动手指，然后咽了气。也许她要向母亲表达的太多太多了，以致平时任何一个场合、任何一种方式都难以容纳，最后她选择了永别这一时刻。这真是一种极致的言简意赅。

接着，一个门扇将父母的道德水准送达别人永远无法企及的高度，也翻开了他们对待兄嫂暨祖母遗言实质性的一页，让人们心里一直悬着的一个惊叹落到实处。

老人去世后的出门告是农村继嗣关系的核心一环，谁是谁永久的儿子就确立在那一页贴在立在大门外门板上的白纸上。我的身下曾有一个弟弟，据说是指给伯父母的，但老天却像存心要创造一个人伦道德的险峰让父母攀越似的将他带走了。儿女中有继嗣权的男性就剩下哥哥和我，伯父伯母去世后必须要有一个续“香火”的人。可以说，这在农村是一个高于活着本身的重大习俗。多少人英明一世却因为在这个问题上留下败笔而被人唾骂。阴阳先生在写门告时问写哥还是我。可是我们两个感情上都无法接受因此被截然分开。写哥，那么我就不是伯父母的儿子；写我，那么哥就不是伯父母的儿子。总之，这是一种排斥关系，而排斥是一种生分，我们被温情的太阳永远不落的“堡子”孵化的心灵拒绝这种生分的寒风陡然刮过。

说起来大概人们有点儿难以相信，我十几岁了还不知道到底谁是我的亲生父母。通常我是管伯父伯母叫“爹”“娘”，管父母叫“大”“妈”的，并且觉得“爹”“娘”要比“大”“妈”亲得多。因为他们总是和优待有关，和救护有关，往往是他们将我们从父母的鞭笞中搭救出来。所以，我们弟兄差不多是在伯父母怀里睡大的。及至到了三弟，伯母的母性简直达到极致，三弟过了满月没多长时间就在伯母怀里……

事情进入僵局。这时母亲提议将我们二人都写上。阴阳先生说，自古以来没有这么做的。母亲说，等我死了你也将他们两个都写上不就行了。阴阳先生说，那不行。你没有看过《包公断子》一戏吗？到阴间你们两个争儿子怎么办？不料一向“迷信”的母亲却说，活着时都没有争，死了还争个啥，就这么办吧。于是就有了这个旷古奇闻，一个一生没有生养的女人却拥有两个具有“法定”意义的亲儿子，我们兄弟就有了两对超血缘意义上的亲生父母。阴阳先生含泪写上了我们兄弟俩的名字，办理丧事的亲邻莫不唏嘘垂泪、感慨万千。

办理完丧事，母亲让我在家里多住些日子，给伯父做个伴儿。伯母活着的时候，晚上睡觉时母亲严格地将儿孙等分到她和伯母之间。现在，伯父的衣食住一应由她料理，这并不是说嫂子不愿做，母亲是想做完自己最后的一件活。每逢伯母的祭日，即使自己住院也绝口不通知我们的母亲总要捎话带信地将我们叫回，并叮嘱买上伯母生前喜欢吃的东西做祭物。一回去，她就嚷着让我们早点儿将伯父的棺木准备好，有可能的话将伯父带到城里去看看。

一片荞地

接到电话时，我没有丝毫紧张，我想娘一定会等我的。如果她真要走的话，也会给我打个招呼的。娘果然等着我。当我站在炕头时，她的眼角流下泪来。

娘已经好几天没有吃东西了，吃下去就吐。前不久，我回去时，她说她出奇地想吃个化心梨，我却单单地没有拿。这次我特意为她买来了化心梨，她却吃不下去了。我想这笔债定是欠下了，永远欠下了。

想不到娘最后的一站路竟是揪心裂肺的疼痛。娘的这种疼痛，我只在妻子生孩子时领略过，但娘要被动得多。牙关咬得咯吧吧响，眉头上集中了世界上所有的苦难。一而再地往起翻着，但身体已经叛变，死死地不肯配合，一切努力最终都变成大颗大颗虚弱的汗珠。连汗珠都显得那么虚弱，一层一层地，往出渗。最新的止疼药都不起丝毫作用，包括杜冷丁和鸦片。

娘开始绝食。可怜的娘只好以此和疼痛抗争。叫来医生给娘输液，也难以完成，因为娘总是趁人不注意将针头拔掉。娘使劲咬住呻吟，不将痛苦表现出来。枕巾一夜间被撕成碎片，床单被抓成洞。后来，就连撕挖也变成了蠕动。再后来，只从不时紧皱的眉头和像刚出壳的小鸡似的抓挖的双手中可见死神在如何一点一点地消灭她。娘唯一能够做的就是抓住一片卫生纸，一点一点将它撕碎。喃喃着，而又不知所云。将耳朵贴到最近也不知所云。我只好将想象连根拔出来，猜测娘的需求。试探着将手给她，她就一把抓住。内里觉得她在使尽全力抓着，我的心也好受些。但很快又放开，希望破灭的样子，如同一声叹息。揣摩着娘要喝水了，给她水喝，她就咬住壶口不放，一直将一壶水喝尽才肯松口，喉头一鼓一鼓的。揣摩着她的心里烧，给她用酒洗胸口，她就停止了喃喃，似乎连呼吸都停止了，屏息凝神地享受着冰凉的酒带给她的一会儿稍微的轻松。

拒绝了所有人的侍候，霸占地守候在娘身边。总觉得别人无法摸透娘的心思，侍候不到地方上。其实是怕失去哪怕一次满足娘的需要的机会。

我不知道娘当初送我出远门时是一种什么心情，但我这时却充满了矛盾。我既希望我的娘多在几天，不愿让娘的音容成为怀想和追忆，但又不忍心让她继续经受痛苦。每当娘痛得惨不忍睹时，我就祈祷着上苍的宽恕。可是仔细一想，这时的宽恕，竟是让娘早点儿上路。因为娘的后路已被封死。但我仍然力主给娘再挂一瓶液体，弄得大夫很不高兴。而挂液体的结果正如大夫所言，是娘痛苦的再生。针头插进去不久，娘又疼得抽搐起来。想不到拯救成了痛苦的再次放大。但我还是坚持挂完这个瓶子。

“天黑了，亮亮还没回来。”

“萌萌不知乖着吗。”

我忙叫来儿子，儿子喊了一声奶奶，喊得惊天动地。娘嘴皮动了一下，却流下泪来。惹得我们都抹泪。每次给娘买些东西，让娘存着想吃了吃，娘口头上答应着，但还没等我从房门口出去就喊孙子。娘的眼睛看不见，以为我走远了。我生气地说，娘您真是。娘就笑一下。

娘到如今还没有走出生活，还在为儿孙操心。我们又何曾时时想起娘？总在忙碌之中，总在奔波之中，一年四季在娘身边的日子真是屈指可数。谁都知道娘将她的眼睛交给弟弟带走了。弟弟死于痢疾。娘为了弟弟哭瞎了双眼，我们呢？竟连一点儿时间都挪不出来！总想等消闲些、富裕些带娘到大医院好好地检查一下身体；等新房子成了，接娘到城里尽一个儿子些微的孝心，总想着娘的走是十分遥远的事情……岂料，她说走就走呢。

当我将妻子第一次领到娘身边时，娘摸着妻的脸说，我的娃给我找了这么乖的一个媳妇。我的鼻子就酸了。如果不摸，娘连妻的高矮都不可能知道，更别说长相。将刚出月的儿子从县上领回家，大门还没进去，娘就早早地喊，快让我看看。我将儿子交给娘，娘做出一副打量的样子，左看看，右看看，说，天下第一美男子，心疼死奶奶了。我的泪就下来了。儿子长得虎头虎脑，聪明伶俐，比他老子体面得多，但娘却只能凭借想象。后来打听到上海有一家医院能做复明手术，就恨不能立即带娘去，却一直没有成行。娘到死也没能知道她的儿媳和孙子的本来面目。

且不说眼睛，如果早一点儿将娘带到大医院检查一下，娘的胃病也不至于癌变。哥说，娘躺倒的时候，我正在办调动。娘不让他告诉我。娘的病给耽误了。

其实娘是被带走的。娘被押解着。娘并不愿离开。娘一步三回头。娘拼上所有的力气做着抵抗，但无济于事。

只好眼巴巴地看着娘被带走，两手空空地被带走。马达声惊心动魄地响着，车门已经关闭，娘的口已被封上。我只能在站台上将心一点一点变成泪水。尽管我知道泪水不是行李。

妻子要带妹妹上县里复习考试。走时给娘说，娘你歇着，我们走了。娘说，还回来吗？妻子说，你想让我回来吗？娘的眼里就溢出了泪水。

从娘脸上的表情我知道又一次疼痛的浪峰袭来。一生咬着牙关度过的娘竟然主动向我们求援，你们得给我想点儿办法。我一遍又一遍地祈祷着，但是娘的疼痛却有增无减。这种持续不断的疼痛让乡亲们开始怀疑善恶因果的朴素天理。谁都知道娘是一个大善人，不想却是这么一个落点。

残酷的命运并没有改变娘的性格，她是多么不甘心。她仍在搏斗，她在奋力往起翻身，但是所有的结果不是恶心，就是晕过去。我们说，你睡着歇着嘛，挣着干啥。娘说太阳红红的，我睡到啥时候。

一如一盏燃尽了油的灯，娘又转入沉沉昏睡。当一种动态的痛苦一旦转入静态，其实更让人受不了。娘就那么一整天一整天地昏睡。面对儿子的呼唤，偶尔答应一声，也像小时候她正忙着我们叫她时，她有一搭没一搭地应和一样。我不知道娘现在在忙什么。

娘是被她的性格打败的。大冬天也不穿棉裤。以前是没有，后来有了也舍不得穿。将儿媳的炕填得烫热，自己却常常睡冷炕。农业社里挣工分比男人挣得还多。中午累了就睡到地上。有病也不吃药，硬是往过扛。但她最终没有抗过命运。命运好像故意教训她似的让她领略病魔的厉害。

“太滑了。”

“全是冰。”

“天黑了就睡觉。”

守在娘身边的人都被娘的胡话怔住。我却无比地感动。人生果真如此，娘今天才悟透。

接着，娘就转入很深的沉默，居然以一个姿势睡上整整一天，只有游丝似的一些气息和脉跳说明娘还在着。有人说娘是看店去了，有人说娘是办户口去了。但是一个户口就办了这么长的时间?

夜深了，炕上炕下坐了许多人，这儿歪着一个，那儿趴着一个。卷烟弥漫了整个屋子。茶罐不倒。醒着的在说着一些闲话，和娘好的时候一样。娘的活人好，村里人的闲时光差不多都是在娘屋里度过的。特别是晚上，他们有一搭没一搭地直将话说得带了瞌睡，还是不愿走。娘也不急，总是那么宁静地坐着，如同守护着自己的儿女一样。我曾经埋怨娘，费水费烟不说，还让人睡不成觉。娘说，你别嚷，等我死了，人家就不来了。噎得我说不出话来。娘病了时发生的事情让我为当年羞愧。这几天，全庄人几乎停了家事，自动给娘取药，帮哥磨面，收拾丧葬一应物什……如同亲儿孙一样，不辞劳苦。

娘居然是被一泡尿胀醒的。居然在努力地往起翻。居然清楚地说，我要尿。我们说，给你衬着卫生纸，你就尿吧。娘说，将床单尿湿了湿洼洼的。我说，外面太阳很红，一会儿就干了。娘仍不尿，仍往起翻。头上的汗就一层一层的，直到晕过去。

娘到底还是尿到卫生纸上。给娘换纸时，我想起小时候的尿布。人真怪，一辈子原来是转了个圈儿，临末，又回来了。

也许娘真已报了到，将疼痛上交了，才能这样安稳地大段大段时间地长睡。

深夜，我一个人时，娘就大大地睁了眼睛，定定地瞅着我，法官似的审视着，似乎要将我看穿，让人毛骨悚然；要么就像打量一个久别重逢的故人似的，目光中含着辨认、怀疑和回忆，让人觉得这不是娘的目光，而是谁冷地里打过来的一把刺目的手电，不容躲避地、逼迫地照着你，而她却躲在某个角落的深处细细地查看着；一会儿，又觉得所有的娘都到了瞳仁里，要从中走掉似的；突然又眼珠子一个转动将我一下子扔开，定定地看着屋子的某个角落，仿佛那里有两个孩子正在捣蛋，她要过去看看；一会儿，又像什么都没看，如同一只灭了的灯笼，有种近乎残酷的冷漠，好像在说，这一切与我有什么关系呢？让人伤心得想哭。我小心地叫了一声娘，但她没有丝毫反应，如同我叫了一声天，天没有反应一样。我突然觉得有一种陌生横亘在我和娘之间，不知是谁陌生了谁。我记起小时候有一次迷了路，突然看着前面走着一个人，追上去叫了一声姑夫，他却没有回应，我又拽一下他的衣角叫了一声，他回过头来，我才发现叫错了人。

也许这才是真正的可怜。人睡着了，手却一直在动。撕自己的衣襟，抓床单，一双枯瘦的手在炕上摸过来摸过去，挣扎着往起翻，但只有往起翻的意向，却不能实现，就叹息一声，在身体里边，几乎听不见，似乎隔着一个世界，只有亲生儿子用心才能听得一些。

“唉，我没有一钱力。”

“这样睡到啥时候。”

我静静地守候在娘头顶，生怕漏了娘的一个字。也许世界上没有比这更珍贵的了。尽管听到更让人心碎。

突然，娘问，荞花该开了吧？

我说，开了，娘。

娘说，一辈子就开一次？

我说，一年一次。

娘坚持说，不对，是一辈子一次。语气肯定、坚决而又超然，不容辩驳。让人觉得荞花真是一辈子才开一次。

那年，也是这个时候，我和娘在荞地拔野燕麦。看着眼前灯海一样的荞花，我问娘，荞麦是粮食吗？娘说，是啊。我说，我怎么觉得它不是粮食。娘看着我笑笑说，那你说它是啥？我说，它是娘。娘怔了一下，蹲下来，放下手中的燕麦，捧住我的脸一个劲儿地看。我就在娘的眼睛里看到了一片荞地。

手似乎经历了千山万水，才到嘴边。事实证明她是多么渴。当我将水壶送到她嘴里时，她一下子咬住不放，像刚从沙漠里出来的样子，好像要将整个水壶吞下去。但我又不敢让她喝得太多，她的肚子很胀很胀。

人生最大的痛苦莫过于绝望，而绝望莫过于等死。现在，我们就等着娘死。天很热，我想将她的棉袄脱掉，正是夏天，穿什么棉袄。人们说，那不行，弄不好穿不上了。就这样，夏天的娘竟要提前进入冬季。莫非那个世界永远是冬天？走时带上不行吗？人们笑我不懂事。

我的目光在娘穿着绣花鞋的小脚上停下来。娘的脚除了大拇指其余几个脚趾都被活活折断。娘的一生就在这双小脚上展开。当年，娘就是用这双小脚，往山顶挑粪，种田，到沟里担水，背着我们去看戏，抱着我们去看病，给我们往学校送吃喝……娘啊，当年，你的一双小脚是如何欢快地踢踏着生活，给你的儿子教着站姿、走样，让我们知道了怎样走路才能不摔跤，如何过河才能不湿鞋。娘啊，这些你的儿至今还没有真正学会，你却猝然撤走，你就不怕你的儿有个闪失？

当年你穿着绣花鞋来到这个家里，今天却要穿着绣花鞋离去，娘啊，你到底要到哪里去？

渐渐地，娘就连些微的运动也停止了。手放在哪儿就永远放着，如同置于地上的一截枯枝。也看不出棉袄带给她的急躁，虽然头上一直在往出渗汗。才知道娘已离开了衣服。

这天，娘竟然能吃下去东西。我们乘机灌药，奇怪的是药却一吃下去就吐。老年人说，这是娘在吃她的最后几口禄粮。我忙跑到街上，买娘能吃的小吃。不讲价钱，要多少给多少，也不等对方找钱，拿上东西就走。一个卖牛肉的摊贩听说我是给弥留之际的娘买肉时，又要回割给我的肉，换上另一块，说他刚才卖给我的是驴肉。我的眼里充满了感动的泪水。我不知道他是在尊重娘还是尊重死亡。路上，我不止一次地想起一盅蜂蜜，那是小时候不懂事的我大病中向娘提出的一个愿望。后来我才知道那个愿望是多么奢侈。那时的娘哪里来的钱买蜂蜜啊。但是娘还是弄来了一盅儿。蜂蜜是姐给我的。我问娘呢，姐说娘出工了。娘好几天没有回来。后来才知娘去捅马蜂窝被马蜂蜇得面目全非，好不容易才抢救过来。

谁知娘对我买来的东西只那么轻描淡写地尝了一下。

最后娘要了荞面凉粉，我为娘终于能够向她的儿子开口感动不已。这在我的记忆中是没有过的。娘一直在节制之中，只有被动没有主动，只有接受没有要求。娘一生没有为自己向她的儿女提出过一个要求。听见娘要吃凉粉，村里能来的媳妇子都来了。厨房里的空气一下子比战前还紧张，抢挖工事似的。大家都知道，娘的车已经发动，稍一迟延就顾不上吃了。尽管人已多得站不下，有些工序只好在院里完成，但我还是见缝插针，如手术室里的护士似的留心配合一切细节，力争最大限度地提高效率和质量。

想不到娘竟像好时一样吃了一碗，吃得无比庄严、无比高贵、无比悠闲，如同阳光舔着我心中久积的雪花。

然后，娘让我给她梳头、洗脸。完毕，又要过镜子，极认真地打量着自己，同样一种贵族作风。左看看，右看看，好像那双眼睛根本就没有失明。我想，娘出嫁的那天一定也是这样打量着自己。

娘要动身了。

我们就手忙脚乱地给娘穿衣服。娘眼睛巨大地睁着，打量着我们，似乎对我们的举动不可思议。有时配合一下，好像不忍心让我们累着。一如一个扯闲的人见你正忙着，就边扯闲边漫不经心地帮你一把。

我是在给娘系大襟上的一个纽扣时忍不住哭了的。我怕被哥看见，忙背过脸去。我想起小时候娘给我穿衣服时的情景。我要要打打的，总不好好穿，直到娘举起巴掌，才配合一下。想不到今天我却给娘穿衣服。那时娘给我穿衣服时常说，快穿，穿好了下去耍去，院里太阳红红的。今天，院里太阳仍然红红的，但娘却再也无法走下炕。而且仅此一次，穿上就再也不脱。娘啊，今后，您的衣服该由谁来穿呢？又是怎么个穿法呢？您的院里是否也有红红的太阳在照着？

不知为何，这时，我觉得穿着红棉袄、红鞋的娘与死无关，倒像一个待嫁的新娘。

早上还晴晴的，下午却下起雨来。这时的娘好像知道了她要走似的，神情中一副等待的样子，不时看看房门，好像在说，这雨还不停。

突然，娘说，再让我吃一口凉粉。语气纯粹是一个向大人讨要的小孩儿。我忙喂了一口凉粉，娘安闲地吃着，脸上漾着淡淡的欢欣。

突然，娘暂停了咀嚼，说，丑子来了。我们都以为娘在说胡话，不料没过多久，丑子大姐真的从门里进来。

只一口。再喂时，娘就睡着了。

是，我听你的。娘一步比一步紧地走着，像生着气，又带着逃离的欢欣，我追不上，只听见她说，是，我听你的。路遇一神算，打卦，卦辞曰：禄粮尽。我一急，惊醒，摸娘的手时，已凉了。哥已将地上的桌子挪到院里去，在地上洒了水。我知道我的娘将要离开烟火了。

但娘又回过气来，庄里人不忍目睹娘停留在阴阳交界的样子。一个远重孙大声喊，太太，有啥说的你说，说了去！但娘固执地不走，什么话也不说，脉一阵有一阵无。

雨出奇地大了起来。我想象不出娘的一双小脚该怎么走。心里说，娘你要走就等到雨小了再走吧。但娘并没有等到雨小，可见娘的路与雨水无关。

但娘最终暴露了她的留恋和牵挂，走了好几次都没有走起身。

接下来我就听见娘在一种杂沓的声音中。那种声音告诉我，娘在拼命地奔跑，身后是千万追兵。我的泪水又来了。沿着泪水，我看见二十年前的我绕着表姐家的院子拼命奔跑，身后是气得不成样子的娘。娘在叫我回去上学，我说学有什么上头啊，还不如和表姐玩儿有意思。但是我最终被娘带走。我抹着泪一步三回头地走着，娘说，等到过年我再带你来和姐姐玩儿。娘啊，现在，你又是被谁追赶呢？过年，我站在老家的大门口，是否能够等到你回来？一如小时候，你站在大门口手搭在额头上望着我回来一样。

蓦地，娘体内风一样的声音像被什么砍断。我清晰地看见，娘愣了一下神。

妹妹就从门外走进来。

我就看见娘搭在额头的手放了下来。

雨是随着娘咽完最后一口气停的。娘被人们从炕上挪到地上，脸被白纸苫着。这时，我竟没有丝毫的悲痛。我在专心地给娘正相、凉尸、守丧，为的是让娘体体面面、干干练练地上路。

一庄人自觉地忙乱着。木匠叮叮当当地做着寿木，厨子吵吵嚷嚷地煎着献饭，阴阳先生写着领魂幡，香佬杀着引路鸡……

总觉得娘在某个地方藏着，总觉得娘会趁我不注意站在我身后，如同小时候娘找我吃饭我却藏在门背后或房梁上一样，等娘找不见又要出去找时，我却端着娘放在桌子上的饭跟在娘身后，做着鬼脸，一口一口地吃。

但是几个时辰过去了，却不见娘从什么地方闪出来，才知娘是真的出门了，不在家了。

不久就有人来吊丧。献馍馍摆了一桌子，却不见娘动一指头。纸钱烧了又烧，也不见娘动一指头。姐成天地哭丧，嗓子都哭哑了。人真怪，来时自己哭，走时别人哭，两头都是哭，中间呢？

夜深了，人们一一散去。我跪在娘的身边守着娘。不顾犯忌，不时取开苦脸纸看看娘。这时的娘是那么安详，大海一样睡着，在痛苦之外，在感情之外。

凉尸用的是井水。里面泡了砖。砖轮换着置于娘的两肋间。心口上用荞面圈了一个圈儿，里面倒着白酒。我和哥不停地添着酒，换着砖。小时候，发高烧时，娘也是这么给我降体温的。等我从昏迷中醒来，娘的脸上挂满了泪水。我的心里是多么甜啊。流着泪的娘是多么好看啊。娘啊，现在已经几个时辰过去了，你怎么还不醒来，看看儿子脸上的泪水。

躺在地上的娘以无言面对世人，正是这种无言受到了人们的格外尊敬。娘一下子拥有了香火，不再用筷子吃饭，不再用勺子喝粥，变得神秘莫测起来。不再喝鸡喊狗，不再呻吟，不再看世界，不再为哭声所动。娘是真正地成熟了。

突然，我有种被什么欺骗了的感觉。

天黑了时，大伙儿让我去睡，我不肯。娘明天就要赶路，娘在这个屋里的时间仅有一个晚上，我不愿将这个晚上交给瞌睡。我小心地给娘赶着苍蝇。提醒打盹儿的姐不要压了娘的腿，娘有严重的关节炎。将油灯挑得很亮，娘的眼睛看不见。后来，我让哥和姐都睡去，说不清这是不是一种自私，我想和娘单独坐坐，聊聊。这样的机会再也没有了。

当偌大的上房里只剩下我和娘时，我觉得我一下子越过了生死关界，恍惚中看见娘在时间中穿梭如鸟。我关了房门，我想通过这个动作提醒娘留心一下她身边的儿子。

果然，娘突然翻起身来，说，一觉咋睡了这么长。娘拍打着身上的草屑，说，放着炕不睡，睡在地上做啥。娘一把推掉身上的砖，说，还没压够吗……不由伸手摸摸娘的心口，心口是那么冰凉；看看苦脸纸，苦脸纸一动不动。才知道娘是再也回不来了，一切都是妄想。

悄悄地叫声娘，娘。但是娘却无动于衷。小时候，自己重疾气绝，娘抱着一直叫，叫了整整一个时辰，竟将一个被大夫判了死刑的儿子叫了回来。父亲说等我睁开眼睛，娘的嗓子已经哑了。娘啊，现在你的儿同样哭哑了嗓子，你怎么就不醒来？那时，累了一天的你不也睡着着吗，但是你的儿子哪怕是说个梦话，你也会惊醒。现在你怎么就这么无动于衷呢？

快起快起，迟到了……娘啊，这不是你在叫儿起来上学吗？那时家里没有钟，你就是一挂钟啊。有一次真的要迟到了，我要了脾气不去学校，你哄我哄着哄着就晕倒了。但是你很快就醒过来，自己掐着自己的人中说，快去快去，迟到就迟到，你就说娘没有叫你。现在，你就不能也迟到一次吗？

坏蛋，差点儿将娘吓死了……娘啊，你是否还记得那次，你从地里回来，我躺在炕上“已咽了气”。你吓得直叫我的名字，我也“活”不过来，你的眼泪就出来了。我就哇的一声抱了你的脖子。你就将我一顿好打。打完，说，坏蛋，差点儿将娘吓死了。现在，你怎么就不吓一下你的儿子呢？

娘啊，如果有缘，我们再做一次母子。

就这么相守着。母子二人。在草铺里。如同一对羁旅的游子。娘啊，我们这是在哪一站呢？到底走了多少路，你咋就这么累呢？

娘就躺在我面前，我却觉得无比遥远。仅仅一口气就将我们隔得这么遥远。

娘是真的走了？那么眼前躺的又是谁呢？没走吗，又为啥叫不喘呢？叫不喘的娘还是娘吗？

天快亮时，哥来了。他让我去睡。我说，坐着吧。哥说，我听见娘在喊我起来套牛去。我说你是被娘叫惯了。灶上端来一碗饭，我吃不下去。我的娘已经一天没吃东西了。她就不饿吗？我让哥吃，哥也不吃，哥在一根一根地抽烟。

院子里渐渐热闹起来，有说有笑的。我才知一个人的死对这个世界来说是多么地无足轻重。曾经给别人送过葬，也觉得不过是将一个人埋进土里去，并未如此地伤心和牵挂。这时才发现，儿子的脐带压根儿就没剪断过，扯心啊。当初，儿从娘肚里走出来；现在，娘要从儿心里走出去。

按照风俗，每当亲戚来祭奠时，孝子都要哭的。第一批亲戚来时，姐就大放悲声。我却哭不出来。不料学姐叫了一声“娘啊”，泪就像早等着似的涌出来，伤心就如一个滚下山的碌碡，收也收不住。原来，娘就是伤心，就是泪啊。娘啊，小时候，什么时候脸上有泪水什么时候就有你的一双大手伸过来。现在，泪水就要将儿的心扯走，怎么就不见你的手伸过来？

殓棺的时刻终于到来。人们紧张地将娘抬进棺材，恐怕误了车似的；紧张地用麦草和白纸将娘卡死，可见娘的路一定很颠簸；不许人们互相叫名字，好像娘一下子就要叛变。娘被紧紧地卡死在棺材里，永远地仰面朝天，想翻个身都不能了。人们只听阴阳先生的，都没有征求一下我的意见。她是我的娘，你们怎么说打发就打发呢？说啥时间起身就起身呢？

按照习俗，最后的一次洗脸应该由长子完成。这让我觉得长子很幸福。人们一再催着，哥却洗得十分仔细，直到众人怒气冲冲，他也没发觉似的。这让我很感动。娘的包头已经松动，哥又仔细地绾好；娘的几根白发露在外面，哥又小心地把它归整到包头里。我知道哥当时的心情。我的泪水从未有过地多，以致最终掉到娘身上。

泪眼中的娘被一股仙气笼罩着，我十分挑剔地让人们将娘的脚再搬搬正，将娘的衣服再扯扯直。我想起第一次出远门，要到城里去上学，娘就是这样给我扯着衣襟，正着衣领；我想起我相亲的那天，娘也是一边给我扯着衣角，一边让我将头理理，不要让人家嫌弃。现在，我的娘要出平生最远的一次门，我也要让她体体面面地上路，同样不要让人家嫌弃。

好心的庄里人第一次给娘用了“八抬”。花花绿绿的纸火、穿着雪白孝衫的孝子，被几丈长的纱布做成的“纤”连成长长的送葬队伍，十步一小驻，百步一大歇。响器班吹吹打打，纸钱纷纷扬扬。整个气氛显示着隆重和热烈。娘坐在她的船里，被一庄人和四方亲戚邻人以及专门为娘放了半天假的学生送着，从未有过地风光。我和哥走在棺材前面，极力压着速度，尽量让娘走稳些，我知道，娘的腿疼，眼睛看不见，而路上刚下过雨。

坟院不可抵挡地到来。感觉里不是我们走向它，而是它走向我们。

当众人将娘吊下那个比棺材宽不了多少的深坑里去时，我觉得无法忍受，觉得拖着棺材的不是绳子，而是我的肠子。小时候，不小心丢了大门上的钥匙，娘就是这样用绳子把自己吊进院子去开门。娘啊，如今，你又是去给谁开门？

吊到地坑的棺材被正棺师推进一个和棺材等身的狭小的窑里。

窑里点着“长明灯”，丫鬟一样，早等着娘到来似的。我的心里升起许多温暖，许多感激，还有一丝嫉妒。

正当阴阳先生打开针盘时，天上挂了两天的云帐像是被谁拨了一把似的豁然开朗，一束水生生的阳光射进墓坑，洒在磨得光滑无比的针盘和半面棺材上，让墓坑里的一切显得无比富丽堂皇，充盈着一种明媚的神秘气息。阴阳先生说，老太太好积修，这是天照路。

哥和阴阳先生看着针盘给娘正相，如同一个行人在看地图和列车表。

据说这种情况极难遇到，于是人们再次谈到娘的好积修。既像在致悼词，又像在开总结会。谈论娘自从进了郭家的门是如何地上敬老下爱小，啥事都做到婆婆的心坎上，如何地挣下一个好名声，如何地一副菩萨心肠，就是在最困难的时候也不忘周济揭不开锅的人，就在腿疼得动弹不了时还给村里几个单身媳妇子带孩子，一手抱着自己的孙子，一手抱着别人家的孙子。因而卧病时一直吃不下去，临终却想吃啥就吃啥；肚子胀得那么大，临终却瘪了；六月天尸凉得那么好；停丧时间也短，也能进老坟；天上浓云滚滚却没有雷声；雨正好在咽气时停了；天气预报都不灵了；等等。我知道我愿意附和乡亲们的说法，甚至在第二天天上响起雷声时，干脆认同了他们的说法。咽气之前是大雨，埋完之后是雷声，苦命的娘真有这么大的道行？这样说来，活着时的那点儿疼痛就不算什么了？难道人的一生就是为死做个准备，为写这一终极意义的总结准备一个体面的材料？

跟着哥给娘身上苫上一把土，我不知道这把土是太轻还是太重。接着，众人就齐心协力地往墓坑填土。

最后，人们用一个馒头似的土包将娘标志出来，不知为何，我却觉得那是娘的一个乳房。我一下子扑到这个土腥味的“乳房”上，将娘曾给予我的乳汁变成泪水。

娘啊，你用你的身子将你的儿子带到这个世界上来，临完儿子却只能还你一把黄土。

娘啊，你用你的乳汁将儿养大成人，到头来儿子却只能还你一把泪水。

娘啊，难道你就这么撒手而去？难道你就没有看见儿的泪水它不罢休，它在拼命追赶你？

才知道什么是真正的绝望。我唯一能做的就是流泪。

娘啊，儿只能用一把泪送你上路！

娘啊，儿只能用一把泪给你做行李！

娘啊，您走好！

泪水就长成根。

人们拉我起来，但泪水已长了根。直到一位堂兄生气地说快回去给大家磕头。

记不得是如何走回家的。第一次真正体会到了离别的味道。那是一段铅做的道路，一段拖不动的脚步。从前口口声声说离别离别，原来都是假的。

院墙下立满了沾着黄土的铁锨，就是它们刚刚把娘埋葬，我不知道应该感谢它们还是仇恨它们。大家噼噼啪啪地拍打着身上的黄土，动作里带着收工的欢畅和轻松。一院的人在说"入土为安"。

我的心里又是一阵恓惶，好一个"入土为安"！

我想起一位朋友说过的一句话，"人吃黄土一辈子，黄土吃人一口"。

太阳落山时，我和哥去给娘打灯笼。往坟地走时，我蓦然觉得那不是坟地，而是一个家，我仿佛能够看见娘就在那里忙着，叮叮当当地，等着我们回去。

原来，我们是有两个家的。

将灯笼挂在坟上。我给哥说，坐一会儿吧。哥说，坐一会儿吧。

两人都未说话，任暮色一层层落下来。

一家家的炊烟次第升起来，却没有娘那一柱；一家家的灯火次第亮起来，却没有娘那一盏。

我的泪又来了。

突然，哥说，这块地是留下种荞的。

月光下的一片豆地

豆花花开了，豆花花开了，有人疼我的娃了。那时，娘总是用这句话，让我在一种芳香味的希望中走过春天，不至于因绝望而饿死。每天，当我饿得哇哇大叫时，娘就哄我说，豆花花开了，豆花花开了，菩萨娘娘来了。奇怪，就像有一个精灵钻进我的肚皮里似的，饥饿感马上减去许多。现在想来，那是一句咒语。娘就是用这句咒语使她的几个儿女在那个饿殍遍野的年代没有毙命。那时我怎么就没有想到，这句咒语就是娘的心啊。娘就是这样将她的心血耗尽，等到她的最后一个儿子告别豆地时，她就将咒语收回，而永远地归于这片豆地。

如今，豌豆花已两度开过，娘却睡在这片豆地里，没有复苏的消息。娘啊，现在，你大腹便便的儿子带着致命的心灵饥渴回到你的身旁，想再听一次你说豆花花开了，豆花花开了，有人疼我的娃了，但是你却缄口不语。夜已经很深了，莫非你还有什么事没有忙完？娘说世上最疼人的花就是豌豆花了。那时，每当有月光的晚上，娘总是将我抱在怀里，坐在大门前的那棵杏树下，指着那片豆地这样说。我说，那么杏花呢？娘说，杏花离土太远了。那时，我听不懂娘的话。只觉得豆花离我们更近了。随着春天的一天天深入，肚子里猫挠的那种感觉也一天天加剧。每晚坐在月光下眺望豆地的那种目光肯定让豆花难以承受。月光下盛开的那片豌豆花多好看啊，就像一个穿着花裙子的花姑娘躺在那儿做着世界上最甜的梦。但是，我却是那么殷切地盼望着它的谢去。因为娘说豆花只有在谢去后才能变为实在，才会疼人。现在想来，娘又何尝只是说豆花。

豆花就在我们一定带着火苗的目光中谢去了。一天，娘将我背到豆地，让我在豆花免去的那个地方看到了一个小小的豆角，一个像泪泡似的小东西。从此，就是它一天天支撑着我们的日子，让我们在那个缺少力气的春天走了过来。终于有一天，娘将一个豆角摘了下来，用她那双打满老茧的双手剥开，我就看到了一排闪着绿色光芒的颗粒。然后，娘就将它放进我的嘴里。我就知道了什么是菩萨的味道。我看见那几个绿色的颗粒在我的身体里一路带来的欢乐。我的身体被她抚摸得眩晕，渍染得透绿一片。娘含着泪说，这就是念珠，就是佛。啥时候都不能忘记她。就这样娘将一颗颗豆粒放进我的嘴里，将一片片豆皮放进她的已掉光了牙的嘴里。就这样我们在这种绿色的佛光照耀下走到夏天。

但不是所有的春天都有月光。属于我们的那片豆地被生产队收去了。我们再也不能正大光明地走进豆地。但是我们已经具备了偷的能力。岂料一天当我兴冲冲地将偷来的豆角给娘吃时，她不但没有领情，反而大为光火。她硬是将我拽到看豆子的人前交代。当我要脾气绝了一天食时，娘流着泪对我说，如果你实在饿得慌可以去向大伯要，你怎么能偷呢？粮食它是神，你怎么能偷呢？莫非，那时你就知道庄稼地就是你的归宿？

现在，你就躺在这片豆地里，躺在月光下，被一片豆花所簇拥。月光还是当年的月光，豆地还是当年的豆地，娘啊，却怎么就听不见你说豆花花开了，豆花花开了，有人疼我的娃了？记得那时我问，种子为啥撒进泥土就能发芽、开花？你说因为是春天。我说所有的种子在春天埋进泥土都会发芽吗？你说，只要是种子。

娘啊，你也是春天埋进泥土的，你为什么就不开花呢？

父亲和牛

年头节下，父亲不去土地庙烧香，也不去财神祠祈财，而总要到庄外山岗上的一棵柳树下虔诚地点炷香、磕个头。乡亲们都晓得，那棵树是一头牛的魂。

父亲和牛的关系非同一般。特别是与包产到户后分给我家的那头没角的秃公牛。每年哥哥写对联时，他总像个小孩儿似的一再提醒："给牛写了吗？"大年初一"出行"时，别人大都将自己的孩子精心打扮一番，去迎喜神，图个来年如意，而父亲这时并记不起我们，却笑呵呵地给"秃子"耳朵上绑一朵黄裱扎成的花儿去赶趟儿；并且挖一担吉方的土，回来垫在牛圈里。他说，这样，牛一年不生病。等我稍懂事一些，心里便十分不痛快。当时我说不清这是不是一种嫉妒。气没处出，就迁怒于牛，那天"出行"回来，我淘气地将一盆污水故意倒在牛身上，父亲气得直发抖，我却丝毫没有害怕，还一个劲儿地看着牛打激灵给父亲做鬼脸。我知道，我们这里过三天年最忌讳打骂（就连丧气晦气话也不准说）；再说，我奶奶还健在，父亲不敢。果然，父亲只将气充到脸上暴突的血管里去。但我万万没有料到，三天年过后，他将我哄出去到外面奶奶听不见的地方，一顿好揍，至今想起来，屁股蛋儿还麻辣辣的。父亲不拿牛皮绾鞭子，也不用牛皮鞭子。他说，牛给人辛辛苦苦耕地，怎么忍心用它身上的皮抽打它呢？顺便，他就给我讲一通不能过河拆桥，落井下石，受人滴水之恩、当以涌泉相报一类的道理。

父亲爱牛爱到不容"第三者"插手的地步。无论什么时候，也不管去哪儿，只要有可能，他都要回去，从不在别处过夜。理由是：牛没人喂。我说，你这样说就不怕哥嫂多心？他忙纠正道："不是没人喂，是怕他们喂不好，我不放心。"

在父亲的精心喂养下，我家的那头黄秃牛"出落"得比谁家的牛都壮实剽悍，肥嘟嘟的，光灿灿的，活像一个英俊潇洒的"骑士"。以致别人都不敢接近，即使力大无穷、胆大无朋的彪形大汉也怯它三分。每当它发怒撒野时，如果父亲不在场，别人甭想拉住它；而瘦弱的父亲只要轻唤一声，它便像一个服罪的孩子似的乖乖地偎在父亲身旁。原来，真正的威力，不在权力和力量。

父亲之所以娇牛、疼牛、关怀牛，并不是像有些人那样付出是为了极大限度地榨取。父亲是很体恤牛的。盛夏酷暑的当午，人们大都躲在树荫下或凉房里纳凉，可父亲总是撑着疲惫的身子给牛驱赶吸血虫。三九寒天，父亲更要操心地给牛窑挂上草编的门帘。

要是遇上哪年天特别干旱，家里没草，父亲就在晚上到很远很远的大山里铲草胡（如胡须之草，到天亮才能铲那么瘪瘪的一背篓），给牛吃了，才上地；要是哪一天没铲回草胡时，便不让牛上地，哪怕地荒着。

有一次牛病了，不吃草，吭哧吭哧叫个不停，吃了药也不大顶用。父亲便倚在牛旁给牛刷毛直刷到天亮，第二天，牛好像给父亲宽心，颤巍巍地站起来，父亲高兴得眼里溢出了泪花花儿。

这牛也很争气，耕地时很自觉，从不让父亲动鞭子，哪怕呵斥一声也不让。

春去春来，父亲和牛的"友情"愈加深厚了。

谁想就在这时却发生了一件千古奇事。

暮春的一天，狂风呼啸，黄尘弥漫，父亲拉着秃牛到大山里放着。黄昏时分，秃牛吼一声拽脱父亲手中的缰绳。父亲回头一看，一只恶狼向自己扑来，父亲一时慌了手脚。正在万分危急时刻，只见秃牛冲到父亲跟前一头将父亲撞倒，狼从父亲身上空扑过去。秃牛就横在父亲和狼之间，与狼对峙、兜圈儿。狼不死心，几次向父亲蹿去，都被牛撞开。狼咬不到人，便去咬牛。秃牛也不示弱，它们便一来一往残忍地鏖战起来。牛因始终要保护父亲，几次放弃有利战机被动迎敌，多次受伤。

等父亲清醒过来时，发现秃牛已将狼死死顶在一个土坎上，哞哞叫着，眼珠胀出来。父亲忙赶过去，然而，就在他准备帮牛一把力时，“轰”的一下，牛和狼一起猝然倒地，父亲一看，原来牛已经挣死了，牛头血淋淋的分不清哪是鼻子哪是眼睛。父亲疯了似的趴在牛身上，放声恸哭。哭干了泪，哭哑了嗓子。蓦地，站起来将狼一顿猛拳，直打得拳头皮开肉绽，也浑然不觉。暮色四合，阴风凄凄。等我们寻去，只见父亲痴痴地坐在牛身旁直呆呆发愣，突然，抚着牛瘆人地笑起来：“下世，咱们颠个个儿……”

村里人要吃牛肉，父亲不肯，虽然它当时能卖四百多元，但父亲还是将它埋了。并在埋它的地方栽了一棵柳树。

柳树茁壮地长着。

没事的时候，父亲过去靠在那棵树底下晒太阳。

老 大

日子过不下去，父亲叫来念高中的老大和念初中的老二，说，你们两个必须有一个人回来挣工分。

老大看看老二，老二看看老大，然后，同时瞅瞅父亲。

看不见父亲的脸，父亲的脸被嘴里喷出来的旱烟罩着。

那就抓纸蛋儿。见老大和老二都缄着口，父亲说。一边伸手从旱烟盒里取纸条。

这时，老大说，让老二去上学。

于是，老大就跟了父亲挣工分。

背上的书包换成粪筐，手里的钢笔换成铁锨把。不几天，老大就被太阳完成了改头换面的工作。

老二放学回来，看见老大被太阳晒得黝黑的脸膛和那副筋疲力尽的苦相，心中就不是滋味。上课时再也不敢看小说，放学后再也不敢将上河里的鱼直追到下河里。

那年夏天，正在割麦子，一位乡亲带来了一个通知。

老大从麦地里跳起来，高呼：老二中了！

高兴过后，老二突然有种想法，细看老大，老大的目光在通知之外。再看父亲，父亲的脸看不见，旱烟很浓重，风也吹不走。

这通知也许应该是老大的。

哎呀，今天最后一天体检！老大拉了老二就往回跑。

老二说吃口馍再走。

还吃屁！

老大用自行车捎了老二赶路。

老二看见老大颊上的水珠一滴一滴从下巴尖上掉下去。

到他心里。

老二说，哥，歇歇吧。

老大无语。

老大在和太阳赛跑。

赶到医院，才知将照片忘了。老大先让老二参加体检，他去取。

老大将照片交给老二，问，体检咋样？

老二说，还顺利。

老二就看见老大睡着了。

来回一百二十里路，老大两个小时一趟。

那天早上，老大从手腕上摘下他的手表给老二，从身上脱下毛衣给老二，从内衣口袋里掏出五十块钱给老二。然后背了行李送老二。

送老二上车时，老大手里拿着一把斧头。老大要去做工，给别人还钱。

老二给老大去了很多封信，没有回音。

老二知道老大还在外地做工。那时已是严冬。

终于得到一封信，总共两行，笔画极粗，是木匠用的那种粗铅笔写的。

家里都好，安心学习。

老二分配到县一中任教。

“十一”放假回去，才知道父亲住过一次院。而医院就在学校旁边，老二埋怨老大咋没叫他。老大说：你刚参加工作，站稳脚跟很重要。老二说他课余时间都在下棋。老大不高兴了，厉声说：少丢人！

从此，老二就将下棋的时间用于备课改作业。

老二结婚时，老大粜了一千斤豆子。老二说家里缺粮，钱我能借上的。老大说，我是老大，总不能一点儿不凑。

去年，老大又粜了些粮食，将他结婚时置的大衣柜也卖了，买了台电视。

老二说，电视有钱了再买不行吗？

老大说，爹这两年身体不行了。

老二觉得很羞，忙说，我那儿还有几个钱，你咋不说？

老大说，你也该买一台了，娃娃天天跑人家去看，也不是个办法。你嫂子今年喂了两头猪，一头过年，一头卖了你添上。

老二说，金凤今年我带上去念书。

老大说，你花销大，单位上事情多，就叫她在咱庄里混去。

老二说，县上条件好些。

老大说，好是好，但念成念不成，那是人的命。

金凤是老大的女儿。

父亲一阵咳嗽，老大忙去递水。

老二就觉得脸上着了火。

好老师是一盏灯

老师的儿子考上了大学，开学走时，我让他提前从乡下上来，在我家住了一夜。孩子落落大方，彬彬有礼，让人喜欢。妻子自然用心款待。晚饭后，一家人听他不卑不亢地讲老家的事，包括老师和师母，觉得格外亲切，也特别欣慰。出乎我们意料的是，给他备了一些零用钱，却无论如何也送不到他手中。那种从容的训练有素的拒绝方式，让我看到了当年的老师。

老师名叫刘富荣，是我初三的班主任。毕业时，每位同学收了两角钱，给每一位任课老师买了一个洋瓷盆子，但给老师的却无法送到他手中。他知道我们要送礼物，一直不开宿舍门。直到另一位老师在窗外给他说，富荣，马上要毕业典礼了，学生们都在等你呢。老师才开了门。却提了一个条件，说你们稍稍等我一会儿，我会接受你们的礼物的。然后跑步出去了。回来，我们已经排队准备开往操场参加毕业典礼了。老师气喘吁吁地站在我们面前，右手提着一大摞毕业证，左手攥着一叠两角面值的新钱。一边打开一边说，同学们的礼物我收下，但是这两角钱你们必须收下。我们当然不能收这两角钱。不想，老师拿出了杀手锏，好，你们不收这两角钱，我就不发毕业证。大家就只好抹着眼泪把那两角钱收下了。

随着岁月的流转，这些细节在心中的分量越来越重，每每想起就一阵心疼。

在我的印象中，老师没有批评过哪位学生，但学生都十分地尊敬他，也怕他。班里有几个捣蛋的学生，别的老师上课时，老是不安生，但在老师的课上却是乖孩子。记得有次我课上打盹儿，被老师叫起来，紧张坏了，不想老师却无比和蔼地说，昨晚没睡好？我惭愧地点了点头。老师笑了笑说，背哪一篇？我说，《岳阳楼记》吧。这就是老师，在他的数学课上，学生开小差或者打瞌睡，处罚方式却是让站起来背一段古文。

这天的数学课上，班长让大家自习，说老师回家做新郎官儿去了！教室里一下子炸开了！谁想就在这时，老师却从门外进来了，头上、身上都在冒汗，像是刚从蒸笼里出来。再看脚上的军用鞋，都湿透了。老师显然有些害羞，笑着看了大家一眼，转身在黑板上写课题。就有同学指着老师的后背悄悄说什么。再看，就发现老师的旧上衣下摆处露出一截新衣服边儿，如果不是抻着身子写字，是看不出来的。写完课题，老师转过身来，正对上大家急收兵的目光，就有些不好意思地看了大家一会儿，向下抻了抻衣角，笑了笑，说，咱们开始上课。说来大家可能不会相信，老师教了我们两年，居然没有换过外衣。常常周六晚上把衣服洗了，晾干，周一再穿。今天终于添了一件，当然很让我们开心。

送走我们后，老师调到县教师进修学校任教。可是不到两年，他就坚决要求调回平峰中学，在那里过且耕且教的生活。周六、周日回家种地，周一至周五教学。由此可以证实，老师新婚之夜让师娘独守空房，夜行百里来给我们上课，绝对不是因为他和师娘的感情不好，而是不愿意耽误一堂课。

后来我又听说，到了平峰中学后，老师在不停地变换着角色，语文老师紧张他教语文，数学老师紧张他教数学，化学老师紧张他教化学，政治老师紧张他教政治，美术老师紧张他教美术，全听学校安排。让人觉得老师不但崇高，而且有些神奇了。

二〇〇七年，我侥幸获得第四届鲁迅文学奖。从绍兴领奖回来，就回家看望老师，接着到老师任教的平峰中学看望老师。

不到二十平方米的房间，一边是办公桌，一边是床，一边是灶，一边堆着炭，门后立着一辆破旧的自行车，轮胎上沾满了泥。这么一个仅可容身的小房子，既是他的办公室，又是卧室，又是厨房。如果换了我，如果学生到来，会多少感到局促，但老师却是一脸的快乐，这是我从他的目光深处读到的。

过了一会儿，老师把抽屉拉开，说，文斌你看你写给我的信我都珍藏着呢。

厚厚的一沓信在老师手中错落开来，那是我在人生的不同阶段写给老师的信。既有在邮局买的信封，也有印着不同单位名称的公用信封，散发着过去岁月的气息。

真是无法描述当时心中的感受。

早知道老师会如此精心地收藏这些信件，平时应该多写一些才对。

就在我写下这些文字的时候，听说老师带的学生考了市里第一名，学校要奖给他几千元，他同样婉谢了。他说，作为一名老师，带好学生是自己的本分，还拿什么奖金呢?

我不知道现在同学们毕业时给他送的是什么礼物，也不知道他是否还像过去那样给每位同学发钱，但那张两角面值的人民币，一直伴随着我，护身符一般，陪我走过一站站人生旅程，每当自己心里有苦、有怨、有屈、有风时，就掏出来看看，心就会一下子定下来。

追月之彩云

肯定是冬天，不然先生不会戴着手套给我们讲课，雪白的手套。

可是却穿着灰白的风衣，那就应该是秋天？到底是秋天还是冬天，真是记不大清了。

如果能够找到当年的课本，一查就知道是何季节，但是课本也找不到了。

留下了什么呢？

一位先生，穿着在当时只有在电影上才能看到的风衣，戴着白手套，给我们讲孔乙己，作为一个经典的意象，永远留在学生的记忆里。

先生穿着风衣，孔乙己穿着破旧的长衫，真是一幅有趣的时空画面。

那时的先生在高处，让我们有些不敢亲近。也比别的老师多了一些神奇。课后，我们总是喜欢悄悄地跟踪先生。

天啊，那位最漂亮的女先生居然在先生的宿舍里给先生炒菜，神情是自愿的、光荣的、甜蜜的。这时的先生已经脱下风衣，但学生分明看到他的身上还有另外一件风衣，这时的先生已经摘掉手套，但学生分明看到他的手上还有另外一双手套。

先生的脸上笑容灿烂，那是我们在课堂上看不到的。

先生像是有意让我们分享他的甜蜜，把门半开着。

说老实话，那时我们并不懂什么叫“漂亮”，只是觉得那位女老师身上有一种“贵族味”，其实那时我们仍然不知道什么是“贵族味”，只是觉得那位女老师和别的女老师不一样，年轻、好看、美。

先生的宿舍门，也就成了学生的好奇门。我不知道先生是否意识到有那么多弟子在每天窥视着他。如果他意识到后背上每天黏着那么多双眼睛，就像他笔下的梅花篆字一样，那他每天走进教室时，该是一种什么心态。

但有一点是肯定的，那就是他的学生在幸福着他的幸福。

后来发生了一件大事，那位女老师的男朋友带了一个连的兵力包围了学校，学生们当然摩拳擦掌了，准备誓死保卫老师，不想战火还没有燃起，就熄灭了。

据说是正义给先生撑了腰。

这让学生感到多么遗憾啊。

生活重新进入平常。

现在看来，先生之所以让学生难忘，正是因为他给了平常的生活以不平常。

不平常，是先生的人生，也是他的气质。

后来看到先生写狂草，觉得合路，也合理，如果先生写正楷，那就不正常了。

再后来听到中国书协副主席吴善璋先生说，他的草书路子对，会有大出息，也觉得正常，如果没出息，那就不正常了。

回头再说当年。模仿特别是学生的天性，先生特别，学生当然模仿。当先生走下讲台，从教室门里出去，我们就奔上去，把两手握成抓球势，罩成“孔乙己空心球”，其中是我们想象的茴香豆。

然后拔着身子，一只手背在风衣后面，另一只手在黑板上写字。

还有先生走路的姿势，风一样的飘逸，却总是学不像，后来看了他的书法作品，才知道先生的双腿压根儿就不是双腿，而是一对不知握在谁手里的笔管。如果大家见过先生，这时一定会联想起先生的头发，现在想来，那也不是头发，而是狼毫，嘿嘿，其实叫“人毫”更准确。

包括先生的眼神，那种不食人间烟火的眼神。

学不像，却心向往之。

顺便说一句，如果他的学生中有人命犯浪漫，那也是有出处的，那是一种追求“不平常”生活的必然逻辑。

大家可千万不要怪这些学生，要怪就怪法帖，就像写字一样，没有谁生下来就是书法家，当初都得临帖，我们临的就是先生的帖，如此，先生成了我们潜意识中的法帖。

至此顿悟，什么是教，什么是学？这就是教，这就是学。

做个样子给学生看。

如此而已。

回头再想当年啃过的砖头一样厚的《教育学》，真是冤枉。

做学生的法帖，这就是老师，就是教育。

那时还觉得先生有些傲，好像不把平常生活放在眼里，当然也就不把眼下的一切放在眼里，包括我们这些学生。感觉里他是站在云端讲课的，一直没有降到人间来。我估计，他也没有把别的老师放在眼里，包括他脚下的大地。如果你有足够的细心，就会发现，他是行走在大地上，但脚步却是在云端的。

由此推断，他的心肯定在天空。诗人们说，去远方，远方有风景，看来诗人们还是目光不够，我要说，去云端，云端有风景。

果然，一年没有下来，老师就驾着云走了。

上了县。

属于将台中学的天空，就一下子暗了下来。

属于同学们的日子，就一下子平常了起来，就像谁突然把一幅绝美的风景画翻到了背面。

那就是我们那段时间的心情。

直到后来刘富荣老师到来。

现在想来，可能更伤心的是女老师们，当然包括女同学们。

哼！伤心去吧！就让她们好好伤心一番吧！

打听老师的消息，就成了我们的主要牵挂。

不久就听说他又从西吉二中调到一个叫彭阳的地方。

后来的一天，我和先生“撞”了个满怀。那是一列从将台开往固原的班车，我在将台上的车，先生家在将台东坡，离班车始发地兴隆镇不远。先生坐在车门口，膝盖上是一本我从来没有见过的书，大，厚，后来回想，那应该是《辞源》。先生一点儿都没有意识到我在车上，也许压根儿就没有意识到车在停。

我怔了一下，慌忙选了一个先生身后的座位坐下来。

这一路就在矛盾中度过，要不要给先生打一个招呼呢?

结果一直没有付诸行动。

为什么？是先生的专注拒绝了自己，还是别的原因？无从查考了。

犹豫之间，固原小城到了，不知为何，先生在城外下了车。

如果先生当时向车上回头看一下，也许会看到身后这名学生，但是先生的目光仍然在云端，人在下车，目光仍然在云端。

踩着彩云飘开去。

那是一朵心中的彩云。

它也许是一位窈窕淑女，也许是一个像窈窕淑女般的梦想。

仍然是那件风衣，只是没有戴白手套。

那时候还不知道什么叫苍凉，现在回想，那个背影是多少有些苍凉的。

谁也没有想到，十几年之后，我们会在一个叫固原的小城相遇，那时我在六盘山编辑部做编辑，他在固原地委宣传部任一个部主任。

在固原小城的日子里，先生的身体已经从天空降到了人间，只是眼神里还保留着“天空味”，后来看了他的书法专题展，才发现这种“天空味”全部转移到他的笔墨中去了，当然还有他的诗。

为先生写过一篇文章，大意是先生的书法，每幅都是创造，区别于制造，这是先生书法的“不平常”所在。现在回想，这个不平常，正是因为先生的作品中比别人多了些“天空味”。眼下，流行书法中的铜味，在先生的笔墨中还看不到。

在固原的小城里，降到人间的先生，当然懂得了关心学生，让我结束了租居生活的那间旧房子就是先生给我打听并一再催促我下决心买的。现在，那个六十平方米的房间已经在城市统建中拆掉了，但有一种亲情、一种温暖、一种缘分，却是永远拆不掉的。

那是我这个漂泊的游子落在小城的家，南关巷二号楼一单元302，也叫老地委二号楼，大概是小城最老的楼房了。

在那个六十平方米的家里，我沐浴过世界上最灿烂的阳光，听过世界上最动听的雨声，看过世界上最美的雪花；在那个六十平方米的家里，我出版了第一本散文集《空信封》，写下了后来作为第一本小说集书名的短篇《大年》，也写下了第一部非虚构长篇《第三种阳光》；在那个六十平方米的家里，儿子念完小学，上完初中；在那个六十平方米的家里，我给父母疗过伤，给岳父母洗过脚，尽过孝……

每天，站在那个阳台上出神时，我都会看到先生家的阳台。

在那个通往固原地委大院的小巷里，我会偶尔碰到先生，和他有一搭没一搭地说些话。当然，先生也会不时到我的办公室来看我，这让学生既激动又惭愧。

当然，也会不时接到他的电话，通知我去他办公室，让我看他新写的书法作品。往往是我最赞叹哪一幅，他就会立马把哪一幅送给我，就像是找着理由给学生送墨宝似的。

……

因为本质上是天空的，因此，看破、放下、自在、潇洒、包容、大方这些对于我们常人来说，需要修持才能抵达的果地，在先生则是自然。

现在看来，推荐提名先生任固原文联主席的那位领导无疑是一位智者，先生可能不适合做一个官，但适合做一个“文官”，而这个文联主席，于他真是再合适不过，因为他本质上不是一个官，而是一个“誉”，恰恰适合彩云追月，适合身在大地却心存天空的人去干。

在命运突然把先生推上固原文联主席的宝座之后，我们的交往多了起来。

绘事后素，先生看破、放下、自在、潇洒、包容、大方等的天然之“素”帮了他大忙，也帮了文联的忙，关于固原文联近年来创造的一桩桩奇迹，已经有多人书写，在此不表。

倒是愿意给读者聊聊他跟我这个学生的几次交心。一个不变的主题是，让我赶快在银川给他找一个悠闲的去处，换一句话说，就是他十分不愿意做这个“官”。

不平常，细想起来，却平常。

至此，我才明白，天空其实就是大地。

造化弄人，转眼，先生已过天命之年。

那么，先生知道天命了吗？

倒是觉得先生是倒着来的，耳顺似乎于他提前到来，但是否知天命，我还在观察。也许先生深藏不露，也许……

怎么就觉得先生一只脚在门里，一只脚却迟迟不肯迈进去呢？

那个犹豫到底是因为什么呢？

是什么把先生卡在那个门槛上呢？

这倒有些不合逻辑了。

造次，如是之想。

无论如何，在“天然”中找到“天性”，在“不平常”中找到“大平常”，可能是先生后半生的意义所在，也是“天命”所在。否则，于先生这样的“天然”，这样的“根底”，将是一个辜负，将是一个错过，当然也就是罪了。

想念那位穿风衣、戴手套的先生，想念当年讲台上的所有先生，包括那位为先生炒菜的女先生。

想念所有的同学。

想念小城，想念小城里和先生毗邻的那个家，包括小城里的所有朋友，包括儿子的先生。

想念之后是感念。

儿子如书

一

把一篇稿子赶完，妻子已经睡了。就到儿子房里，站在他身后，看他做作业。儿子始终不理睬我，但我仍站着。时间一长，儿子终于耐不住，回过头来，说，你没事干啊？没事干睡觉去！说得我后背一凉，又好笑。这话怎么这样熟悉啊。想想，是当年自己正写东西儿子进来捣蛋时给他说的话。不想今天弹了回来，落到自己身上。

只是这个球是从哪里弹回来的呢？

遂讪讪地离去，又忍不住在儿子脸上亲了一下，儿子躲避着，心思还在题上。

不免怅然。

二

儿子这两天咳嗽得厉害，我和妻劝他早点儿休息，但他坚持十二点才上床，上床之后还要在被窝里看一会儿书。我说，知道为什么感冒吗？就是因为你的休息时间不够，免疫力下降的缘故。儿子仍然不听。今天放学回来，咳得更加厉害了。眼见体力不支，趴在桌上写作业，我和妻让他休息，他仍不肯。我说，明天不去了。他说，没有请假。我到电话旁边，要给班主任打电话请假。他扑过来夺掉电话。我说，那好，那就早点儿吃药，上床休息。他躺了会儿，又起来写作业，持续的咳嗽让人心疼。我说，明天不去学校了，到医院检查。他说，好，你们出去吧，先让我把作业写完。

十点半时，他自己关灯睡了。

早上，我迷糊中听到屋外有响动，忙下床，不想到儿子被窝一看，人已不在。

三

铃响了，儿子仍无动静，知道他坚持不住了，就没有叫醒他。平时中午睡半个小时，一点半准时起来去学校。两点半时，他起来洗脸，要去学校。我说，欲速则不达，先将病看好再说。他说，下午还有一节化学课。我说，没关系，谁都要生病的，谁都会耽误课的。他又说，书包还在学校。我说，我替你去拿。他说，没有请假。我说，我已经请过了。他说，别骗人，我们马老师刚换的手机。我就认账地向他问了号码，给他请了假。

去医院时，我要他穿上大衣，他不。我要打的，他也不，一副钢铁男儿的样子。天特别地冷，我就解下自己防寒衣上的帽子，硬给他戴上，他没有再反对，但也没有配合。

验血，拍片，都是一副小事一桩的表情。

四

睡觉前，儿子洗了脸，然后对着镜子用手挤脸上的青春痘。我说，你这样把你们班上的女生心疼坏了吧？儿子说，那当然，一下课，全班女生都过来，凑在我的脸上看，一个个变成皮肤专家，纷纷献计献策，要多热情有多热情。这样说话，已经成了我们父子的习惯（一般情况下，我很少问儿子在班上考了第几名什么的）。我觉得这样十分开心，我喜欢这样和儿子聊天。我说，有没有你最喜欢的？儿子说，现在不考虑这些问题。我说，还是我儿子有出息。不过，我在北京见到许多女博士，都非常非常地漂亮，你说为什么？儿子惊异地看了我一眼，说，那是北京嘛。

但话一出口，我就觉得我的这句话真没水平，以这种方式给儿子动力，实在有些卑鄙。

五

给儿子买了一个商务通，上面带表，儿子原来的那块手表就多余了出来。

一天，外甥女打电话说要来玩儿。儿子对我说，那就把我的这块表送给她吧。我说，你自己的东西，自己决定。儿子说，那就送给她吧，我姨平时对我挺好的。我说，是，感恩是一个人的起码品质。

但外甥女走了后，我发现表还在他的抽屉里放着。我说，你不是说要给表妹吗？儿子说，我改变主意了。我说，舍不得了？儿子说，这是你送给我的生日礼物，我怎么能随便送人呢？我的心里一热。对，珍惜别人的情感，也是一个人的起码品质。

又过了几天，乡下侄子来玩儿。走时，儿子把那块表给了堂弟。

侄子走后，我问儿子，不给表妹是因为表是我送给你的生日礼物，给堂弟就不是了？儿子说，给你说实话吧，那天本来我要给表妹，但又想我姨有工作，买一块表不是什么问题，可我大伯却买不起。我的心里涌起一阵感动。我说，儿子你做得对，同情弱者，是一个人最起码的品质。儿子说，不过你不要伤心啊，你每次给我买的生日礼物，我都在日记上记着，等于我存着了，对吗？我说，你这是照顾我的情绪？儿子学我的口气说，珍惜别人的情感是一个人起码的品质嘛。

六

二〇〇一年，我奉调到银川工作，儿子仍然在固原上学。平时难得回家，一旦回去，儿子从学校回来，就饿虎扑食似的一下子扑到我怀里给我汇报最新消息，当然以他在班上取得的荣耀为主。这次回去，我主动问儿子有什么喜事报告。儿子却说，平平常常。但回到单位，妻打电话告诉我，她去参加家长会，发现了一个重大秘密。我问，什么秘密？妻说，你儿子已经修炼到荣辱不惊了。我问，怎么个荣辱不惊法？妻说，老师一通报情况，才知道儿子是今年的“三好”，但“六一”那天，她问儿子怎么空手而返，你猜他说什么？他说，“空手把锄头，步行骑水牛”嘛。当时，她还以为儿子今年真是败走麦城哩，谁想这小子给他娘藏了一手。我说，也给他老子藏了一手。妻说，往年，别说是“三好”，就是一个小小的单科优秀奖，他也是唱着回家的，差不多一里以外就能听到他的歌声，上楼道的脚步声简直就是快乐的锣鼓，而奖状当然是像旗帜一样举着进门的，然后当然是要贴在床头好长时间的。但这次她压根儿就没有见奖状，更别说向她夸耀了。放下电话，我的心里好一阵不是滋味。我不知道是应该为儿子高兴还是惋惜。

大山行孝记

知道我喜欢吃榴梿，他会不时买一个，自己却只尝一口，然后就再不动勺子，任凭你怎么动员。“对我来说，觉得吃一口和很多口是一样的，都是那个味道，后面的都是重复。”不由惭愧，还不如儿子，就是喜欢重复，喜欢重复那个味儿。

在享受上不喜欢重复，在孝行上却永不满足，这就是儿子。

妻说，上幼儿园时，姥爷姥姥到县城，儿子回来从兜里掏出两块蛋糕，说，这是阿（我）给阿姥爷姥姥的。姥姥闪着泪花说，这么大的一点人儿，咋想起来的，知道给姥爷姥姥留着吃。妻说，儿子把两块蛋糕装回来，意味着一顿没有吃主食。妻说，每逢发了新鲜的东西，儿子都要装回来让她尝，虽然每次都要挨她一顿训斥，但下次还是装回来。知道她晕车，每次回老家，都要抢先上车给她占座位。有一年春节，挤车的人特别多，儿子竟从别人裆下钻过去，上车给她抢了一个座儿。

去北京上大学后，每学期放假回来，都要带一箱东西，一人一份。特别是给爷爷奶奶，必不可少的是“稻香村”的软点心。当然，那一天我拉开自己的书桌抽屉，往往会看见多了几袋茯苓饼、几盒干果。一次，还给妈妈买了一个发卡，亲手给妈妈戴上，问他怎么会的，说是让商场阿姨教的。一次，给大伯买了一把二胡，只为我们在聊天时讲到大伯当年喜欢拉二胡。还要到中关村给大伯买电脑，被我阻拦了，我怕电脑拿回家侄子会上网。

近几年，每逢寒假，他都会接爷爷奶奶到城里，也只有他能把爷爷接来。

换了我，父亲总是一概拒绝。儿子不但能把二老接了来，而且留得住。二〇一一年寒假接来，一直住到隔年夏至才送回去，长达半年时间，算是破天荒了。其间，父亲数次嚷着要回老家，都被他成功留住了。正好大四最后一学期，他就索性回来陪爷爷奶奶。为了让爷爷安心，他动了许多脑筋，想了许多办法。首先是严密监理着每一顿饭菜。我觉得妻做的花样已经够多的了，比我们平时丰富多了，但他还是要隔两天亲自去买一趟他认为更适合爷爷奶奶吃的菜。父亲不愿意戴假牙，早点妻就给烙软饼子吃，在我看来已经够软的了，但他还是要切成米豆大的小方块儿，让爷爷泡到牛奶中吃。爷爷的床头上，永远放着几罐糖果，各式各样的。每半个月给爷爷洗一次澡，每两天洗一次脚。怕爷爷奶奶晚上去卫生间磕着碰着，就买了一个可以在卧室用的便盆，还配了手电扶椅一应需要的东西。父亲眼睛不好，看电视要凑到屏幕前，妻就给他一个小木凳，儿子看见马上在网上买了一个同样高低的软凳子来。同时买来的还有足浴器，给爷爷洗完，给奶奶洗，然后自己洗，也不嫌弃他们用过的水。完了抱着爷爷奶奶的脚剪指甲，每次要剪半个小时左右，细致和耐心劲儿使我这个做儿子的都惭愧。不巧，快要过年时，微波炉坏了，为了方便给爷爷奶奶每天热牛奶，他大年三十上街买新的，打不上车，就步行抱回来。到家时，脸都冻肿了，累得睡了一下午，好几天胳膊还酸痛。知道我分身无术，他就每天拿出一定时间，陪爷爷奶奶说话，有时爷爷奶奶已经躺下了，他就上床躺在他们中间，和他们聊天，往往大半个晚上。我在书房，都能感受到父母的开心。父亲永远在讲他当年那些事，我都能背下来了，但儿子却一遍遍倾听，他知道爷爷只是想和人说话。有空他就给爷爷奶奶录视频，包括每次回老家录的，估计超过一百个小时。为了解除爷爷奶奶的终极焦虑，他不停地在网上寻找相关视频，下载下来让他们看，为此，还专门买了一个 U 盘播放器。这也为留住爷爷起了很大作用，父亲不再时时嚷着回老家，而是每天准时坐到电视机前，让孙子给他播放下一集。我们欣喜地看到，半年下来，二老变得更加乐观、安详、喜悦，可以坦然面对归属话题。

在孝顺爷爷奶奶方面，儿子显然制订了近期计划、长远规划。对于大学生来讲，最后一学期意味着什么，不用多说，但儿子却把自己强行安排在爷爷奶奶身边。还剩最后两个月时，我半开玩笑地催他回校，说，快回去陪女朋友吧，孝敬爷爷奶奶的时间长着呢。他说，我的女朋友是天使，不用陪的。仍然尽心为爷爷奶奶服务，直到毕业典礼前才返校。为了方便接送爷爷奶奶，他专门考了驾照，说等家里宽裕了，买辆车，想啥时去接爷爷奶奶就啥时去，虽然至今我都没有满足他这一愿望。

这些年我之所以能够坚定地推广“安详生活”，有一个重要的力量就是儿子的支持，才知人生最大的幸福来自后代对你价值观的认同。上大学后，儿子通过学习西方文化，接触外国人、外国公司，更加认同我的观点，成为一个最坚定的“安详理念”支持者，并为此放弃出国、到外企工作等计划，决定回家给我做秘书。

早在大二第一学期，他就写了长达万字的《让全世界人民都来学汉语》，《文学报》更名发了一个整版。在把东西方文化作了对比后，他说：“在这一切对于经典文化的论断中，我们不难发现中华经典文化的魅力，遗憾的是，世界上至今没有一种语言可以代表汉语来描述出这种文化。汉语的魅力，是中华经典文化五千年的魅力，它所代表的智慧，是中华五千年文明的智慧。中华经典文化可以说是本世纪地球上仅存不多的文化宝库，而汉语，正是这座宝库大门的钥匙。”之后，他对中国经典文化的热爱与日俱增，到了大三，甚至到了非文言文不读的程度，说读白话文淡如白水。他说，这才真正体会到什么是爱国之情了，一个人在没有爱上自己国家的传统文化之前说爱国，肯定是言不由衷的。

为此，大学期间，特别是后两年，他想方设法帮我，只要他能承担的，都主动承担了。

大三暑假，家里更换了已经老得不能再用的洗衣机、电饭锅、微波炉、淋浴器等。换洗衣机、淋浴器时，我正在楼上睡午觉，他都没有叫我帮忙，待我下楼时，一切都已做好。看到他累得满头大汗，我心里一阵自责，这本该是我的活儿，现在却让他来做。再看，还给卫生间安了换气扇，装了毛巾架等。说来惭愧，住进这个屋子已经七年了，这些基本设备我都没有顾上置办。对此，从未听到他埋怨，不想现在他竟自己动手了，而且摆出一种永远自己动手的样子，这从他在网上买了一套电钻等工具可以看出来。

大四最后一学期，他在孝敬爷爷奶奶、背诵《论语》等经典的间隙，抽空网上购物，给客厅买了一个书架和衣帽架，给厨房买了一个菜架，自己看着图纸组装。还把家里所有电源换成分相的，不用妈妈每次使用时都要拔插，保证安全。那几天，门铃只要一响，他就下楼搬东西，然后拆箱，看着图纸组装，汗流浃背的。不多时，一个柜子就立在客厅了，一个衣帽架就立在门厅了，一个菜架就立在厨房了。那是赶二十二届图书博览会书稿最忙的一段时间，其间，我都没有认真看过他是如何组装的，当然就没有给他搭一把手。他还给我的卧室床头买了一盏十分温馨的仿古灯笼形布艺彩绘罩式台灯，换下了我直接插在墙壁插座上的牛头灯。旁边配了一个小电扇，把遥控器放在我的枕头边，让我暑期舒服一些，因为暑期阁楼就是一个火炉。同时配了一个自动加湿器……让人躺在床上，有种重换天地的感觉。

一天下班回来，看见儿子映在一团橘黄色的光芒里。定睛一看，原来是他在往新书架上摆书，已经快摆完了，那是他给我网购的中华书局版的全本全译全注经典系列，摆了整整一书架。我说，郭大山同志，你想开书店啊。他有些得意地说，是啊，您老以后基本不必再买书了。说着，拉上窗帘，把刚刚安好的落地灯摁亮，柔和的灯光打在书架上，再加上妻摆在书柜顶端的吊兰，让客厅一角一下子温馨起来，有意境起来。接着，他拉过来一个简式靠椅，让我坐上去，又从书架抽出一本书给我，说，您老今后就坐在这里看书，一边晒太阳，一边看，把这些书齐齐看一遍，再出去讲安详，就是另一种感觉了。

说到书，我的每部书稿，特别是中华书局出的两部书稿，他都在紧张的学习期间和同事、朋友一起帮我做了校对，确实增色不少。为了帮助我取证，他十分关注出版动态。这些年，只要有快递摁门铃让我下楼取东西，我就知道他又在网上给我买了书。打开一看，正是我当时最需要的。

看到我在全国讲课总是穿着同一件外套，他就开始在网上给我选衣服，不断地发来样照，让我确定后他下订单。我觉得没必要买那么多花样，就说都不喜欢。他就失望地回一句，我觉得挺好的啊，我妈也说挺好的。接着找，接着发，接着被否定。有一次学校组织去台湾，他还是自作主张买了一件回来，说实话，我是打内心里喜欢的，但表面上还是做出不冷不热的样子，怕他今后再买。每次回家，他都要给我把电脑重新装一遍，增加一些上档次的电子词典，还有一些我需要的软件，确实为我节省了许多时间。

除此之外，儿子还主动承担了对堂弟的教育工作，写给堂弟的励志信，估计也有上万字。二〇一一年，堂弟终于考上大学，他包揽了大人应该做的一切工作，从填志愿，到装扮，到送行。堂弟考取的学校远在长春，中间要换车，他不放心，就一直送到学校，办好住宿，给购置好生活用品后，才回京上课。

我这些年不揣浅陋，到全国学讲安详，一个重要的动力就是儿子，因为他时时处处身体力行，让我讲起来非常有底气。

儿子上初二时，十一放假，妻带他到银川来，说要给他买件防寒衣，我就带他们去华联商厦。不想看遍所有衣服柜组，也没有他看上的。他说，还有没有类似于固原商城那样的地方。我说有啊，东方商城就是啊。他说，那我们去东方商城吧。到了东方商城，他才真正进入买的状态。在一家卖休闲服的摊位前，他停了下来，要过一件，试了一下，然后和老板砍价。老板要了一百二，他还六十。老板说，六十我进也进不来。他就拉了我和妻走。老板说，如果要，就八十给你吧。他回过头说，七十？老板说，七十五行不行？他继续做出要走的样子。我和妻说，买上算了吧。他说，不买，刚才我看的那家，和他的货一模一样，人家才六十五。老板说，行行行，七十就七十吧，就算我没挣钱。就买了下来。往回走时，他说，如果换了你们，人家要一百二，你肯定给一百。我说，你什么时候学会的这一手？他说，老早了。我说，真厉害，要不要奖励你一瓶康师傅？他说，要奖励就奖励一瓶酸奶。一瓶酸奶一元钱，有营养，还解渴，康师傅三块钱，不过是个水。我说，郭大山同志，你今天纯粹是给我和你妈现身说法来了嘛，哪里是来买衣服。他说，是啊，我就发现你们花钱太不仔细。就像刚才，你们怎么对五块钱是一种无所谓的样子。一个五块是五块，十个五块就是五十，一百个五块就是五百。我说，这又是谁教你的？你妈？他说，是我自己悟出来的，这衣服和华联的相比也不差嘛，但华联的价格却是这里的好几倍。爸，你以后买衣服就在商城买。再说，衣服要会穿，如果你会穿，十几块钱的粗布衫也能穿出时髦来；如果不会穿，几千元的名牌也一样没档次，你说对不对？我说，对极了，为了表示我虚心接受，请你们吃肯德基吧。他说，我才不去附庸风雅呢，那是暴利，知道吗？再说，专家说了，饮食要素一点儿，生一点儿，少一点儿。书上说了，消化相同单位的肉需要血液的供应量是素食的十几倍，给心脏和肠胃增加的压力非常大，得到的能量和失去的能量相比，根本得不偿失。还有，动物在宰杀的时候，把所有的仇恨都变成毒素注入肌肉和血液内，人吃肉就是吃毒。听得我心里一惊一惊的。我说，你是从哪儿看来的这些理论？他说，好多书上都这样说。我愕然。看妻，妻一脸的得意。我说，那今晚我们吃什么？火锅还是煲仔？他说，我们回去自己做吧。

大四实习，我让他到一所小学讲《论语》和《西游记》，觉得应该装扮他一下，不要太学生气，就让妻带他去百货大楼买衣服。但是看了一圈儿回来，他都觉得贵，就在网上买了一套三百元左右的咖啡色休闲西装，配了一双褐色皮鞋，穿上，站在镜子前左照照右照照，还真像个小老师的样子。那大概是他在穿着上出手最阔绰的一次了。

儿子如此节约，但在帮助别人上却十分大方。去年暑假的一个晚上，他给妈妈认错。妈妈问什么错。他说前年他其实给 ××× 借了一万元。妈妈问那另外五千元哪里来的。他说是他上大学时爷爷、奶奶、伯伯、舅舅、姨姨和几位叔叔、阿姨给的，他瞒了我们数目。前年的一天，他打来电话说，同学 ××× 家的房子很危险，急需改造，让我们支持五千元。妻就给打过去五千元，不想他还把自己的五千元私房钱打过去了。听妻讲完，我既震惊又惭愧，儿子拿出他的私房钱，相当于拿出所有家底。近年来我也做一些小公益，但要我拿出全部家底，扪心自问，还真做不到。二〇一二年春节，他又给妈妈说，借给同学

×××的那一万元，咱们就不要了吧，一万元对我们不算少，但没有也能过得去，可对×××来说，却是一个大数字。这次我就不单单是惭愧了，而是觉得有一种力量拽着我的衣领，硬是把我带到一个开阔地带……就让妻告诉儿子，我们不但同意他的意见，而且欣赏他的做法。

实习结束时，儿子又给我出了一道考题，问我能不能给他的每位学生送一本我的《〈弟子规〉到底说什么》。我问一共多少人。他说大概五百人，如果算上另外一位实习老师的学生，大约八百人。我想了想，这等于把这本书的稿费全部捐赠了，心里多少有些不忍，但表面上还是十分痛快地答应了。他鼓励我说，老爸这次表现不错啊，有些真放下的样子了。真是羞愧。

在儿子的鞭策下，我把刚刚出版的散文集《守岁》、随笔集《寻找安详》修订版的首印版税全部折合成书，捐了出去，包括第三次重印长篇小说《农历》，直捐到出版社无书可供，真正体会到了一点儿放下的感觉。但我深知，离真正地放下，还远着呢。

平时，我们是最好的“朋友”，“朋友”到可以无话不谈甚至交换感情隐私的程度，但在一些关键时刻，他又会以古礼把我推到父亲的角色里，让我体会为人父的尊严和幸福。高考完的一天晚上，我都迷迷糊糊地睡着了，听到一个声音，爸，洗个脚再睡吧。睁眼一看，床前站着儿子，笑呵呵地，地上果然有一盆洗脚水。起来把双脚伸进盆里，心里有一种无法言说的幸福。第二天早上，他又为我做好了早点，让我用后再去上班。儿子的这一频道切换让我一时有些手足无措，甚至不适。那是一种需要狠劲儿才能消化的幸福，不同于以往“最好的朋友”带来的那种惬意和开心。随之而来的身心感受真是无比特别，工作起来特别有劲头，一下班就急切地回家。

贪恋他听到我的脚步声提前把门打开探出头来的那种感觉，贪恋他从我的手里一边接过包一边跟我说话的那种感觉，贪恋刚一坐定他就剥一个香蕉递过来的那种感觉……于是，每次课后回答提问，当被问到如果老公有了外遇怎么办等问题时，我就讲“一盆洗脚水”的故事，告诉提问者，千万不要抱怨，不要跟踪，不要争吵，只需准备好一盆洗脚水，静静候着，他凌晨三点回家，你就三点端到他床前，第二天他肯定两点回家，你照样两点端到他床前，第三天他肯定一点回家，如此，一直奉陪到他准时回家为止，成本很低，效果很好。

去上大学那天，表哥表姐来送行，他拉了行李箱都要出门了，却掉转身，把我和妻叫到卧室，关上门，让我们并排坐在床上。我说，干吗啊？寻思间，他已经跪在地上，说，爸、妈，儿子给你们磕个头。起身磕第二个时，眼里已经含满泪水。送走儿子，我回到电脑前，想写一段文字，但好长时间，却不知写什么。儿子用三叩首表达了他想表达的，我却无法用文字表达我想表达的。但我分明听到心里有一个声音在说，从今天开始，做一个好父亲。

此后，儿子十分自然地在孝子和朋友之间做着角色切换，比如遇到我和妻的生日，他都要五体投地行礼；遇到他的生日，也要给妈妈磕头感恩；遇到大事，他都要先征求我们的意见，然后再作决定，等等。但在平时，他也会在我看电视时搂一下我的脖子，揪一下我的耳朵，有时也会倒转乾坤，批评我不在现场时做错的事，当然是以我愿意接受或者能够接受的口气。总之，度把握得非常好，直接效果是促成了我的责任心和庄严感。

儿子的成长几乎没有让我们操心。很小的时候，就可以放心地让他一个人待在家里。妻去上班时，叮嘱他从里面扣上门链，交代任何人叫门都不能开。他就真不开。有一次，乡下姑父来，在门外叫他开门，他脸贴着门缝说，我妈说过不让开门的。姑父说，我是你姑父。他说，我妈说任何人来都不让开的。姑父说，你妈说的任何人不包括姑父，你看我给你拿了你爱吃的油饼。儿子看了看油饼，仍然说，还是等我妈来了再说吧。姐父只好蹲在门外抽烟，一边抽烟一边跟儿子聊天，直到妻下班回来。

上小学一年级时，他就能帮妈妈做饭，常常妈妈还未回来，他就把面和好饧在盆里，单等妈妈来擀。一次妈妈下班回家，看到他正在和面，校服都没顾上脱，就说，你手洗了没有这样和面？他的眼泪就唰的一下掉了下来。妈妈看到他眼泪下来了，忙说，妈妈和你开玩笑呢。儿子看了妈妈一眼，用胳膊肘擦了眼泪，继续和，一双小手像模像样地在盆里搅和。等妈妈换完衣服过来，一团面已经“坐”在面板上了。二三年级时，他已经能把饭做熟等着妈妈。有一次，舅舅来家里，等妈妈从单位回来，他都用炒面片招待过了。

儿子小学也贪玩儿，但到考初中那年，开始拼力学习。玩伴在门外喊，我们要去开门时，他就使劲摇手，示意说他不在家。他想考固原一中，就用粉笔沿途写“一中”二字，从学校开始，一直写到家门口。可以想象，他在和贪玩的习气作着怎样的斗争。当年果然顺利考上固原一中。初中时也玩儿，但到考高中时，同样的办法，同样地用功，同样考到他想上的银川一中。到了高中，差不多班里同学都用手机了，我说如果需要就给你买一部，他说不需要。我知道，有一个女生对他有好感，常常把电话打到家里来，但他仍然用初中时的办法，没有分心。谁想高考失利，刚刚上重点线。他决定复读。那年，他总结出一套理论，人是没必要睡那么多时间的，考前是没必要放松的，平时怎么作息就怎么作息。遂把休息时间压缩到六个小时，甚至五个小时。考前一天，仍然做题到晚上十一点。果然比上年增加了七十多分，达到人民大学录取线。一年下来，书房四面墙上贴满了他的励志便条，如同时间老人的胡须。有一条写道，“以成绩报恩”。还有一条写道，“结果并不重要，重要的是完成一次超越”。

儿子曾画过一组图画，是他的成长史。除了在北京上大学，这成长史事实上也是我的迁徙史，从乡下，到县城，到地区，再到首府，外加两次进修，可谓一路辗转。每次观看，我都十分愧疚，这除了给妻平添了许多风尘和辛劳，也给儿子增加了许多新挑战，要不断适应新环境，建立新秩序。但他并未以此为怨，反而心存感恩，画面上写满了不同阶段关心帮助过他的人，有老师同学，有亲朋好友，并用粗笔标注了几位决定我命运转折的关键性人物。后来的一天，当我从妻口里听到儿子之所以用心记住我讲的每件事并不断向她求证，像是要准备为我写传记时，泪水就不由打湿了我的双眼。他本已自觉承担了超过他年龄段应承受的一切，还时时处处想着成就我们，这该需要一种怎样的心力。

在儿子身上，我真切地体会到了什么是“顺”。小学三年级时，亲戚说把还给妻的钱放在棉衣夹层里让孩子从老家带过来，但妻翻遍衣服也没有找见。我便断定是儿子拿了。妻说从未发现儿子有此毛病，平时花一块钱，都是向她要的，如果不给，绝不自己动手取。但我那天感觉儿子神态有点儿不对。就举起竹竿，让儿子说实话。儿子的眼泪夺眶而出，但我的竿子还是下去了，心想在品德教育上不能手软。不想在我抽第二下时，儿子突然止了哭声，说，你说是我就是我吧，要打要杀由你吧。然后转过身去，坐在桌前写作业，把后背给我，意思是，本人没时间正面奉陪。我手中的竹竿就尴尬在空中。晚上，妻在亲戚家孩子的鞋子里找到了钱，我才知冤枉了儿子。十分不安，默默站在儿子身后，看着他脖颈里红肿着两绺，心里很难过。想说一声对不起，却无论如何也说不出口，就温了一块毛巾，敷在他脖子上，算是道歉。

母亲牙疼，半边脸都肿了，我和妻分别在合谷穴和足三里穴给她按摩。儿子进来，看了一眼母亲，打开冰箱找东西。妻问他找什么，他不说话，只是找。妻说，你今天是咋了？刚吃过饭，不赶快去做作业，磨蹭什么？他仍不理会，又拉开冰箱底层，在里面倒腾了一会儿，然后出去。过了会儿，又进来，拉开冰箱门取东西。妻生气地说，你今天到底是咋回事？他仍然没有搭理，从中取出几牙冻成冰的橘子瓣，过来放在母亲肿着的脸上。我和妻都愕然。从初二开始，发现儿子已经对我们的唠叨不屑一顾，全然一种“小人不计大人过”的样子，只顾做自己的事；有时妻生气，冲在他面前，他也笑脸相迎，不顶撞，不辩解，不争论，只是那么笑笑，然后趴在桌上写作业，或者倒在床上看书，妻的火力就那样哑在枪膛里，有气没力地扯几下火后，自动熄灭。在这方面，我觉得儿子做得要比我好，同样的情境，我就做不到这样，往往要论理，要计短长，不留神就把一件小事争大，甚至反目。看来，年龄和智慧并不成正比。

近几年，儿子几乎没有了脾气，对我和妻几乎百依百顺。我们约定六点起床，但他有时晚上忍不住要看书，睡晚了，早上就起不来。我进去在大腿上掐一下，他“呀呀”叫一声，换个身，乐呵呵地，说，马上马上，五分钟。五分钟后，再掐一下，他又换个身，乐呵呵地，说，马上马上，五分钟。再五分钟后，我的手就要过去时，他就忽地坐起来，眯缝着双眼，冲我傻笑。然后说，把我衣服拿来。我就真给拿过去了。妻有时看见，说，呵，真“孝顺”啊。虽然听着不顺耳，但心里却是一种别样的幸福。小时候，他睡懒觉时，我这样掐他，他会不高兴，有时还发脾气。现在，我的手再重，也激不起他一丝情绪。如果不监督，他就坐在马桶上看书，我进去把书夺掉，他嘿嘿笑一下，盯着我看，让你觉得他之所以要在马桶上看书，就是为了让你夺掉，而让你夺掉，就是为了报你一个乐呵呵的笑。

不知是孝顺给了儿子开心，还是开心给了儿子孝顺，大四这年，儿子的开心饱满得到处洋溢。吃饭时，往往我们一碗都吃完了，他还盯着奶奶笑呵呵地傻看，吃一口，盯着奶奶看一会儿，吃一口，盯着奶奶看一会儿，看得奶奶都不会吃了。奶奶嚷着要回老家。他问为什么。奶奶说，你们这里把人坐朽了。他就嘿嘿一笑，然后按着奶奶的双肩，推着奶奶在地上转圈儿。奶奶就“咯咯咯”地笑。他说，看能把你坐朽吗？之后，一有空儿，就推着奶奶在地上转圈儿，祖孙俩的笑声花瓣一样落满一屋。奶奶走累了，坐下来，他就蹲在面前，捧了奶奶的脸，欣赏桃花一样地看。看得奶奶不好意思，常常捂了眼睛。坐在沙发上看电视，常常搂着奶奶，否则那胳膊就没地方放似的。

大四寒假，他把同学之间的约会能取消的都取消了，非常要好的几位，非去不可的，也把时间尽可能地压缩。显然，他想念同学，但更依恋这个家，我甚至能够感觉得到，他聚会完是跑步回家的。一进门就“爸”地叫一声，然后跟我说话。我说把衣服放好。他一边把放错的衣服放整齐，一边等不及似的跟我说话。我说把袜子放在鞋窝里。他一边把袜子放好，一边眼睛盯在我脸上，说，爸，我给你说啊……

平时想跟我说话，到书房来，看见我写东西，就什么都不说，轻轻带上门，出去。有时实在想说，就在书柜里悄悄取一本书，坐在地板上看，直到我告一段落。还没等我把文档存完，就开始说了。往往有许多让你意想不到的悟处，关于生命，关于人生，关于灵魂……大学期间，差不多每天都要来电话，有时我忙，往往会十分残忍地说，今天就说到这里，明天再说。也没觉得他有多少失落，说，那就明天再说。第二天仍然会按时打过来，每件事都讲得津津有味。有人说，只有恋人之间才有说不完的话，而我体会到的却是父子之间有说不完的话。上大学后，每学期回来他都要和妈妈睡一晚上，不停地说话，说得没了睡意，干脆坐起来说，直到妈妈的鼾声响起来。

虽然我是他的父亲，但在不少方面，他是我的老师。有时甚至觉得我和妻是他的孩子，什么都要他操心，都要他料理。

上高中时，正是韩剧流行时，为了控制妈妈看电视，他把天线给锁了，直到他高考完，才取出来，为此，我们养成了晚上读书的习惯，已经好多年没有看过电视剧了。

一度，我的写作有些背离方向，他就提醒我，钱这个东西，只不过是银行账户上的一串数字，说有就有，说无就无，手头宽余了日子可以过舒适一些，不宽余了日子可以过清淡一些，不必为了挣稿费降低写作格调，说得我心里一震。为此，他的生活会更加节俭。一次，我在北京出差，正好遇到他放假，他就邀请我一起坐火车回家，但是已经买不上票了，我就让他退掉火车票，和我同坐飞机回，他说什么都不干，说，等我啥时能挣来飞机票的钱再坐飞机。和他一起出门，没有赶急的事，你就别想打的，要么坐公交，要么步行。

有一年，我的人生进入低谷，有种扛不过去的感觉，儿子几乎每天都打电话来，给我打气，说，天地太广阔了，一定要把心量放大，当你的心量大到可以把小气候忽略不计时，大境界就到来了。还说，当外界还能影响你的心情时，说明你还没有找到本质，还在现象世界，平时多想一下孔老夫子的“朝闻道，夕死可矣”，你就能超然了。按他说的去做，还真有效果。

一次回老家，晚上哥安排我单独睡一屋，因为我的瞌睡轻，怕人惊动。不想儿子悄悄跟过来说，你应该和我爷爷奶奶睡，一年睡不了几次。我说，你爷爷打鼾。他说，那也没关系，听爷爷打一晚上鼾也挺好，不然将来您老了会后悔的。我觉得有道理，遂去父母身边睡。果然睡不着，但听着父亲平添了许多老态的鼾声，就更加佩服儿子。大三那年，儿子和妻带母亲去了一趟北京，把该看的地方都看了，包括他的校园、宿舍，从照片上，可以看到母亲有多开心。但对父亲，此生就永远没有可能了，因为父亲已经八十七岁高龄，已经没有能力出远门了，于我，这个账，就永远欠下了。心里的懊悔，真不是语言能够表达的。有时心想，这些年都忙了些什么？忙来的那些东西，到底都有什么意义？居然一直没有拿出时间，带父亲出去一趟。就在那晚，我在心里说，一定要在哥嫂还健康时，带他们坐一次火车，坐一次飞机。

说实话，我和妻都算孝敬老人，但是要把父母吃剩的饭菜吃掉，一直都没做到。但有一天，看着儿子一点儿嫌弃没有地把爷爷吃剩的饭菜吃掉，我们就不得不改。一天，当我首次把父亲吃剩的菜接过去吃完时，我从父亲的目光里看到了从前一直没有看到的欣慰，我也确确实实地感受到，只有不嫌弃老人时，才算真正迈进了孝道的门槛。

二〇一二年春节，几个妻侄张罗在大年初二进行了一次新年聚餐，一方面因为我的父母正好在银川，另一方面也算是团拜，大家以此方式互道祝福，之后就不再一家家走动了。我是一个时间葛朗台，既然已经团拜，就不打算每家每户地去拜年了，因为岳丈、岳母已经过世。不想儿子说，还是要去，你忙你的，我去，反正我姥爷姥姥不在了，你可以不去，但我做外甥的，不去给舅舅舅母们拜年，说不过去。我说已经搞过团拜了。他说，那是新式的，古礼还是要尊的，就一一去拜。

可见，他在如何地弥补着我的过错，减少着我的遗憾，维护着我的声誉，提升着我的威望。一次回老家，他甚至专程去看望我嫂子的母亲，临行把身上所有的钱留给老人家，让嫂子无比感动，对我的父母更加孝顺。

此后的一天，他给我说，爸，你什么时候能够修到平等对待郭、田（妻姓）两家，就真安详了。同样说得我心里一震，是啊，自己的心里还有分别，还有远近，还有亲疏，还有自私，怎么能够找到真安详呢。又有一天，为了阻止我接一部书稿，他给我说，生命的意义在于不断提高灵魂的等级，而不是老在一个平面上重复。更是让我惭愧。没错，这部书稿确实是一次重复。当晚，我就给对方写了长信，致歉解除了草签的协议，决定从儿子希望的层面上，开始新的人生。

曾有朋友问我，你怎么老是那么知足？我说，儿子已经把我的心装满，又有何求？

也有朋友问我，怎么听不到你的抱怨？我说，此生已经拥有这样的儿子，又有何怨？

魂在肚子里

童年的记忆上逶迤着一条山间小道，山间小道如一条青藤结着许多酸涩的故事。

所有的故事都有一个相同的背景：瘦骨嶙峋的田野，衰弱的禾苗和看见粮食就往出流的涎水，以及比我小、比我大、同我一样大的孩子一律的清鼻涕。清鼻涕源源不断地从两个深不可测的洞里流出来，没有什么可以抵挡。清鼻涕从秋天漫延到夏天。

有一种感觉透人脊梁，这种感觉撺掇我走进沟岸上一块洋芋地，地里有刚成形的萝卜，萝卜尽管小但已是萝卜。

一声喝喊如炮弹落在我的屁股上，我仓皇撤退，就踩进了空里。我知道我已离开了洋芋地但我还没弄清我走进了一个什么境界，心里晕乎乎地经历了腾云驾雾，来不及产生害怕的感觉，已成为一摊胶泥里的一棵倒栽葱。后来那人说幸亏我头大脖子细，不然不会将头在稀泥中栽那么深那么长时间。当那人将我从胶泥中拔出来时，我觉得我的脖子已被拽成一根皮筋。

晚上，娘就领我到那个被我圆乎乎的脑壳制造出的圆乎乎的坑痕的地方给我叫魂：

回来——我的 ××，回来吃奶来。

回来——我的 ××，回来喝汤来。

回来……

我真觉得有一种丢失了的什么被召回来，钻进我的身体。我感动得流着眼泪。然后娘让我表示是否还拔人家地里的萝卜。我说再不，饿死也不。娘无限担心地说魂失惯了说走就走了。

我点了点头。当时六岁的我想象不出魂是什么样儿，只觉得它和我十分相关。

但是没过几天我又失魂了。

那是一棵老高老高的杏树，老高老高的杏树上的杏子还没有黄就早已被消灭光了。但是每天放学经过那棵树下时，我还是忍不住要仰头往树上瞅瞅。终于有一天我发现在一片树叶的背后藏着一颗非常饱满的杏子，口水就汹涌得让人咽不及。但是，它实在太遥远了。我想起了母亲的话，迈开无比沉重的第一步，回家去。

但是，我又回来了，我放下书包，脱了鞋攀上去。那是一根极细的独枝，要摘上那颗深闺藏娇般镶嵌在蓝天上的杏子就只有如猴子样攀到枝头。

风出奇地大起来，树随之摆动，我觉得我体内有种什么东西被风吹走了。我闭上眼睛，稳定了一下发抖的手和腿，我决定后退，但正在这时我闻见了那颗杏子散发在阳光中的香味，而它就在眼前，再前进尺许就可到手了。我又向前挪动了一下，一只手狠命抓住树枝，另一只手向那颗杏子伸去，我的最长的手指离杏子还有一两寸。无比美丽、无比动人的杏子使我迷醉，迷醉产生出一种无法抗拒的力量和英雄气概。我用力将身子往前一伸，我的指头触到了杏子。就在这时，我听见了一声响，我原以为我的哪根骨头折裂了。

睁开眼我发现尚活着的我和那根树枝并排躺在地上。这时我才发现自己犯了一个极大的错误，这根比我的胳膊还细的枝条恐怕上去一只猫也会压折的。我觉得有什么东西滑溜溜地在额上流。伸手一摸，手很红，忙抓了把烫土敷上，血就止住了。然后我就搜寻那颗杏子。当我回过头时失望几乎将我击毙。

杏子已在老黄狗的嘴里。

我躺倒了。晚上，母亲就又拿了我的红肚兜和笤帚去杏树底下给我叫魂：

回来——我的 ××，回来吃奶来。

回来——我的 ××，回来喝汤来。

回来……

杏树离我家还有老远一段路，母亲就一步一唤一步一挥笤帚扫落叶似的将我的魂往回扫。我同样感动得流着眼泪。

我躺了十五天，母亲就叫了十五天。十五天之后，母亲将我叫到灶前让我对着一个小碗磕头，小碗被红布包着，母亲取下红布，碗里是白面。然后，母亲就将那碗面烙了一个不小的锅盔，让我独享。哥哥妹妹看着锅盔流口水，但母亲正色说别人吃不得的，因为那是我的魂。后来我才知道，半月前母亲借了碗白面，用擀面杖刮平，再用红布包了，红头绳扎了，置于灶前。过一天，面就陷下去一节，再添满，再陷，再添……直至不陷了。母亲说魂就叫回来了。

这魂真是说走就走，说来就来。

多少年过去了，我一直纳闷母亲为啥要用白面叫魂，别的面就不行吗？我也一直在想魂到底是什么样子，什么东西呢？又在哪里呢？有一天，当我将一把老家拿来的青杏给儿子吃，儿子咬了一口就呸呸直唾时，我才明白：魂就是粮食，魂在肚子里。

倔脖子

“倔脖子”是我大堂哥的绰号，庄里人都管他叫驴群里的骡子。

这人性子奇烈，倔起来九头牛都拉不回。一家五口人的粮食硬是自拉自碾，从不求人；高高一大车麦子，一人从爬不住驴的山坡上放下，众人见之咂舌。有亲邻去帮忙，他却说：“你爱做就做，我可不买你的账。”

年轻丧妻。有人见他上锅上灶、捉针捉线、挖屎挖尿的很是可怜，欲将张巧儿作合。他又说：“你嘴痒了就往里面丢两个石子儿。”不知为何，丧妻后，他硬是要挪院。这谈何容易。有人好心相劝，得到的却是：“留着些热心肠去暖你婆娘的肚皮。”更使人纳罕的是他偏偏将院选在偏僻阴森的乱人坟旁，独门独户，一家灯火，如山居野人。

有一儿一女一母。老母瘫在炕上，每天要他端屎端尿。小儿患麻痹症，现瘸。女儿上高中，年年“三好”，学费是粜了粮换的。“不死娘不卖粮”。山里人最忌卖粮，但他舍得，每星期步行三十里上县城给女儿送干粮，不让女儿回来。女儿见父亲一人苦死苦活，泪生生卷了铺盖要回家。他说：“天下没有苦死的人，你若是你大的女儿，就好好念书。”

既拙又巧。拙是指做出的东西并不雅致精巧；巧是说他什么都会做，如鲁滨逊。桌子是自制的，几根柳木棒上架一页板，漆得七道八沟。炉子是土制的，火头倒不小，也旺，也利风。在前墙上钻一洞便是烟筒。

常年不见，拜年时却要家家转到。因每家有供祭的“三代”，先人是不能不敬的。没有糖，但见小孩却要散的，是花生，不过不是一把，而是一颗。

平时见女人眼皮都不抬，更别说搭话，有多情的女人欲打其主意，却碰了钉子。

“一块瓷砖。”有女人说。

“砖是火烧成的。”又有女人说。

姜哥

我不知为何叫他姜哥，只记得从记事起，就一直这样叫他。

此人幼时聪明过人，颇惹人爱，却奇瘦，一个麻秆细颈上挑一大头。放牛时在乱人坟睡了一觉，就没再醒来。被人用破席卷了，放火一烧，却大叫一声。众人说是饿死鬼嫌他瘦，又将他释放了。后来人们发现在姜哥的左臂上有两道红印，像被绳子勒的。

病后略显迟钝。后娶一妻，视为掌上珠。一天晚上，她要出去撒尿，姜哥说尿盆做啥？她说是尿盆里不能尿的“尿”。一泡尿就尿了几十年。据老人们说是被饿走的，据后人分析是被人倒腾出去的，因为有人见过这女人曾在姜哥弟媳的娘家出没过，是否给这家一瘸子做过两天半的妻子，很难肯定。不过那男人的拴马桩不行，却是事实。她还是远走高飞了。

至今无偶，为弟媳三喝二喊，尽管一天三担水是他的，牛是他的，推磨是他的——凡家中大小事一应是他的，包括为弟媳填炕、洗衣等。至今我仍忘不了每天早上人家小两口还在酣睡中，他就弯着腰给人家咣咣填炕的情景，想起来心中实在不是滋味。小时候睡懒觉，只要母亲一填炕，我就睡不住了。那种炕锄碰撞炕面的沉重的咣咣的声音，每一下都像击在心上，让你轻松不得。

弟媳烟茶瘾均具。早起悠悠品茶抽烟的福态令村中为人媳者个个患红眼病，只感叹自己的嫂子怎么如此健康长寿。

这人和倔脖子堂哥不同，和村中女人有点儿干系。下了雨沟里滑，有女人走到沟畔，岔出一声：“哎哟哟我的妈，咋上来呢？”他便放下自己的担说：

“那么让我给你担去。”于是那女人便在沟畔上立着，他便呼哧哧往上闪。还没上岸，又一个女人已在沟畔等着了。

山里人担水多在天麻麻亮。这时福大的人都还在梦乡周游。故而这几担水没给姜哥挑来什么祸水，而有些事却给姜哥惹出不少麻烦。

到山背后寻草，往往有女人不想拔时，便妖道一声：“这几天咋这么乏唛？”

“乏了将我的给你装上些算了。”于是那女人便按住背斗，他便抱一抱草过来，亲自压进去。这是我亲眼看见的。至于四只手在背斗里是否有更进一步的发展，我则不得而知。当时我不知他这样做的深刻意义，心想他大概也是在学雷锋吧。因为我的背斗常常不得满——那时山都很干很秃，寻草比我作作文还搜肠刮肚——姜哥在给那女人抱了一抱后，是一定要给我将背斗填满的。

我真不知道他哪儿来的那么多劲。只见他弯着的胳膊像个火车驱动活塞一样永恒地快速地运动，不一时一片山皮便剥了。烫土阵阵遮天蔽日。人与古庙里的泥菩萨不同的是那眼睛还在冒光，鼻孔尚在出气。后来他的胳膊就永远保持了直角，再也展不开了。有人担心他死了做棺材得比别人费一尺多板。

一次写作文时，我写了他的事迹，不料被那位漏风嘴的教师传了出去。

那是一个雨后的早晨，姜哥家升起响彻云霄的破锣似的女高音：“那么香，跟着去算了，侍候你骚妈一辈子。赖在家里做啥……”还有些语码我当时不大听得懂，现在也不便行诸文字，作罢。

我的心里一下子敲开了小鼓，许多人都去看热闹。我没敢去，就爬上院外的一棵大树，只见姜哥勾头弯腰推着那个大石磨转圈儿，默默地接受弟媳的热情教诲和满院人看戏一样的目光，那态度实在比我接受教师罚站还要诚恳。我总觉得姜哥会流下泪来的，因为我的已下来了，但他没有，始终没有。我想起了我家那头老在推磨的驴。磨口里的面，水一样唰唰淌着，它的泪，水一样唰唰淌着，而脚步却不停。

突然，一个老头子出来了，这是姜哥的大。完了！我的心飞到嗓子眼儿，我早就知道，面对这种局面，这位受人尊敬的果断地处理了庄里多少棘手事和家庭纠纷的头面人物将要以作整儿子来维护他向来的威风。果然，那老头子顺手操起一个山里人打土坷垃的家伙，只听“嘭”的一声姜哥便应声倒下了。

我率领一班人马杀将进去。那泼妇应声倒下，那老头儿也应声倒下。醒来已在自家炕上，才知从树上掉下来，鼻梁上便留下一个永恒的纪念。

为此，我深觉对不住姜哥，就从家里偷了两个鸡蛋，在大队小卖部换了半帽碗蜜枣，偷偷地送给他，他一只手放在我的头皮上转圈儿，另一只手飞快地将半帽碗蜜枣塞在嘴里了，连核都不吐。其实他并不知道这祸是我闯下的，不过我当时觉得他太可怜太可怜了。

本土如乳

那时我大概是七岁。一天，家里来了一个陌生人。父亲说是老庄上的。我问在什么地方。父亲说是“南里”。我又问“南里”是什么地方，父亲说“南里”就是我们南边的一个地方。我问这个人是我们的什么人。父亲说算起来应该是我的堂哥。那时的我好像有点儿胆小，不能很正面地打量堂哥。将一些零碎的感觉拼起来，觉得堂哥在一些什么地方和我们“北里”人有所不同。现在想来，这种不同正是所谓的文化吧。

吃过晚饭，父亲让我们兄妹去睡。我们却被堂哥带来的新鲜甚至神秘吸引着，迟迟不肯去睡，以致最后父亲只好将我们赶到另一个屋里。这就更加增加了我们的好奇。接着我们就看见父亲和伯父在另一个屋子里紧张地商量着什么。再接着父亲就将家里仅有的一袋麦子一分为二，装在另一个袋子里。然后整个家里就笼罩了一种战争的味道。堂哥是在夜深人静的时候走的。背上是父亲分出来的半袋子麦子。父亲的这一决断给我们带来的直接后果是没有到下一个月就已经无米下锅。姐姐不免埋怨父亲几句。父亲说，你总不能看着老庄上的人全被饿死吧。姐说我们也离饿死不远了。父亲就扇了姐一耳光。父亲认为姐说了不吉利的话。父亲就是在那样的情况下，也不让姐对生活失去信心。对于怎样保证几个儿女不被饿死，事实上父亲心里一定也没底。

但是我们毕竟活下来了。

后来的日子里，堂哥再也不到家里来。甚至奶奶去世家里打了电报也没有来。我们兄妹就常常抱怨父亲当初不应该将麦子给堂哥。我不知道父亲是否对当初的决定感到后悔，但是可以肯定的是他开始动摇了。因为平时不放过任何说教机会的父亲这次却保持了很深的沉默。

改变了我们对“南里”人看法的是一九九二年那场淫雨。老家的庄稼颗粒未收。整个村子都处在一种巨大的惶恐之中，我们家也不例外。谁想就在这时，“南里”的堂哥却运来了一手扶拖拉机麦子。堂哥同时送来的还有一个消息，那就是另一个在“南里”很有权力的堂哥问我愿意不愿意到“南里”工作。让我意外的是父亲对这个消息非常感兴趣。因为父亲一直想着将来有机会能够回到“南里”。这时，既然我能够代替他回去或者说为他打个前站，他老人家当然再高兴不过了。我就跟着堂哥去了一趟“南里”。

所谓的“南里”其实就是秦安县。

我被安排在一个机关当秘书。起初我觉得这要比我在“北里”教书好多了，但是不久我又回来了。这倒不是我对机关的秘书工作干不惯，而是有一种“气”接不上。到“南里”不几天后，我就觉得呼吸困难，烦躁不安。

奇怪的是一回到“北里”，这种症状就消失了。父亲说，他刚到“北里”时也是这样，过一些时间就会好的。我却再也不想去了。我又回到了那所乡下中学教我的书。我想，这也许就是所谓的本土吧。

辑 二

好大一个年

现在才知，中国人的年味儿，其实是人情味儿，
这种人情味儿里，有对天地的敬畏，
有对祖先的感恩，有对生命的珍重。
因为珍重，所以吉祥！

腊月，怀念一种花

腊月，在故乡，曾经是一种花盛开的季节。

多年来我一直回味着那个大年三十晚上发生的情景，当我们父子第一次将一种幽闭多年的鲜花复活于窗格子里时，院子里一下子拥满了人，至今我仍难以描绘人们被一种美惊吓的样子。

后来才知道，自家的窗花是很有些名气的，远近包括陇上人都来我家“请”花样。

一个“请”字包含着多少意味。

这些花样都是父亲凭记忆恢复出来的。

这一年之前，我的头脑中似乎没有“窗花”这个概念。那个晚上，当父亲将几色纸认真地叠成方格，戴上老花镜，将剪刀插进纸里的时候，我还不知他要做什么。只记得当一幅传神的“喜鹊啄梅”在父亲手中脱胎时，父亲眼里含着泪花。父亲将喜鹊在窗格子里比画了一下，我的小小的心里就“咯吧”响了一声，我被一种搭配震惊了。

后来看油画展览，眼见那些笨拙的框子将一幅幅莫名其妙的意象框死，总觉得不如窗花贴在窗格子里那么自然、那么美。农村的窗格子如同现在的格子田，老百姓通过它看山、看水、看风、看雨，窗花贴上的时候，山也好水也好风也好雨也好，都是花。

父亲剪着剪着，剪刀不由停下来，好像一个迷路的孩子，无比地茫然，往往需要抽上几锅烟才能回忆起下一步。就这样父亲花了好长时间才完成一种美的平反工作，但是有几幅他最终没有记起来，神情中有一种认真的负债感。我说，你为啥当时不偷偷藏下花样呢？父亲笑了笑，如同窗外的风。

现在想来，父亲能做到这一步已是非凡，几十年的寒风苦雨居然没有将这些美的形式彻底从他的生命中清除出去。

因此，那个大年三十晚上出现的场景就不难理解了。记得那晚我们常常将窗花贴反。父亲说，不要紧，贴反再倒过来。父亲极耐心地教我们如何小心地抹糨糊，如何搭配色彩，如何组织图案和意境。心中暗暗惊叹着美的生产过程竟是如此地富有学问富有秩序。贴完最后一格窗花，父亲将油灯挪到窗台说，你们出去看看。后来上美学课时老师讲过一个“审美紧张”的词，用在这儿真是再合适不过了，我们兄弟姐妹都被一种意外的梦里天国似的意境给镇住了，以致忘记了天上纷纷扬扬落下的大雪，直到那个串门的表哥“啊”地叫了一声，才回过神来。

不一会儿，院里就拥满了人。我的心灵经受着一种难言的情绪的冲击，我想仅仅用激动和感动是无法概括的。

现在想来，父亲不单单是挽救了一种美。

但是，这种被父亲竭力挽救下来的美在眼下的老家已经只有靠记忆来回味了。

小花格窗换成了大方框窗，白纸换成了玻璃，不知是人们没有时间剪窗花，还是怕糨糊弄脏了玻璃，反正，我是好些年没有看见窗花了。然而，父亲似乎并没有多少惋惜，只是在他的抽屉里锁着些花样，临到腊月常常翻出来给孙子说，知道吗，这就是窗花。

愿人人都能顺利返乡

我是一个大年迷，迷到什么程度呢？用十二年的时间写的长篇小说《农历》，其中“过大年”占了将近三分之一篇幅。散文集《守岁》中，有关年节的文章也占了大半。但仍然觉得没有传达出心中的那种“年”味儿。

这些年，有好多记者问我，为什么年味儿越来越淡了呢？在我看来，是因为我们把大年里面的祝福性因素给剔除掉了。只要把祝福性恢复，年味儿自然会浓起来。

我帮中央电视台做百集大型纪录片《记住乡愁》的文字统筹工作，发现但凡传承千百年的旺族，都没有丢掉祝福。

心理学告诉我们，每一个人都有一个永恒账户，就是我们的潜意识，它是永远不会消失的，那就意味着我们祖先的潜意识还在。既然我们祖先的潜意识还存在，那我们对祖先进行怀念，本身就是价值。

心理学告诉我们，当我们想一个人的时候，生命能量就在交流。

那么，当我们祭祖的时候，能量就在对接，生命就在充电。

古人正是把过大年作为一个恢复我们生命力的非常重要的平台和缘分来用的。在长达一个多月的怀念、感恩当中，跟生命的根部能量、源头能量进行连接。

中华民族为什么能够保持持久生命力？正是因为中国人是讲究祭祖的。其中最为隆重、最为集中、最为普遍的，就是年祭。

因此，只要我们恢复了大年的祝福性，经济再发展，生活再现代，也冲淡不了我们的年味儿。可以看到的例子是，周边一些国家和地区，虽然现代化程度很高，但节日的味道并没有淡下来。

所以，对于过大年，我是一个乐观主义者，我想，随着我们对一系列神圣性祝福性仪轨的恢复，中国人的过大年，一定会回到当年的那一种氛围中去。

从这个意义上，我多次呼吁，为了让年味儿大增，要把春节的假期再延长，要把春晚提前或者推迟一天，把除夕给人们留出来，否则，因为春晚长达四小时的集体走神儿，大年中最美的一段时光，最香甜的一段时光，最神秘的一段时光，最能感受心身交融、天人交融的一段时光，就被冲淡了，破坏了。

春晚是一个巨大的打扰。

古人把除夕叫过夜，正如“过”字一样，人们是一寸一寸地感受时间挪动的。正如守岁的“守”一样，人们是在一寸一寸地守护着时间的。我小的时候体会到的除夕的感觉，就是如此，真是一寸光阴一寸金。我在长篇小说《农历》里面写到一个细节，茫茫雪原上，一位穿着大红袄的女子在款款走来，留下了一串香喷喷的脚印，但那脚印，马上就要融化在你的目光里，让你心疼。

为了享受除夕的这个感觉，我们就把守岁前的准备工作，比如贴对联一类拼命地往前赶，好把更多的时间抢出来，来体会那种一寸一寸进入时间的过程。那种味道，提前一天，推后一天，都无法找到。这，大概就是古人讲的时间意义上的缘分吧。

在中华民族的意象性岁月中，大年是最持久、最强大的心理暗示，而心理学说明，暗示可以产生巨大生命能量，那些窗花，那些对联，那些年画，那些社戏，那些仪式等，都是暗示源。

大年是千百年来天地交融、人神共庆的永恒约定。在这个约定中，我们回到一种类似娘的怀抱的所在，有娘在的地方，就有大年，这个娘，有生身的，也有生心的。

为什么过大年的时候人们要拼命地往回赶呢？在我看来，它不是一个社会学问题，而是一个心理学问题。人的第一需求是回家。我们每一个人都是游子，终归要回家的。一个人他再怎么奋斗，再怎么拼搏，最后他一定要面临着一个根本性的问题，那就是返乡，踏上归程。

一生是如此，一年也同样。我们漂泊奋斗了一年之后，必须要经历一次返乡。这是每个人的潜在需要，人人如此。为此，过大年就成了中华民族的集体精神还乡。

事实上，一天也是如此，进入梦乡，说到底也是返乡，梦乡也是乡。

由此，我们再看春节回家潮，带有一定迷狂性、一定神秘性的回家潮，不顾一切的回家潮，我们就知道，它是跟人的本质需求相关的。就是说，每一个人他有一个第一需求，那就是，最终我们要回到故乡。

那么，在大年这个时间的轮回港口，我们每一个人事实上是预演了一次返乡，练习了一次返乡。

愿人人都能找到故乡，愿人人都能顺利返乡。

这才是本质意义上的吉祥和如意。

守 岁

一夜连双岁，五更分二年，这个“夜”，中国人把它叫除夕。“除”者，台阶也，像台阶一样的晚上，就是除夕。通过这个台阶，过去的一年成为年轮，被时光之主回收，新的年轮向我们展开。逝去的变成忧伤，即将到来的成为期待。忧伤和期待的交接，在我看来，就是祝福，就是“年”了。

让我百思不得其解的是，散居在中华大地的炎黄子孙们为何不约而同地选择这一夜举行如此盛大的交接大典？这种让人震撼的“约定”是如何完成的？又为何千百年来会被如此彻底、如此坚贞、如此心甘情愿地遵守？

蓦然回首，发现答案就在古词“守岁”里。

而“守岁”源于一个传说：

相传远古有一种凶恶的怪兽，人们叫它“年”，每到腊月三十晚上，就要从海里爬出来攻击辛苦了一年的人们。为了躲避年兽，人们天不黑就早早关紧大门，不敢睡觉，坐等天亮。大年初一，人们一见面就互相拱手作揖，互祝没被年兽吃掉。有一年除夕，年兽突然窜到一个村子里，差不多把一村人吃光了，只有一对挂红布帘、穿红衣服的新郎新娘平安无事。还有几个童稚，在院里点了一堆竹子玩耍，火光通红，爆竹声声，年兽没敢光顾。此后，人们知道年兽怕红、怕光、怕响，每至年末岁首，家家户户就争相贴红纸，穿红袍，挂红灯，敲锣打鼓，燃放爆竹。可是有的地方老百姓不知道这些办法，常常被年兽吃掉。后来有一个聪明人燃香向天官求救，年兽才被彻底降服。从此，每到过年，人们总要以燃香为暗号，请天官赐福。

突然发现，这个“年”，说的就是时间。想想看，在时间面前，无论是飞禽走兽，还是鳞介虫豸，包括作为万物灵长的人，都未能幸免。

而要逃脱时间之“年”的攻击，唯有进入时间。而回到当下、回到现场又是进入时间的唯一方式。过去心不可得，未来心不可得，我们唯一能够得到的，就是当下。

于是便有了“守岁”。

“守岁”是中国人度过除夕的专用词。越来越觉得这个词妙不可言。岁者，光阴也。为什么要守岁，因为它的特别。

守岁显然是一个象征。古人特意拿出这个带有交接意味、神圣意味，甚至基因意味的夜晚，让我们打量被平时忽略了的时间。

换句话说，守岁，就是让我们进入时间，因为只有进入时间我们才能真正进入幸福，或者说进入真正的幸福。

而要进入时间，需要给灵魂松绑。而要给灵魂松绑，就需要人们从物质中跳出来。而对物质的依附是人的常态。事实上“跳”是不可能的，灵魂被缚日久，只有“解”才能“脱”。

回到当下，无疑是给灵魂松绑的最好方式。

香烛爆竹也好，社火大戏也好，都是对时间的提醒，人们在爆竹声中是在当下的，人们在傩意识中也是在当下的。

如果我们体会过真正的守岁，就会发现，“当下”是快乐的代名词，全然的当下就是全然的快乐，只有快乐，没有别的。

如果我们能够回到当下，那么时时刻刻都是守岁。

先人通过这种方式，让后生们学习品尝时间、品尝生命，学习和灵魂促膝对烛。

当祭桌上的那一缕香烟袅袅升起，我们仿佛能够看到，祖先向我们走来。那个平时给父母遮风挡雨的屋子里，此刻，除了父母和他们的儿孙，还有爷爷奶奶、太爷太奶，等等。他们的目光在屋子的任何一方打量着你，亲切、温暖、绵长。这时的屋子是一个空间，又不仅仅是一个空间。它在时间之河上漂移，又让时间之河凝固。

恍惚间，它让你觉得有无数同样的屋子交织在一起，让你觉得这时的空间不单是空间，还是时间，还是“岁”，被一家人守着的“岁”。

爹和娘在炕上拥被而坐，兄和嫂在炕头围炉而坐，小子们环绕在周围，静听年的脚步响过除夕，天伦之乐如水弥漫，直到“坐久灯烬落，起看北斗斜”。这是乡土中国经典的守岁样式。也许是幸福最原始的状态了，是亲情最原始的状态了。时间变得可看、可听、可嗅、可触。

桌上的烛光让我们看到被我们守着的“岁”是一种如何摇曳的状态，院子里贴花的灯笼把我们守着的“岁”染成温暖，墙里墙外的爆竹声把我们守着的微醺薄醉的“岁”一次次惊醒。

守，首先是守着一份怀念，对恩情的怀念；守，同时还是守着一份敬畏，对时间的敬畏；守，当然还是守着一份感恩，对造化的感恩。

守，还让我们明白，大年是时间的一个结扣、一个站台，时间在大地上以春夏秋冬四季的形态存在，过大年其实是上一个轮回的结束，新一个轮回的开始。古人让我们通过过年，了解生命的真相：生命是一个轮回。如果把人的一生看作一年，那么也是一个春夏秋冬的过程。而除夕夜之所以让人们既留恋又伤感，就是因为它是生命轮回中最重要的一个站台。

这是一段被轮回迷狂化了的时间，就像是恋人初约；这是一段被轮回痴情化了的时间，就像是新婚之夜。“晨鸡且勿唱，更鼓畏添挝。”真是希望它的脚步慢些慢些再慢些，非常非常害怕它的失去，就像小时候把一年才能得到一次的水果糖含在嘴里，非常非常怕它融化掉一样。

至此，我们不难明白，和所有的节日一样，守岁，无疑是古人劝归的一声长调。

我的大年　我的洞房

因为忙碌，今年的大年是在没有丝毫心理准备的情况下到来的，就像一列飞奔的列车，突然遇到了路障，不得不刹车。腊月三十下午，处理完单位上的事回到家中，妻在洗衣服。我说，总该准备一下吧？妻说，我这不是在准备嘛，如果你愿意就去擦玻璃吧。我说，洗洗衣服、擦擦玻璃怎么算是过年的准备呢？妻说，那你说还要怎么准备？想想，也的确没有什么可准备的，就去擦玻璃，但总觉得还应该为年准备些什么。可是几扇窗子都擦完了，脑海里除过一副对联要买，还真想不起有什么需要准备的。

就上街买对联。一出小区门，发现许多人跪在门口左侧的空地上烧纸，按照老家的习俗，这应是“请祖先”了。不知为何，看着这些“请祖先”的人，我的心里一阵难过。那地方是平时倒垃圾的地方，怎么能够“请祖先”呢！停下来打量，发现他们是那么的底气不足，紧张、瑟缩、局促，小偷似的。细想起来也是，这本来就不是自家的地盘，而且身后是喧闹的车水马龙，一个人怎么可能从容自在呢？思绪就飞到老家去了。“请祖先”的时辰到了，一家或一族的男众向着自家的祖坟走去，远远看去，一串串葡萄似的挂满山坡。阳光温暖，炮声悠扬，在宽阔绵软的黄土地和黄土地一样宽阔绵软的时间里，单是那种不疾不徐的散淡的行走，就是一种享受。一般说来，坟院都在自家的耕地里。宽阔、大方、从容，让你觉得那坟院就是一幅小小的山水画，而辽阔的山地则是它的巨幅装裱。说是坟院，其实没有院墙，区别于耕地的，是其中的经年荒草，还有四周的老树，冠一样盖着坟院，让那坟院有了一种家的味道。坟院到了，一家人跪在经年的厚厚的陈草垫上，拿出香表和祭礼，焚香，烧纸，磕头，孩子们在一边放炮，那是一种怎样的自在和安然。且不管祖先是否真的随了他们到家里来过年，请祖先的人已获得一份心灵的收成。

这样想时，觉得留在乡下的哥不再那么苦了，而且有了一种正当理由，老人坚持住在乡下也有了一种正当理由。物质上他们是拮据一些，但他们却享有另一种富裕。而且因为有他们在乡下，自己就不需要在这个污秽的地方“请祖先”了，那些跪在垃圾场里“请祖先”的人，肯定是从乡下连根拔起了。

街口就是一家卖对联的摊儿。在老家，每年全村的对联都是父亲写的，后来父亲把衣钵传给我。有一年自己因病没有回家，村里人就只好买对联贴了。第二年再回去，乡亲们就又买了红纸让我写。我说，买的多好看啊，也省事。他们说，还是写的好，真。一个“真”字，让我思绪万千。现在，也只有在乡下，老乡们才认这个“真”。其实我知道，我的那些蹩脚的字，并没有买的好看。那么这个“真”到底指的是什么呢？现在，一个平时给大家写对联的人，却来地摊上买对联，心里一阵好笑。

想想自家能贴对联的门也只有防盗门了，却买了两副。另一副往哪儿贴，心里无数，先买上再说。心想，在老家，只有那些特别穷的人家才写一副对联，只在大门上贴贴，表示这个家还有烟火。

摊主说，不请门神？我说，不请了。一个“请”字，让我想起小时候请灶神的事来。随父亲上街办年货，发现父亲买别的东西叫买，买门神和灶神却是“请”。我问为什么。父亲说，神仙当然要请。我说，明明是一张纸，怎么是神仙？父亲说，它是一张纸，但又不是一张纸。我就不懂了。父亲说，灶神是家里的守护神，也是监察神，一家人的功过都在他的监控之中，等到腊月二十三这天，他会上天报告一家人一年的功过得失，腊月三十再回来行使赏罚。父亲还说，这请灶神是有讲究的，灶神下面通常画着一狗一鸡，鸡要向屋里叫，狗要向屋外咬。仔细看去，确实有些狗是往外咬的，有些是往里咬的，就看你家厨房在东边还是西边。还有那秦琼和敬德，一定要脸对脸。我问，为什么一定要脸对脸？父亲说，脸对脸是和相，脸背脸是分相。贴灶神也有讲究，一定要贴得端端正正，灶神的脸还要用黄表盖着，不能露在外面，不然将来进门的新媳妇不是歪嘴就是驼背。这样，再次走进坐了灶神的厨房时，一股让人敬畏的神秘的气息就扑面而来。

买好对联之后，主意又变了，心想再往里边走走，说不定会发现自己没有想到的年货。

在一家卖香表的摊前，脚步不由自主地停了下来。以往，腊月三十天一亮，父亲让我们干的第一件事是拓冥纸，先把大张的白纸裁成书本宽的绺儿，用祖上留下来的刻着“中华民国冥府银行”的木板印章印钱。小的时候觉得非常不耐烦，及至成人，觉得一手执印，一手按纸，然后一方一方在白纸上印下纸钱的过程真是美好。不知从什么时候起，开始有了机印的冥钱，上面的面值是一万元，有的还是华盛顿的头像，显然是来自国际接轨的思路。但父亲还是坚持用手印，有时来不及了，哥就拿出祖父传下来的龙元（一种上品银元），夹在白纸里用木桩打印纸锭，父亲虽然脸上不悦，但终没有反对。纸锭虽然讨巧，却总要比从大街上买的那些花花绿绿好得多。买不买，要收摊了，小贩说。我说，不买了。他说，过年不给先人送点儿钱花啊，市场经济社会，哪儿都得用钱的。我说，我们祖先那边还在计划经济时代。

到了炮摊前，花花绿绿的炮群让人眼花缭乱。想买，但一想儿子坚决不让买，就打住了。儿子已经对放炮没有了兴趣，他现在感兴趣的是考重点。而一个不放炮的年还是年吗？小时候，一进腊月，父亲就带着我们做炮了。父亲先用木屑、羊粪、硝石、硫黄一类的东西做火药，然后用废纸卷大大小小的炮仗，剩下的火药装在袋子里，侍候铁炮。铁炮有大有小，小的像钢笔一样细，大的像玉米棒子那么粗，屁股那有个眼儿，用来穿引信。过年了，只见小子们差不多每人手里都有一个沉沉的铁炮。村前的空地里，一排排铁炮对着美帝国主义，整装待发。小子们先把火药装在炮筒里，然后用土塞紧，然后点燃引信，人再跑开，捂着耳朵等待那一声来自大地深处的闷响。父亲还给我们用钢管做“长枪”，用车辐条做“碰炮”。“长枪”大家知道，和当年红军用的那种差不多，只不过腰身小一些。“碰炮”——把一个车辐条弯成弓形，在弓尾绾上橡皮筋，橡皮筋的另一头拴着半截钢条。这种“碰炮”不用火药，用的是火柴头，把几个火柴头放在辐条帽碗里，用钢条碾碎，然后把系在皮筋上的钢条塞在辐条帽碗里，拉长的皮筋起到了用拉力把钢条撬在辐条帽碗里的作用。这样，你的手里就是一张袖珍的长弓。然后高高举起，把钢条向砖上一碰，就是一声脆响。现在想来，那时的父亲真是可爱，在那么贫穷的日子里，在五两白面过年的日子里，他居然有心思给我们做这一切，他的开心来自哪里？而现在，什么都不缺了，但是我却没有见过哥给他的儿子做过这一切。而在城里的我，别说做，就是想给儿子买个炮，他自己都不要了。

到了电灯笼摊前，手又痒了。往出掏钱时，却是一股煤油的味道扑面而来。那是三十年前的供销社，父亲带着我，站在那个比我还高的大油桶前，把带嘴的油壶放在木板柜台上，那个穿着蓝卡其制服的漂亮的女售货员用一个竹竿舀子，把油从油桶里提上来，往油壶里倒。父亲拿出布做的钱包，把几角钱错来错去，艰难地作着是否还要第二提的决定。女售货员的舀子就停在空中，一脸理解的微笑，等待父亲的决定。我仰起头来，看着父亲的眼睛，父亲的眼里是一万个铁梅。最终，女售货员悬在空中的那提煤油一路欢歌进了我家的油壶。父亲说，就是再穷，腊月三十晚上每个屋里的灯都是要亮着的。有时实在买不起煤油，就先保证院子里的灯笼。

有那么几年，日子好过一些，父亲就用清油和蜂蜡做蜡烛，为的是敬神。当然，如果充裕还可以用来照明。做蜡的具体细节记不准确了，只记得父亲在一个个竹棍上缠了棉花，然后伸在清油和蜂蜡混融之后的锅里一遍遍地蘸，几次之后，一支黄萝卜似的米黄色的蜡烛就成了。一支支蜡烛插在麦秸编的塔形的蜡座上，看上去像个宝塔。最后一支蜡烛做完后，父亲就把那个宝塔倒提起来，挂在房檐上。刚包产到户的那一年，房檐上玉米辫一样挂满了蜡烛串儿，每天看着它们，心里就是一个灯海。在后来的作文课上，我好像写过这么一句话：那不是蜡烛，那是一串串在房檐上睡觉的光明。赢得了老师的表扬。接着几年，父亲都是亲手做蜡烛。再后来，有了洋蜡，虽然比自己做成本低，但父亲还是坚持自己做。父亲说，这敬神就是一个“诚”字，买来的东西怎么能够敬神呢？

要说这红灯笼，比父亲竹做骨纸糊面的灯笼好看多了，却一点儿也没有父亲做的那种“活”的感觉，但还是买了一个。人山人海，车不好打，就提了灯笼往回走。走着走着就走到老家的土路上了。在老家，年三十早上讲究跟抢集。一大早，差不多每家都有人到集上去，没买的再买，没卖的全部出手，有些几乎是送了。有那么一个时刻，街上“哗”的一下就没人了，一下子成了空街，看着让人心里有些害怕。多少年来，那种“哗”的一下就没人的情景一次次在梦中出现，让人思索这个“年”到底是什么，为何如此地神通广大，让人们一个个心甘情愿地“自投罗网”，无可抵抗。

看时辰，这一刻老家应该是上坟回来了。心里一下子着急起来，小跑回到家里。一看儿子挥汗用功的背影，又被刚才行色匆忙的自己惹笑了，今年本来就没有打算回老家过年的啊。一放寒假，儿子就一再重申今年春节不回老家。一天，我动员儿子说，回去把三天年一过就回来，你也放松放松。儿子用不容商量的口气说，不可能！妻子附和，年，年年过，高考只有一次，就依儿子。再说，等你儿金榜题名日，咱们再衣锦还乡，那种感觉该多好啊。儿子抱了他妈的脖子说，俺妈说得太对了，我们可以回去住它个十天半个月，好好显摆显摆。我说，那你娘俩儿在城里过，我一人回去。妻说那不行，单位安排她从初二晚上开始卖戏票。二比一，今年过年不回家的决议形成。当时是那么地不可接受，觉得这过年不回老家就像结婚不进洞房一样不可思议。现在，儿子坚毅的背影似乎又在重申：对不起老爸，今年你就先把你的那个年瘾放放吧。

看来这年贴只能在书房里进行了。书房在阁楼，因为是斜窗，不好弄窗帘，搬进来后，为了给自己制造一个相对隐秘的小天地，就顺手把几张报纸贴在玻璃上，不知为何，当时感到的却是“年”的味道。自己知道，这种感觉肯定来自老家八卦窗里新贴的窗花，来自被父亲熬罐罐茶熏黄的房墙上新贴的年画。就过段时间把旧的剥下来，换上新的。每换一次，年的味道就被复习一次。小时候，一进腊月，父亲就早早让我们裁窗花：用纸搓针，把上年的花样钉在一沓新买的红黄绿三色纸上，衬了木板，然后照着花样裁。刀子从纸上“噌噌噌”地划过，一绺绺纸屑就从刀下浪花一样翻出来，那种感觉，真是美好，更别说看着一张张窗花脱手而出的那种喜悦了。父亲还教我们画门神、画云子（一种往房檐上挂的花饰，我不知道父亲为何把它叫“云子”），包括给戏子打脸。

报纸已经贴好，年的味道再次扑面而来，那是一种被阻止了的光，或者说是一种被减速之后的光。恍然大悟，原来年的味道就是停下来的味道。那么，这个停下来又是谁的发明呢？而人又为何如此地喜欢这个“停下来”呢？莫非它是一个速度和惯性制造的阴谋？我的胡思乱想被窗外的一声炮响打断，好一阵懊悔，多少年神秘在心里的一种美好，一种鸡蛋清一样漾在心里的美好，满月一样圆在心里的美好被刚才的胡思乱想划破了。从未有过地觉得思想这东西的坏。“时时勤拂拭，莫使染尘埃”，才觉得这话说得真是好。就用一把想象的大扫帚把这些胡思乱想从心里扫去，连同懊悔。

再次回到腊月三十进行时。下来该干什么呢？在老家，应该是安喜神和天官神位的时候了。喜神位在大门，天官在当院，或者正面的山墙。显然，这两项在我的书房是无法完成的。就把书柜打开，找出《论语》，放在书柜的最上方，然后找了一个茶杯，在里面装了米，算是香炉，却没有地方放，就把一本精装书抽出来一半，用一摞书压了另一头，把香炉勉强放在抽出的那半面上。人民群众的创造力是无穷的，自己把自己惹笑了，一个模仿年俗的城里人。不知孔圣看着他的这样一个不地道的供奉人，该做何感想。父亲说，他们上私塾时，每天早上起来都要在“大成至圣文宣王”的神牌前磕头的，赶考前也是一定要到文庙上香的，考完回来也是一定要到文庙谢恩的，大年三十也是要先到文庙敬献的。现在，文圣的牌位有了，那么祖宗三代的呢？想填一个牌位，却找不到红纸，而白纸是不能设牌位的。再想，就是设了，先人们也识不得城里的路；况且他们压根儿就不想到城里来。父亲算是半个现代人了，但来城里没住几天，就嚷着要回家，更别说先人了。还是让他们在老家列席吧。

贴好窗纸，设完祭坛，拖完地，还是觉得不像，发现问题出在这地板砖上。老家的黄土地面，扫净，洒上清水，有一种来自地气的氤氲，感觉就出来了。还有，地上没有一个炉子，也就没有那种炭火的香味，没有一壶水在炉子上“吱吱”作响；没有炕，也就没有炕上的爷爷奶奶，当然也就没有一个偎着他们打盹儿的猫。“猫儿吃献饭”，这是窗花，也是老家“年”的经典意象，而此刻，这一切，于自己都是梦想。

最后发现，城里最大的问题是没有地方祭祀，老家年的气氛多半是上房里那个天地供桌渲染出来的。才明白，这个“年”，它是“土”里长出的一朵花儿，它姓“乡”名“土”，它本来就和这个一厢情愿者是两路人。

老家把张贴对联、门神、云子一应叫“贴巴”。贴巴一毕，该干什么呢？该做泼散和供献了。所谓泼散，就是饭前由长男端半碗饭菜到大门上去布施。大户人家一般有一个节日专设的散台，一般人家就由泼散的人挑了碗里的饭菜反手向四方扔扔，让无家可归的游魂野鬼们享用。所谓供献，就是一家人团坐在上好的饭菜前，供养天地，供养众神，供养祖先，也有点儿请他们给年夜饭剪彩的意思。然后一家人坐在上房里吃头道年夜饭。头道年夜饭通常是长面，这个妻子倒是做了。妻子也是从农村出来的，这个年俗她懂。

吃过长面该干什么呢？在老家，对于男人，这段时间是一年中最为享受的时光。准备工作做完了，香已上起，烛已点燃，酒已热上。孩子们在院里噼噼啪啪地放炮，男人们就坐在炕上过年。

那个“过”，真是只可意会，难以言传。勉强说，有点儿像“闲”，但你又觉得它非常地紧张，是非闲；是静，但你又觉得它非常地热烈，是非静；是温暖，但你又觉得它非常地清凉，是非温暖。那是什么呢？是和祝福的同在，是躺在一叶时间的舟上赏月，任舟下碧波荡漾，只不过那月不是月，那碧波也不是碧波，而是一种叫“年”的东西。如果一定要我找个词来称呼它，那就叫它“逍遥”，或者“静好”也可以。后来回想，这种静好大概和神同在有关，神像一个过滤器一样把平时浮泛在我们心海的那些杂七杂八的东西“过”掉了，让你心里的水还原到当初的纯净，那是一种液体的烛光。当然，这种静好还和供桌上请的家神有关系。因为和神同在，大家比平时庄严；又因为是家神，就不必像庙里那么肃穆。

如果说年是岁月的精华，那这段静好就是年的精华。多少年来，只要一闭上眼睛，我就能闻到它的香味，那种超越一切香味的香味；看到它的颜色，那种超越一切颜色的颜色；感到它的温暖，那种超越一切温暖的温暖；听到它的脚步，那种超越一切脚步的脚步，糖一样的脚步。

回过头来，觉得能够表达这段时光的，还是那个“过”字。我反对把汉字简化，但对“过”这个字的简化却非常地赞佩，一寸一寸地——过——多好。

男人们“过”年的时候，女人们大多在厨房里，收拾第二轮年夜饭。给孩子们散糖果、发压岁钱一般都在第二道年夜饭上来时进行，论时辰应该是亥尾，十点半左右。因此，这段十点半之前的时光，男人们就像茶仙品茗一样，陶醉而又贪婪。

回过头来说泼散，城里人显然没有条件做。因为没有地方可供你去泼、去散。你不可能把一碗饭端出楼道，泼散在小区里，那样别人会认为你是神经病。

供献倒是可以做，就三口人坐在一起献了饭，然后开吃。

吃完长面呢？应该是品尝那段静好的时间了。在老家，为了把这段静好延长，由我带头，把贴对联的时间一再提前，后来干脆不跟抢集了，一大早就开始贴了。依次类推，上坟的时间也提前了，有时如果效率高赶得快，那段无所事事的静好就从黄昏开始。按照习俗，一般情况下，只要大门上的秦琼、敬德贴好，黄表上身（把黄表折成三角形，贴在神像上方，意为神仙已经就位），别人就不到家里来了，即便是特别紧要的事，也要隔着门。这种约定俗成的禁入要一直延续到第二天早上行过“开门大礼”，就是说，这是一段纯粹属于自家人的时光。

但是放下碗筷，却一点儿也没有那种感觉。儿子已经迫不及待地打开电视，手机也不安分，祝福的短信声频频响起。是啊，该给师长、领导和亲朋好友拜年了。就坐在沙发上编词儿。儿子见状，拿了饮料和干果就着春节联欢晚会自斟自饮。编了许多句子，都删掉了。祝福的时刻也是感恩的时刻。年年岁岁，每当写下那个“祝”字，心里就是一阵莫名的感动。才知道什么叫词不达意，再美好的贺词也难以表达心中的那份感念，对亲人，对师长，对善缘，对大地，对万物。真是岁月不尽，祝福不尽。

从小，父亲就给我们灌输，一个不懂得惜缘和感恩的人是半个人，常言说，受人滴水之恩，当以涌泉相报，可是你想想，一个人一生要用掉多少水，造化的这个恩情，一个人怎么能够报答得了。当时不懂得父亲话里的意思，及至年长，每次打开水龙头，就觉得父亲的话真是至理名言，假如这地球上没有水，没有粮食，没有阳光，别的一切又从何谈起？我们还谈什么荣耀，谈什么理想和幸福？这样想来，就觉得在我们生命的背后确实有一个大造化在，她给我们土地，让我们播种、居住；她给我们水，让我们饮用、除垢；她给我们火，让我们取暖、熟食；她给我们风，让我们纳凉、生火；她还给我们文字，让我们交流、赞美，去除孤独和寂寞。要说，这才是真正的“供献”，但对此勋功大德，造化却默默无言，无言到普通人连她在哪儿都不知道。

为此，感恩成了我的一大情结。以至于自己的一些古旧的做法在别人看来可能有些可笑。但要改变，似乎已不容易。父亲说，感恩是一个人的操守，应该知行合一，落实在默默的行动上，不要修口头禅。那么短信呢？短信当然不是行动，有些口头禅的嫌疑，但不发心里又过意不去。可身为作家，却写不出一句自己满意的贺词来。就在作难时，一句春联出现在脑海：天增岁月人增寿，春满乾坤福满门，横批，出门见喜。觉得不错。在春联中，最喜欢这句了，尤其“天增岁月”“春满乾坤”这对，真是大美。就把按键想象成毛笔，把彩屏想象成红纸，书完赵家书钱家，写完孙家写李家。恍然间又回到了老家，身前是一张方桌，左边是研墨压纸的侄子，右边是排队立等的乡亲，身后是一院红。又被自己惹笑了，一家家住在火柴盒一样的单元楼里，哪里有什么院啊。突然觉得这城里人真是可笑，一个家，怎么可以没有院呢？

如上所述，觉得祝福是一种近似于祈祷的庄严行为，就算做不到虔诚，至少也应该真诚，因此不喜欢那些从网上下载的段子，尤其厌恶群发，就逐个发。

发完已是老家上第二道年夜饭的时间。一般家庭，第二道年夜饭的主菜是猪骨头，我们家因为祖母信佛，父亲又是孝子，尊重祖母的信仰，也就变着花样做几道素菜。妻子征求儿子意见，把这个环节干脆省掉了。但压岁钱是要发的，虽然要比老家发的多得多，可儿子却丝毫没有几个侄子从我手里接过压岁钱的那种开心，手伸过来了，眼睛还在电视上。

老家也有电视了，多少对那段静好有些影响，但深厚的年的家底还是把电视打败了，大家还是愿意更多地沉浸在那种什么内容也没有又什么内容都有的静好中。说到电视，思绪就不停地往前滑。平心而论，有电是好事，但在没有电之前的年却更有味儿。想想看，一个黑漆漆的院子里亮着一盏灯笼，烛光摇曳，那种感觉，灯泡怎么能够相比。再想想看，一个伸手不见五指的村子里，一盏灯笼像鱼一样滑动，那种感觉，手电怎么能够相比。假如遇到雪年，雪打花灯的那种感觉，更是能把人心美化。细究起来，灯是活的，灯泡是死的；灯笼是活的，手电是死的。这到底是怎么回事呢？为什么越先进的东西给人的感觉越是死的呢？怎么社会越发展活的东西越少，死的东西越多呢？

刚才说过，尽管有了电视，有了春晚，但老家的孩子却没有完全被吸引。吃过第二道年夜饭，他们就穿了棉衣，打了手电，拿了香表和各色炮仗，到庙里抢头香了。几个同敬一庙之神的村子叫一社，那个轮流主事的人叫社长。说来奇怪，那一方水土看上去极像一口大大的锅，那个庙就在锅底的沟台上，但是这种体制并没有限制“锅”外面的信众翻过“锅沿”来敬神。特别是那个灯笼时代，一出村口，只见“锅”里的、四面“锅沿”上的灯火齐往庙里涌，晃晃荡荡的，你的心里就会涌起莫名的感动。如果遇到下雪，沟里路滑，大家就坐在雪上往沟底里溜，似乎那天的雪也是洁净的，谁也不会在乎新衣服被弄脏。

然后，一方人站在庙院里，静静地等待那个阴阳交割的时刻到来。通常在春节联欢晚会主持人宣布新年的钟声敲响的时刻，庙里的信俗两众就一齐点燃手里的香表。这里不像大寺庙那么庄严，大人的最后一个头还没有磕完，一些胆大的小子已经从香炉里拔了残香去庙院里放炮了。这神仙们也不计较，爷爷宠着淘气的孙子似的乐呵呵地看着眼前造次的小家伙们。不多时，香炉里的残香都到了小子们的手里，变成一个个魔杖。只见魔杖指处，火蛇游动，顷刻之间，整个庙院变成一片炮声的海。

现在，窗外也是一片炮声的海，但怎么听都让人觉得是假的。想想，是这高楼大厦把这炮声给破碎了，不像在老家，炮声虽然闲散，却是呼应的、“聚会”的。还有一个不像的原因，就是这小区不是院子，再好的炮声也让人觉得是野的。

小子们放炮时，有点儿文化的成年人则凑在庙墙下欣赏各村人敬奉的春联。什么“古寺无灯明月照，山门不锁白云封”，什么“志在春秋功在汉，心同日月义同天”，什么“保一社风调雨顺，佑八方四季平安”，等等。长长的一面庙墙被春联贴满，假如你是白天到庙里去，一定会远远地就看见一个穿着大红袍的老头儿蹲在那里。庙院里插满了题着“有求必应”“威灵显应”一类的献旗，庙堂里“感谢神恩”一类的丝质挂匾堆积如山。在每年社上的还愿大礼上，社长就叫人把那些丝绸献匾缝成一个帐篷，供戏班子搭台用。

从庙上往回走的那段时光也非常爽。脚下是宽厚的大地，头顶是满天繁星，远处是隆隆炮声，心里是满当当的吉祥和如意。上了沟台，坐在沟沿上歇息，你会觉得年是液体的，水一样汩汩地在心里冒泡儿。要是天天过年就好了，一个说。人家神仙天天过年呢，另一个说。目光再次回到庙上，觉得年又是茫茫黑夜中的一团灯火。

可是现在，我站在自家的阳台上，目光望断，那团灯火却固执地不肯出现在我的视线中。

从庙上回来，一家人往往要同坐到鸡叫时分，由孙辈中的老大带领去开门，然后留一个人看香（续香火），其他人去睡觉，但也只是困一会儿，因为拂晓时分，长男还要去挑新年泉里的第一担清水，等太阳出山时全家人赶了牲口去迎喜神。再想想看，一村的人，一村的牲口，都会聚到一个被阴阳先生认定的喜神方向，初阳融融，人声嚷嚷，牛羊撒欢，每个人都觉得喜神像阳光一样落在自己身上，落到自家牲口的身上，那该是一种怎样的喜庆。一村人到了一块净土的正中间，只见社长香表一举，锣鼓消歇，众人“唰”地跪在地上。社长主香公祭。祭台上有香蜡，有美酒，有五谷六味，也有一村人的心情。社长祷告完毕，众人在后面齐呼，感谢神恩！然后五体投地。牲口们也通灵似的在一边默立注目（更为蹊跷的是，有一年，在大人们叩头时，有一对小羊羔也跟着跪了下来）。

那一刻，让人觉得天地间有一种无言的对话在进行，一方是大有的赏赐，一方是众生的迎请。一个“迎”字，真是再恰当不过。立着俯，跪着仰，正是这种由慈悲和铭感构成的顺差，让岁月不老，大地常青。现在想来，那才是原始意义上的祝福。礼毕，大家都不会忘记铲一篮喜神方向的土回家去，撒在当院、灶前、炕角、牛圈、羊圈、鸡栏、麦田菜地、桃前李下。

大年初一的早上，通常是吃火锅。那火锅和现在城里人用的火锅不同，是祖上留下来每年只用一次的砂锅。说是砂锅，又和现在饭店里的那种砂锅不同，中间有囱灶，四周有“菜海”，囱灶中装木炭火，下面有灰灶。木炭把年菜熬得在锅里叫，就菜的是馒头切成的片儿，那种放在嘴里能化掉的白面馒头片儿，热菜放在上面一酥，你就知道了什么叫化境。菜的主要成员是酸菜、粉条、白萝卜丝，主角是酸菜，一种母亲在秋天就腌制的大缸酸菜。现在一想起它，我就流口水，那种甘苦同在的酸，只有母亲能做出来。进城之后，我曾让妻子按母亲的方子做过好多次，都失败了。妻子无奈地说，有些东西，城里人就是无福消受。

初一下午的那段时间也不错。记忆中永远是懒洋洋的阳光，就像那阳光昨晚也在坐夜，没有睡好的样子，现在虽然普照大地，但还在睁着眼睛睡觉。我和哥走在那种睡觉的阳光里，去找那些长辈和填了“三代”（在红纸上填写的祖宗三代神位，比如我们郭家，就写“郭氏门中三代宗亲之神位”）的人家拜年。一般来说是按辈分先后走动，但最后一家往往是我们爱去的地方。因为我们会在那家坐下来，喝着小辈们炖的罐罐茶，吃着小辈媳妇子端上来的甜醅子，有一搭没一搭地说着在心里存了一年的闲话，直到晚饭时分。不知内情的人会想这家肯定是村里的大户人家，其实情况恰恰相反，他是我的一个堂哥，论光阴是村里最穷的人家了，但他却活得开心，永远笑面弥勒似的，咧着个大嘴，让人觉得没有缘由的亲，没有缘由的快乐，没有一点儿隔膜感。自己虽然穷，却不抠门儿，假如有些什么好东西，往往留在这天让大家分享。大家都愿意上他家的那个土炕，无论是大人还是小孩儿。大半村的人，炕上肯定坐不下，小子们就只能围了炉子坐在地上。通常情况下，炕上的大人在说闲，地上的小子们在打牌。那种感觉，让人想起共产主义。有时我们干脆不回家吃饭，接着打牌，堂嫂就给我们做大锅饭。吃完大锅饭，接着打，堂嫂就把馒头笼子提了来，放在牌桌下，谁饿了只要一伸手就可以解决问题。父亲说，奶奶活着时，在正月，一村人差不多都围着奶奶过。奶奶去世后，这坛场就转到堂哥家去了。

父亲还说，那时的年要过整整一正月的。而年的准备工作一进腊月就开始了。父亲说，家里有两台石磨子，四头驴换着推，要转整整一个月，因为奶奶磨的是一村人吃的面。腊八一过，村里的戏班子就住到我们家了，开始排戏。腊月二十四彩排之后，大家回家过年，三天年一过，出庄演出，演戏回来，戏班子就干脆住在我们家打牌，等下一方人下红帖。不过那时村里人不多，正好一台戏，父亲说粮食湾的戏是远近出了名的。关于粮食湾的戏，有许多的故事可讲，别的不说，单说有一年，伯父为了做一尊龙王，三九天在沟泉边往麦草扎的龙骨架上浇水，整整浇了一个月，硬是冻出了一个活生生的龙王，一出庄，把外方人的眼睛都惊直了，代价是伯父的手指差点儿被冻掉。多少年来，我一直在想，伯父的这种近似着魔的热情到底从何而来？

相比之下，城里的初一就有些百无聊赖。傍晚，我打开电脑，开始写这些文字，以一种书写的形式温习大年，我没有想到，它会把我的伤心打翻，把我的泪水带出来。

全本戏

腊八一过，心里就乱起来，做事不能专注，思绪总是往老家跑，就像着魔一样。再看新闻，整个中华大地涌动着回家潮。让人感动，也让人忧伤，这，到底是怎么回事呢？因为一个特殊的因缘，今年只能在城里过年，在一种类似失恋的状态中，我站在大年的门外，重新打量，蓦然发现，大年是一出演义。

大年是感恩的演义。寻根问祖也好，祭天祭地也好，给老人大拜年、走亲串戚也好，都是教人们不要忘本。连同一草一木，一餐一饮，半丝半缕，都在感念之列。《说文解字》释“年”为五谷成熟。而五谷成熟之后呢？感恩啊。于是便有了“腊”。《说文解字》释“腊”为十二月合祭百神。把一年的收获奉献于祖先灵前或诸神的祭坛，对大自然和祖先来一次集中答谢，知恩思感，这便是中国人的逻辑。在享受五谷丰登的喜悦的时候，在品尝佳肴美味的时候，在沐浴阖家团圆天伦之乐的时候，感念天地化育，感念风调雨顺，这便是年了。这种感恩之情，渗透在大年的每一项活动中。而诸如“三阳开泰从地起，五福临门自天来”这些对联，则是对天地直截了当的感恩词。而每年必请的年画《孔子演教图》《三皇治世图》则是对致力于改良世道人心的圣人的礼赞。

禅宗有句话头“因何而来”，是说人因何而来，生命因何而来，我想可能就是为感恩而来。所以我们在最感动的时候，恰恰是在感恩的时候。

如果我们有足够的细心去体味，就可以从一粒米中看到造化的恩情。一粒米作为一颗种子进入土地到来年变成一株庄稼的时候，我们可以想象，其中包含着多少阳光、地力、风之调、雨之顺，包括时间，包括耕耘者的汗水和期待。所以年的意义，就是要让我们在大丰收之后，回到一餐一饮，回到一粒米，去发出我们发自内心的那一份感激，对阳光的，对大地的，对雨水的，对风的，包括对时间和岁月的。

真是岁月不尽感激不尽。

这种感恩之情在最为典型的社火祝词《十进香》中体现得淋漓尽致：

> 刘炎昌进庙来双膝跪倒，经炉里点着了十炷信香；一炷香烧与了风调雨顺；二炷香烧与了国泰民安；三炷香烧与了三皇治世；四炷香烧与了四海龙王；五炷香烧与了五方土地；六炷香烧与了南斗六郎；七炷香烧与了北斗七星；八炷香烧与了八大金刚；九炷香烧与了九天仙女，十炷香烧与了十殿阎君。

从中，我们既看到了中国老百姓智慧而优美的数字修辞，从一到十，十大关系，真是再圆满不过，再巧妙不过；又看到了中国老百姓全面系统的感恩和敬礼，把这些给了他们无限希冀和美好幻想的古典意象全部纳入歌颂之列、恭敬之列、感谢之列。每次倾听，都忍不住热泪盈眶。

感恩是乡土中国永恒的话题。它渗透在中国人的每一项活动中，渗透在中华民族的每一个节日中，包括婚丧嫁娶。且不说葬礼，单拿人们再熟悉不过的婚礼来讲，它本身就是一个感恩节。夫妻双双拜天地、拜高堂、互拜，就是最为集中的章节。我们可以想象一下，一个人的成长，包含着多少造化的慈悲，包含着多少父母的心血。只要是一个有心人，在女嫁男娶的时刻，他首先应该想到的是感谢父母。而在民间比较古典的婚礼上，是必设一个祭桌的，是必要请祖先来见证我们的誓言、我们的爱情的。那一炷香不点燃，是不能结婚的；那一个头不磕下去，是不能成为严格意义上的夫妻的。所以古典的婚礼，它既是婚礼，也是感恩礼。再说夫妻互拜，那也是感恩的范畴。我们可以想象一下，在数百万亿的人群中，一男一女能够相识、相知、相爱，最终走到一起，结为百年之好，这中间有多少需要我们去感念的东西。所以古典的婚礼其实是一场古典哲学的演义和教育。现在都市的一些婚礼在很大程度上已经变成了一种游戏，一个司仪在那儿不着调地造一些幽默，引导大家说闹，然后大吃大喝。但是中国古典的婚礼不是这样，它是非常神圣的，也是非常庄严的，它要让我们通过它深深地体会一个词：天作之合。现在有不少爱情专家鼓吹爱情可以通过他们发明的公式谋算所得、经营所获，假如古人听到，一定会笑掉大牙。天作之合，这个词，只是想想都觉得奥妙无穷。天作之合，那是一个多么浩大的恩情。想想看，两个人能够同时代生到同一个星球，该是一种多大的稀奇多大的恩典；之后又能够在茫茫人海中相遇，又是一种多大的稀奇多大的恩典；相遇又能相识，又是一种多大的稀奇多大的恩典；相识又能相知，又是一种多大的稀奇多大的恩典；相知又能相爱，又是一种多大的稀奇多大的恩典；相爱又能相合，又是一种多大的稀奇和多大的恩典。只要我们想想这种递进关系中的概率，想想那个时空点的因缘际会，从时间的无量劫分之一，到空间的千百万平方公里之一，到人头的百万亿分之一，再到亿分之一，再到万分之一，再到千分之一，再到百分之一，再到二分之一，这其中，该是蕴藏着多少缘分，多少慈悲。只有这样去推想，我们才能理解什么叫天作之合。既然是天作之合，我们怎么可以不去珍惜这份苦心和成果。所以古人所说的“结发”“连理”“秦晋”诸词中，该是包含着多少的期待和嘱托，因此不能轻言分手，因为它是天作之合，它是秦晋之好，它是连理之枝。这个恩情，我们如何报答得了，更别说蕴藏在两人身上的“年”。这也许就是民间为什么认为把婚礼安排在“乱岁”（腊月二十三至除夕）期间才大吉大利的真实“内幕”。

大年是孝的演义。孝是中国伦理的基础。一个孝子，他做学生会是一个好学生，做农民会是一个好农民，做官会是一个好官，为什么呢？因为任何人生的污点和道德上的缺失，都会使父母不开心，都是不孝。这也就是中国文化把孝作为根本的原因，因为它本身就是一个万能的凝聚力和号召力，或者说是道德力。而大年则把孝以一种约定俗成的方式仪轨化，又以一系列仪轨神圣化。

在古代中国，大年的许多仪程都是在祠堂进行的，它的核心内容是一个“孝”字。当一个人进入祠堂的时候，就不由得不心存高远，志在圣贤，因为只有如此他将来才有资格位列“仙班”，并且让他的子孙后代沐浴来自他的光荣；否则，如果因为“德有伤”而被从祠堂开除，那对他的子孙后代将是一种怎样的打击？为此，每年的祭祖大典，既是感恩，又是鞭策，本质是在演孝。比如，大年初一，作为儿孙，都要很庄严地给祖父祖母和父母磕上一头，那一刻，你会觉得不如此不足以表达对老人的祝福，当你而且只有当你的膝盖落在土地上的时候才能体验到那种恭敬和崇敬，才能体会到一种你站着或躺着时无法体会的感动和情义，因为那一刻你变成了一种接近于母体胎内的姿态。那本身就是一种孝的姿态，感恩的姿态。

单说大拜年，它在故乡既轻松又庄严。先从谁家开始，有讲究。不是说谁家有权有势就先去谁家，而是看谁辈分最高谁最年长。无论穷富，无论性别，人们尊的就是一个寿、一个辈分。对长者的尊重是中国古老伦理中强调的一个非常重要的方面。如果细细考究，这个大拜年，包含着很多很多的人情在里面。正月初一在村里拜年，正月初二呢，做女婿的就要去岳丈家拜年，这样的一个次序是符合中国人的伦常逻辑的。在故乡，初二去岳丈家拜年是“法定”的，你娶了人家的女儿就意味着你要承担一部分孝道，这也是感恩的要义。

因此，我是不同意年的怪兽说的。如果说真有一种怪兽需要在岁尾年初去驱逐，那这个怪兽就在人的心里，它是贪婪、自私、嗔恨，包括无情无义，包括没有感恩心、敬畏心和慈悲心。

大年是敬的演义。“志在春秋功在汉，心同日月义同天”，这是关帝庙门的对联；左秦琼，右敬德，这是门神。每逢大年，这些句段和意象都不可避免地进入我们的视线，这是我们对忠义的最初感知。因此，借助大年这个必由之路，中国人让一代又一代的后生一年一度地接受对忠义的怀想和敬仰，潜移默化地让孩子们知道，只有忠义才配在如此庄严和神圣的时刻享受礼敬。

在古人看来，年一定是神圣的。且别说古人，就是我的父辈，对年的感情也和我们大有不同。洋蜡出现好长时间了，但父亲坚决反对我们用洋蜡祭神，说洋蜡不干净，而坚持亲手用蜂蜡做；洋纸马出现有些年份了，父亲也不让我们图省事，还是坚持让我们自己用印模印；同样，父亲反对我们买机印对联，坚持手写；反对我们买机封年礼，坚持手包；元宵节也同样，每年在夏天打麦的时候，父亲就已经准备元宵节点灯用的麦秸了，挑最正最直的，用净纸包了，放在院墙高处的蜂窝里，以免污秽，等等。他之所以如此，无非是想保持一个“恭”，坚守一个“敬”，完成一个“真”。比如，父亲把买灶神、门神像不叫“买”，而叫“请”；把点香不叫“点”，叫“上”，则是直接的敬辞了。

而敬，在更多的时候则体现为一种静。大年中的一切仪轨，可能都是为了帮助人们进入这个静，包括社火和爆竹那种动态的静。因此，在老家，春晚恰恰是一种打扰。为什么呢？除夕的本意是守岁。我们且别去追溯“守”的原义，单看字面，“屋子”下面一个“寸”。在我理解，它是告诉我们，屋内是一寸一寸的光阴，需要我们一寸一寸地用心去守护。故乡又把守岁叫“过夜”。我反对简化汉字，但这个“过”我觉着简化得非常到位，“走”上面一个“寸”，它告诉你，时间在一寸一寸地移动，当我们回到当下，去一寸一寸地体味时间的时候，那才是真正意义上的“守岁”，才是真正意义上的“过年”。从这个意义上说，什么叫大年？大年就是一寸一寸地享受时间和空间，这时的任何喧闹，或者说任何非自然的喧闹，都是一种打扰，何况像春晚那样人为的巨大的喧闹。

为此，假如把春晚提前或挪后一天，都可能会让年味儿大增。

大年是“和合”的演义。和是和谐，合是团圆。一年的奋斗和汗水，只有回到团圆，落实到和谐上才有意义。这，也许就是势不可当的回家潮的缘由吧。一年是如此，一生也同样。假如我们的一生不能落实在“和合”二字上，也是虚度，也是错过。正是基于这样的理解，才有“和气生财”“和气致祥”这些成语。在古代，人们干脆把“和合”尊为仙人，称为“和合二仙”。无论是万里之遥朝发夕返的“万回”说，还是亲如兄弟爱如夫妻的“寒山拾得”说，都不离“和合”二字的本义。每一个上年纪的中国人，大概脑海中都有一个“和合”

二仙的模样，也有一个“荷”和“盒”的意象。

团圆饭，特别是除夕的团圆饭，它不是简单的一顿饭，在更多的意义上它是一个伦理上的安慰，或者说是一个伦理上的需求，或者说是一个伦理上的象征。团圆，意味着健康，意味着平安，意味着绵延昌盛。这也就是为什么一年的辛苦和汗水只有落实到团圆上才有意义。所以中华民族关于家关于族的理解，它的最为核心的或者说最有代表性的体现，就是大年除夕的团圆饭，一家人一族人能不能坐在一桌上，它已经不单单是一顿饭的问题了，而是彰显着这个家的圆满程度、幸福程度、昌盛程度。大年三十，习惯上我们都要吃饺子，而饺子呢，它不同于面条，不同于菜，它是一种包容，一种和合，一种共享，一种圆融，它象征着团圆、幸福和美好。

团圆之所以如此重要还因为它是一个忧伤的话题，一个永恒的忧伤话题，因为从一定意义上讲它是分别的代名词，因为没有分别就没有团圆。团圆给人们的渴望因何如此强烈？就是因为这个世界上有太多的分别，而且分多合少；也正是因为分得太久，合才显得特别甜美。而作为人在这个世界上生存，奔波是难免的，出游是难免的，为了生计走南闯北是难免的，无论是做官、经商还是打工。特别是现代社会，大多数人事实上都是游子，而游子盼归，这本身就是忧伤的话题。所以如果我们在喜庆之外，在大红大紫之外，要给大年再找一个色彩，那一定是忧伤了。过完大年，点完明心灯，我们又要出发。所以大年它是一个巢，也是一个港口；是归帆的地方，也是千舟竞发的地方；它是驿站，又是岸；最终是伴随游子走天涯的三百六十五个梦。

再说和合。可以作为中国人表情的年画“一团和气”，居然可以让一个人端居圆中，甚至就是一个圆，真是再智慧不过了。而中国人记忆中的经典意象“福”“禄”“寿”三星，在我理解，和“和合二仙”有着脱不了的干系。他们笑口常开，以八千岁为春、八千岁为秋，经百万亿劫不恼不怒，历百万亿劫无怨无尤。当一个民族以这样的意象作为图腾，它，怎么可以不万古长青？我们可以想象一下，设若一个人正在生气，看到这样的年画，他的脸上该出现怎样的表情？

什么是福，什么是禄，什么是寿，答案就在他们的脸上。

在我老家，只要人家“填了三代”，大年初一都要去上香的，即便两家是仇人。在老家，许多冤家就是大年初一这天和好的。人家都能进门来，在“三代”前上香，在祖宗前磕头，我们还有什么不能原谅的，于是握手言和。就是再大的仇恨，如果这天你不去人家“三代”前上香，那全村人都会看不起你；假如你去了，对方不让你进门，那全村人从此就不会再进他家的门。

正是基于这样的民间“条例”，大年成了一个天然的和事佬。包括大年初二之后的“走亲戚”，除了体现着感恩、孝和敬的主题之外，还是对乡村伦理的一种自然维护。

这种和合还体现在非人间伦理上。比如，大年期间天官、城隍、土地、龙王、树神、灶神、门神、药神、喜神、吉神、财神、井神、梯神、路神、场神、车神、水神、牛头马祖等众神共庆的场面，无不上演着一种和合大戏，也体现着中国文化让人感动的包容性。再如，三十的火元宵的灯，每个房间要通明。它是在两个不同的时空点上，以火和灯演义一种平等性。大年三十晚上每个屋子都是不能黑着灯的，无论是牛窑羊圈还是鸡棚狗舍，都要给它一盏灯，都要“进火”，不能有一处黑暗，不能有一处光明的盲区，真是天涯共此时，光明共此时。元宵节的灯也一样，应该分配在每一个层面，包括仓囤、井栏、草垛、磨台、蜂房、燕窝，甚至桃前李下，都要和人一样拥有一盏灯，都不能有遗漏，这就是中国人的“众生”理念、平常心和平等观，它的背后还是一个“合”。

大年是“天人合一”的演义。这种演义从腊八就开始了。关于腊八的传说有许多，在我看来，它旨在提醒我们从功利中回来，“难得糊涂”一下，享受生活，享受当下，因为回到当下是对诸神最大的礼敬，也是对生命的最大关怀。“慈悲”的“慈”，字面是“兹”下面一个“心”，我认为就是“这里、现在的心”。古人借之告诉我们，回到当下是最大的慈悲，因为只有你回到当下，你的心才在现场，而只有你的心在现场，你才在“生”之中，才在“人”的“职分”之中，你也才有感恩的资质，甚至就是感恩的本意。而“忙”则是

“心”的“亡”。

在中国古老的哲学体系中，无论是儒，还是释，抑或是道，“天人合一”都是它们的核心指归。为了达到这种天人合一，我们需要腊八的“难得糊涂”，需要从小年（腊月二十三）开始的除尘。“难得糊涂”是让我们从惯性和速度中解脱出来，从功利和世俗中解脱出来；除尘是让我们从污染中解脱出来，从尘垢中解脱出来，而从一定意义上来讲，惯性和速度也是灰尘。我们之所以能够在井里看到自己，那是因为井的安静，我们之所以在湍急的河流里面看不到自己，那是因为河流的匆忙。

人们只有扫净心灵的灰尘，回到当下，才能走进“天人合一”，才能和诸神沟通，才能和天地同在。

这也就是古人为什么要让我们“时时勤拂拭，莫使染尘埃”的原因。

为之，在大年中有许多具体的要求和程序。

听父亲讲，社火中陪伴仪程官的几大灵官，在上妆之后就不许说话，多数情况下是整整一天。因为在进入“社火”之后，就不是世俗意义上的人，而是傩，而傩就意味着天地中介、人神共在、凡圣一体，任何世俗的表达都是不敬，都是冒犯，都是非道，包括世俗的念头都要警惕，都要观灭。这种极为强烈的角色意识和纯粹的进入，其实贯穿在大年的所有祭礼中。为此，从腊月三十开始的一个个祭礼，无不都是一种走进天人合一的门径。关于爆竹，也有许多说法，但在我理解，它既不是为了驱邪，也不是为了热闹，它仍然是唤醒世人的一种方式，通过那一声声、一串串或脆或钝的响声，把我们从迷糊中警醒过来。

“古寺无灯明月照，山门不锁白云封”，当第一次在老家的山神庙门看到这样的对联时，一种难以言说的美感让我心灵战栗。那种超尘超凡，真是深入人的骨髓。在大年，你会随时体会到这种心灵的震颤。

而月圆之夜，点灯时分，则纯粹是一种天人合一的方法论。有一年我去逛一个城里的灯会，有烟花，有铺天盖地的花灯，心里却觉得十分地隔，不多时就打道回府了。当我站在阳台上，向老家张望的时候，有一串火苗就在心里展开，心一下子就静了下来。多年以来，我都在寻找一个词去表达心中的那种感觉，却很难确切。我只能勉强说，它是一种大喜悦，或者是一种大安详。

那是老家的元宵，沉甸甸的月色中，一桌的荞面灯渐次亮起。

就永远亮在一个游子的梦里。

点灯时分，它是一个怀念，更是一个引领。借助那些摇曳的灯苗，我们得以走进生命的原初，得以看到释家所讲的那个“在”。

也许这灯，就是灵魂的形状，或者说是生命的形状，或者说是天人合一的形状。它本身给人一种召唤。我想每一个人在看到灯的时候、火的时候，都会有这种回到自身的感觉。我曾在一篇散文中写道，暖气片尽管给了我们热度，可我们觉得它是冰凉的，而炉火可能提供不了暖气片那样的热度，但是当我们看到那一束火苗的时候，一种莫名的温暖就从心底升起。这也许就是为什么许多祭礼中都要出现火的缘由吧。也许，火的状态就是一种当下的状态，火在点燃之前是沉睡，燃烧之后则进入另一种沉睡，只有燃烧的那一刻是醒着的。而只有亮着灯光的房间小偷才是不敢光顾的，可是一生中客串我们心宅的小偷何其多矣。这也就是元宵节，点灯时分，老人为什么不让我们心生任何杂念的缘故吧。记得当时我问父亲，可以想发财吗？他说，不可以。我说，可以想当官吗？他说，不可以。那干吗呢？他说你就静静地看着，看那灯捻上的灯花是怎样结起来的。看着看着，我们就进入一种巨大的静，进入一种神如止水的状态。那一刻，我们的心灵可以说是一尘不染，就像头顶的一轮明月。真是敬佩元宵节的创造者，他能够把点灯时分和月圆时分天然地搭配，简直是一个再高妙不过的创造。你的面前是一片灯的海洋，头顶却是一轮明月，那事实上就是你的心了。这一刻，你怎么不天人合一呢？

而那灯本身就引人思索。一勺油，一柱捻，一团荞面，就能够和合成一个灯，而且油不尽则灯不灭，而最终让这灯亮起来的则是人手里的火种，那么，人手里的火种又是谁点燃的呢？

这难道不是生命和宇宙的奥秘吗？

为此，古老的元宵节，在我理解，它是古智者苦心为他的后人设计的一场回到当下的演习。

相比点明心灯，城里的闹花灯事实上已经变成了一种竞技，或者说一个规模性的文化活动。而只有保留在民间的点荞麦灯，还保存着心灵学的意义，还保留着元宵节点明心灯的原始意义。

如此看来，人们把以纪念释迦牟尼成道之日腊八作为大年的开始，把元宵夜点明心灯作为大年的结束，有着特别强烈的象征意义。因为在东方人看来，成道、明心见性意味着大解脱、大自在、大安详、大快乐、大幸福。这些“大”，也许才是“大年”的真正含义，也是人们为何如此迷恋“过年”的秘密所在。为此，“五谷”和“丰登”才有了真实的贡献意义。否则，人生就是浪费，生命就是罪过。所谓“施主一粒米，大如须弥山，此生不了道，披毛戴角还”，何况我们受用着天地造化如此丰厚的馈赠。为此，我们就不难理解孔圣为何感叹：“朝闻道，夕死可矣。”

大年是祈福的演义。无论是年画、社火、大戏，还是各种祭礼，包括一言一行。《一团和气》《连年有余》《五福临门》《出门见喜》《天官赐福》这些年画，既是公认的中华民族符号，也是中华民族文化的核心意象，同时也是人们美术化了的祈福。而社火则纯粹是一种媚神之歌舞，社为土地之神，火是火神。社火中的仪程则是纯粹的祝福。比如，中国人妇孺皆知的《刘海撒钱》：“一撒风调雨顺，二撒国泰民安，三撒三阳开泰，四撒四季平安，五撒五谷丰登，六撒六畜兴旺，七撒北斗七星，八撒八大金刚，九撒九天吉祥，十撒十方如意。”比如，《状元郎》：“大门楼子高院墙，凤凰落在房顶上，凤凰展翅人发旺，辈辈儿孙状元郎。”再如，《祭灶词》：“今年又到二十三，敬送灶君上西天。有壮马，有草料，一路顺风平安到。供的糖瓜甜又甜，请对玉皇进好言。”又如，《财神颂》：“财神进了门，人着有福人，福从何处来，来自大善心。”就是说，财神进门是有前提的，那就是你首先是一个有福人。而福从何来，福从善来。由此，我们发现，这个《财神颂》，实际上是告诉我们财神的本意。

而作为祭祀主体的祭祖，更不必说。儿孙福自祖德来，这是中华民族最为广泛的因果认同。既然儿孙福自祖德来，托庇于祖先保佑，则是千家万户再自然不过的心愿。

这便是古人对祈福的理解。福是怎么来的呢？福从积德行善来。在古老中国朴素的因果传统中，它认为一个人做了大官发了大财不是他自己的能耐，而是祖宗功德。为此我想，大年期间的祭祖它也是在表达着一种古人对祖先的理解：祖宗是你快乐的源头，是你财富的源头，是你显贵的源头。祖宗和后代之间有一种深沉的隐秘的逻辑关系，甚至人们把一切好运的到来都归功为祖上有德。我们怎能不去认真地感谢祖德，去认真地祭祖呢？《朱子家训》有言“宗祖虽远，祭祀不可不诚”，并且把它置于“子孙虽愚，经书不可不读”的前面，以此呈现一种并列关系。如此说来，春节期间的祭祖，它既是感恩，也是祈福，又是教育：你能有今天的健康，今天的平安，今天的荣华富贵，是因为你有一个大后方，那就是祖宗功德。它告诉我们一个公理：做好事不吃亏，做好事绝对正确。什么叫“五福临门”，什么叫“出门见喜”，什么叫“天官赐福”，都是一个人为自己的行为负责的一种比较仪式化的训诫，这才是祈福的本质意义。如果说你带着很强的功利心去求荣华富贵是求不来的。

所以，唐五代的冯道才说：“但知行好事，莫要问前程。”

大年当然是喜庆和快乐的演义。大年的喜庆如汪洋大海。它在香喷喷的饭菜和茶饮里，在红彤彤的“门迎春夏秋冬福，户纳东西南北财”的句子里；它在排山倒海的爆竹声中，也在喧天动地的锣鼓声中，还在漫山遍野的秦腔中；它在一家人团圆的天伦之乐中，也在孩子们的新衣服和压岁钱中；它在灯光，在墙围，在年画，在门神，在对联，在社火，更在老百姓的把酒相邀共话桑麻里；它在瑞雪兆丰年的期盼里，也在普天同庆的氛围里；甚至在《猫吃献饭》《老鼠娶亲》这些窗花里。想想看，雪打花灯，喜鹊啄梅；想想看，热炕在暖，子孙在绕；想想看，抬头迎春春满院，出门见喜喜盈门；想想看，一元复始，普天同庆。注意，是“普天”，是“同庆”。

大年的喜庆真是像根一样扎在大地深处，扎在季节深处，也扎在华夏儿女心灵的深处，它像庄稼一样成长，也像华夏儿女的心事一样成长。

这大年，就是为生长喜庆而来。

大年的快乐如汪洋大海。且别说在现场，就是每一次回想，都让人的心灵为之战栗。在写完长篇小说《农历》之后，我再也没有经历过类似享受的写作过程，那真是一段记忆中的黄金。如果说我这一生还有什么足以让自己欣慰的地方，那就是拥有这样的黄金。我非常感激上苍没有把我降生在城里，包括豪门显贵之家，却投放到一个名叫粮食湾的小山村，它让我能够从童年开始就享受大年所带来的那种刻骨铭心的快乐，销魂的快乐，无缘无故的快乐。我曾在长篇小说《农历》“大年”一节中写到一个细节，当五月和六月把新衣服穿上以后，正式守岁的时候还没有到来，他们俩就在院子里莫名其妙地跑，从这个屋跑到那个屋，从那个屋跑到这个屋，没有缘故，就像两尾鱼，在年的夜色的河流里穿梭。那种没有缘故的快乐，在我人生以后的乐章中再也体会不到了。那种快乐之所以让我那样迷恋，就是因为它是纯粹的快乐，没有任何污染的快乐，没有任何杂质的快乐，纯天然的快乐。这个快乐我现在还说不透，它到底为何如此让人怀念，让人感动，让人难以忘怀。但有一点是肯定的，那就是它跟大年有关。

也许大年原本就是童年的，原本就是人类的童年，原本就是无尽岁月的一颗童心，才如此让人彻骨地怀念和感动。它事实上已经不单单是一个节日，而是一种类似于母亲怀抱的所在。在这个特有的母亲怀抱里，我们的灵魂得以舒展，得以灿烂，得以滋润，得以狂欢。

大年最终是教育和传承的演义。时时处处，都在演教。无论是对联、年画、社火，还是祭祖、守岁、拜年，等等。无不是为了唤醒人们的正知见，让人们回到真善美，甚至回到生命本质。“第一等好事只是读书，几百年人家无非积善”这样的对联自不必说；“欲高门第须为善，要好儿孙必读书”这样的仪程词自不必说；《朱子家训》《弟子规》《和气生财》《和气致祥》这些年画自不必说；这种教育，还渗透在大年的每一项活动和每一个细节之中。比如，长篇小说《农历》“大年”一节中父亲写错了一副对联，很可惜，六月说没关系的，我们可以送给傻子家。父亲就生气了，他批评六月只有小人才欺负傻子。腊月三十，父亲带领五月、六月上完自家的坟，没忘去乱人坟。再如，在故乡，把初一到初七七天分别名为鸡日、狗日、猪日、羊日、牛日、马日、人日。问父亲为什么把初一定为鸡日。回答是鸡是“五德之禽”，它头上有冠之美是文德，足后有距能斗是武德，敌在前敢拼是勇德，有食招呼同类是仁德，守夜报晓不失时是信德。又如，每家的老人都要叮嘱孩子，过年要断“三恶”、修“四好”。“三恶”是恶口、恶行、恶念，“四好”是存好心、说好话、行好事、享好福。单说断“三恶”，不恶口、不恶行大家努力一下也许可以做到，但是要不动恶念就很难了，但古人并没有因为难，就降格以求。想想看，当每一个人都做到了断“三恶”、修“四好”时，那日子该是多么地祥和。

在乡土中国，大年还是一个文化展览和交流的平台，在我的老家西海固那一带，有许多人家藏着一些字画，但平时舍不得挂，害怕尘土把它染脏，只有在每年除尘之后才把它挂上。比如说最经典的《朱子家训》，差不多是每一家都要有的，还有《弟子规》。大年初一，大家在走村串户拜年的时候，一方面是在拜年，另一方面就是成群结队地去巡览字画。“黎明即起，洒扫庭除，要内外整洁；既昏便息，关锁门户，必亲自检点；一粥一饭，当思来之不易，半丝半缕，恒念物力维艰”，这些句子就是在小时候大拜年期间识得并潜移默化地记得的。还有一些人家在“文革”期间大着胆子把一些古字画存了下来，这更让现在的年轻人稀罕、着迷，大年初一大拜年时，他们往往可以一饱眼福。每年除夕，大家都要到庙里去抢头香，在等待子时到来的时间里，干什么呢？看展览。展现在我们面前的，是整整一庙墙的对联，整个一面庙墙上全是红彤彤的对联。比如，“古寺无灯明月照，山门不锁白云封”这样绝妙的句子就是在庙门上看到的。在那样绝尘、肃穆的环境中，看到这种超凡脱俗的句子，你的心灵经历的该是一种怎样的美的洗礼。

再如，“保一社风调雨顺，佑八方四季民安”，则是一种怎样宏大的境界。小的时候不觉得，现在回味，真是佩服得五体投地。他们不但要“风调雨顺”，还要“四季民安”，这就是中国老百姓的胸怀。他祈祷，他祈福，但他没有说“保我家风调雨顺，佑我家荣华富贵”。从这个意义上讲，你说大年它是不是一种爱国主义教育呢？而“志在春秋功在汉，心同日月义同天”这样的很文气的礼赞，你丝毫不觉得它是一个民间的赞美，但是像这样的句段，都会出现在每一方每一社的庙院里。

特别是“天增岁月人增寿，春满乾坤福满门”，是所有春联里我最喜欢的，它包含着一种多大的祝福，同时又体现着一种无法言说的天地伦理。“天增岁月人增寿”，它的大前提是“天增岁月”，才能“人增寿”；“春满乾坤福满门”，它的大前提是“春满乾坤”，才能“福满门”。“岁月”在前“乾坤”在前，“寿”在后“门”在后，这就是中国人的逻辑。中华民族在任何时候都在讲“国家”，在讲儒家学说的核心概念“仁”，它就是让我们走出小家，从一个人变成两个人；就是一事当前要能想到别人。它首先强调共体，再强调个体，我想这也就是为什么四大文明古国中，唯独中华民族还屹立在世界民族之林的原因，因为它永远先强调国，再强调家，先强调共体，再强调个体。它的程序是“格物、致知、诚意、正心、修身、齐家、治国、平天下”。前者是讲人，中间是讲家，然后是国，然后是天下。每一个婴孩儿从诞生的那天起他就在如此的教育体系中，这样的民族怎么会不绵延不绝呢？

而从腊八开始，回旋在村子上空铺天盖地的一出出秦腔，则是情节化了的教育范本。在《葫芦峪》中我们接受忠义的感染，在《铡美案》中我们接受公义的熏陶。在大西北每一位老百姓的记忆中，大概没有谁不知道《三对面》，请听这段像阳光一样照耀和温暖着一代又一代老百姓的唱词：

公　主：你向秦氏因何故

包文正：陈世美杀妻害子罪非轻

公　主：你能问他个什么罪

包文正：定赴铜铡不留情

公　主：当朝驸马你焉敢

包文正：龙子龙孙依律行

公　主：我要传令把秦氏斩

包文正：为臣在此你不能

公　主：要斩要斩实要斩

包文正：不能不能实不能

公　主：欺君罔上包文正

包文正：理直气壮为百姓

……

一种大慈大悲的旋律在村子上空回旋，一种善恶分判的节奏在大地上响起，荡人气，回人肠，催人泪，热人血，直人骨，正人髓。那是简单的音符和旋律，却是深沉的关怀和鼓励。它让人在心里默默地对那个黑脸红心的人致敬，向高悬在公堂之上的天地精神——“正大光明”致敬。

现在，我才发现，大年是一出中国文化的全本戏，是一出真善美教育和传承的全本戏，是中华民族基因性的精神活动总集，是华夏子孙赖以繁衍生息的不可或缺的精神暖床，是中华民族的一种准宗教性质的体统。它是岁月又超越了岁月，它是日子又超越了日子。它带有巨大的迷狂性和神秘性，这种迷狂和神秘，可能来源于中华民族的精神源头巫传统，其核心是“天人合一”。

而要达到“天人合一”“格物致知”是必要条件，“诚意正心”是必要条件，“修身齐家”是必要条件，“治国平天下”同样是必要条件。回到大年本身，祈福也好，祝福也罢，“天人合一”既是目的又是方法论，为此，我们需要不打折扣的诚信和敬畏，需要不打折扣的神圣感，所谓“与天地合其德，与日月合其明，与四时合其序，与鬼神合其吉凶”。这个大年，不就是一个“合”字吗？和天地相合，和日月相合，和四时相合，和鬼神相合。这种迷狂，这种大喜悦、大自在、大快乐，不就来自这个“合”吗？现在再去回想，为什么爱情那么让人着迷，也是一个合；为什么阖家团圆那么让人着迷，也是一个合；为什么天降大雪那么让人着迷，也是一个合，等等。所以这个“合”字可以说是中华民族的一个代表性符号，或者说代表性的意象，它所承载表达传承的文化的指涉、会意、象征，简直是无法用语言去描述的，我们也许只能从年的味道里去体味，从那种无缘无故的喜悦和狂欢中去体味。

正是这种迷狂性，才造成了海潮一样的回家潮，造成了季节一样的春运，才让人们在季节的深处不顾一切地回家，像候鸟一样，不由分说地，无条件地，回家。为此我说，娘在的地方就是老家，有年的地方才是故乡。

我们甚至可以说，大年是中华民族一桩无比美好的计谋，它把华夏文明的骨和髓，通过连绵不绝的仪式，神圣化，民间化，亲切化，轻松化，出神入化……

从腊八开始，到正月二十三结束，整整四十五天，大年像一个循循善诱的导师，又像一个天才的导演，演绎着中国文化的无尽奥义。

懂了大年，就懂得了中华民族，也就懂得了生命本身。

好大一个年

送灶神

故乡的大年从腊八就开始了，到了腊月二十三，脚步就加快了。“腊月二十三，灶君老爷要上天，留下六七日，人间过小年”。后来才知灶神全称“东厨司命九灵元王定福神君”，俗称“灶君”“灶君公”“司命真君”“九天东厨烟主”“护宅天尊”“灶王”，北方称他为“灶王爷”。灶神的起源可追溯到夏朝，到了商朝就已经被人们普遍供奉了。秦汉以前更被列为“五祀”之一，和门神、井神、厕神和中溜神五位神灵共同负责一家人的平安。灶神之所以受人敬重，除了因为他掌管人间的饮食外，还是玉皇大帝安插在人间的眼线。灶神左右随侍两神，一捧“善罐”、一捧“恶罐”，随时将每家人的行为记录保存于罐中，在腊月二十三上天述职时集中向玉皇大帝报告。因此，腊月二十三多地有祭灶的年俗，有些地方则在二十四进行，但不管哪天，都要给灶王爷供献糖果的，就是希望灶神嘴甜一点儿，多在玉帝面前说好话，好让玉帝多多奖励主人家。

“上天言好事，回宫降吉祥。”这副古时候家家户户都要配灶神像张贴在灶前的对联，说的正是这个意思。

举行过灶祭后，就要进入“小年”了，“小年”也叫“扫尘日”“迎春日”。

家家来甜嘴

灶神肚里清
玉帝一本账
且说吉祥经
扫尽屋中尘
吉星自登门
扫尽心中尘
五福自降临

这是父亲当年教我们的歌谣。现在看来，送灶神是一个象征，有家就有灶，有灶就有神，有神就有监督在。因此，人们要以君子慎独的生命态度，度过每一天。这样，自会得到天地的护佑，年年吉祥如意，代代五福临门，否则，即使给灶神供奉再多的糖果，也没有用。

年的味道

小孩小孩你别馋，过了腊八就是年。

但是真正进入年的味道，是腊月二十五。

二十五，打豆腐，一清二白最久久
二十六，跟年集，糖果瓜子要备齐
二十七，备年礼，请个先生来封包
二十八，把面发，馒头蒸得笑哈哈
二十九，做面祭，十二生肖真美气

《左传》云："国之大事，在祀与戎。"过大年，祀天地，祭祖先，就成了头等大事。而要祀天地，祭祖先，就要准备祭品，但是《礼记·王制》又言："诸侯无故不杀牛，大夫无故不杀羊，士无故不杀犬豕，庶人无故不食珍。"渐渐地，人们就用面食做各种动物造型祭祀祖先，这就是美丽可爱的面祭的由来。

显然，这是中国人民胞物与精神的体现。这一天，家家案上一团面，人人手巧胜天仙。捏塑、染色、蒸制，整个过程就是一个字：美。想想看，一条长长的美的流水线；想想看，一盘盘五颜六色、活灵活现的动物面祭，一层层摆进蒸笼里……

出笼时，整个屋子里全是福气，甚至整个院子里都是天地和祖先赏赐的吉祥如意。

那些花花绿绿的可爱的面祭，不但祖先喜欢，小孩子们更喜欢，因此，期待着在祭完祖先之后吃祭余，就是孩童们最美丽的年节期待。

父亲说，祭祀天地祖先，关键是要心诚，所谓“东邻杀牛，不如西邻之禴祭，实受其福。”

现在才知，中国人的年味儿，其实是人情味儿，这种人情味儿里，有对天地的敬畏，有对祖先的感恩，有对生命的珍重。因为珍重，所以吉祥！

转丈人

老规程里，大年初二要转丈人，回娘家。就是做女婿的这一天要带着妻儿到岳父家拜年。

想想看，一个女子，从呱呱坠地，到长大成人，饱含着多少父母的辛劳，可是，正当她们有能力回报父母的时候，却离开了父母，为人妻，为人母，传人后，兴人家。对于娘家，这是怎样的一种舍，对于婆家，这又是怎样的一种得。

“桃之夭夭，灼灼其华，之子于归，宜其室家。”正是这些像桃花一样开遍大地的女子，在延续着一家又一家的命脉，也延续着人类的命脉，因此，初二转丈人，已不单单是女婿对岳丈岳母大人的回敬，而是一种天地伦常了。

作为中国年的一个经典意象——转丈人，回娘家，既展现了中国人无限的感恩情怀，也演绎着中国礼仪的深厚和美丽，一个“转”字，一个“回”字，让我们看到了中国人的柔肠，也隐约感受到一种天地的心事。写到这里的时候，我似乎看到，这一刻，在茫茫宇宙的顶端，有一位老人，正在俯身向下打量，那目光里，除了慈悲，还有自得。我似乎听到，这一刻，他老人家正在喃喃自语，孤家当年的创意，还不错吧。

想想吧，这一天，中华大地上，有多少条道路，有多少对小夫妻，走在回娘家的路上。

想想吧，这一天，中华大地上，有多少双眼睛，在望着大门口，盼着女儿、女婿和外孙出现在他们的视线里。

年三十的饺子还留在锅里，给外孙准备的压岁钱还装在兜里，只等那一声清脆的“姥爷、姥姥”传到耳边。

如果说大年初一是一棵树干，初二就是它的枝了，通过一根根华枝，亲情在大地上延伸；如果说大年初一是心脏，初二就是血管了，通过一道道血管，亲情在大地上流淌。

初一祭祖，给本族长辈拜大年，天经地义。初二带着妻子回娘家，给岳父岳母大人拜年，地义天经。

给岳丈岳母拜完年，接下来就要给所有亲戚拜年了，那将是中国乡村整整半个月的事情，之于重礼守义的中国人来说，它的重要性不亚于春种秋收，就这样，人们通过大地，收获庄稼，通过走动，收获情义。

现在看来，大年初二转丈人既是对娘家无私奉献精神的礼赞，也是婆家的一次集体谢恩。生女不自有，有媳常念恩。这，就是人间之大美！当然，还是天地之大义！

祭财神

中国年俗中，南北方经常会有些差异。比如，北方地区正月初二祭财神，而南方是正月初五。这一天，家家户户要备上香烛供品到财神庙烧香祭拜供奉财神，祈祷新年能够发大财。这一天还有吃馄饨的习俗，人们把它称为“元宝汤”。

现在，如果说财神的香火最旺，大概没有人反对。按说灶神是家神，保佑着一家人的平安，但很少有人天天供奉。为什么呢？人们求财的心比求平安的心要重得多。于是，人们在祭祖之后，最大的一个年节仪式，也许就是祭财神了。

民间供奉的财神不止一个，通常有文财神“范蠡”，武财神赵公明、关羽，准财神刘海蟾，以及偏财神五显，等等。武财神赵公明相传秦时得道终南山，被道教尊为“正一玄坛元帅”，其像是黑面浓须，头戴铁冠，手执铁鞭，坐骑黑虎，故又称“黑虎玄坛”。传说他能驱雷役电，除瘟禳灾，主持公道，赐财赐福。《封神演义》载姜子牙奉元始天尊之命按玉符金册封神，封赵公明为“金龙如意正一龙虎玄坛真君”，职责是专司金银财宝，迎祥纳福。

关羽又是如何成为武财神的呢？有许多传说，我在《永远的乡愁》一书中说，这是中国人给以义为利的财富观选择了一位偶像。《大学》讲：“有德此有人，有人此有土，有土此有财，有财此有用。德者本也，财者末也。”意思是说，没有德的根，财富的花朵很快就会枯萎；没有义的源头，财富的河流很快就会干涸。古时人们传唱的“财神本无亲，专寻有福人，福从何处来，来自大善心。”就是说，财神最喜欢把财富给大善人。财神，财神，财是果，根是神，神在哪里，神在善人的心里，这才是财神的本意。范蠡为什么被尊为文财神，就是他赚钱但不贪钱，赚了钱全捐给穷人，反而钱追着他跑，散尽复来，散尽复来，一生三散三聚。

相对于商人，普通老百姓家供奉的多是增福财神，传说它是北斗七星之一降临到人间的，白脸长须，左手执玉如意，右手捧聚宝盒，招财进宝。

而更多的老百姓认为，真正的财神是自己的祖先，因为子孙福自祖德来，祖上有德，子孙自然有福，有福当然就有财。

祖宗是快乐的源头，财富的源头，显贵的源头。如此说来，春节期间的祭祖，既是感恩，也是祈福，又是教育。我们能有今天的健康，今天的平安，今天的荣华富贵，是因为我们有一个大后方，那就是祖宗功德。它告诉我们一个公理，荣华富贵是求不来的，只有舍，才能得。

武有关老爷

文有范蠡公
财神无他路
专从善门进
善门因公开
财门由私闭
但知行好事
莫要问前程

这首小时传唱的财神歌里，藏着中国人的大智慧。由此可见，中国人的祭财神，本质上是一种全民自我教育，自我提醒：只要起心动念为他人着想，自会五福临门。

忧伤的驿站

不知从什么时候起，一想起节日，心就被忧伤浸透。而年尤甚。欢乐，如一颗杏子，被跟在童年之后的成熟一棍子打落了。

也许是季节到了换班时间，显得心不在焉；也许是岁月太劳累了，再也迈不动脚步；抑或是光阴被梭子打肿了双手、磨溃了双脚。反正，一种抵挡不住的倦意和恍惚排山倒海而来。

之于成人。

一个驿站就在眼前，先进去再说，管他身后路长路短。

那个驿站，就叫作年。

谁也说不清楚年的酒旗已经晃荡了多久。

那是一面多么温情的酒旗。年像好女人一样迎接着所有疲惫的心灵，抚慰着所有受伤的日子；为远旅归来的游子打上一盆洗脚水，递上一条热毛巾；将征人的兵戈剑戟悬之高阁，将跋涉者往年亏欠的梦泡在糖和酒里，让梦做得比长面还长，比饺子还圆，比窗花还美丽，比爆竹还清脆，比祝福还温暖……

我敢说，所有从路上归来的人，一迈进年的门槛，投入年的怀抱，都会泪流满面。

年说，有钱没钱你回来；

年说，得意失意你回来；

年说，水路旱路你回来。

年是一双守望在故乡风口的娘的泪眼；

年是一尾祖母一进腊月就守候在老家河岸的老船；

年是所有盼归的心！

活着的老父等着为儿女掸去身上的征尘；死去的祖母等着听孙子讲述三百六十六个故事。

真正的年在故乡，故乡的年是用人间最真心的情意编织的一面酒旗、招魂幡，故乡的年是酒旗不是军旗。走进这个驿站的人都将心灵卸下放心地枕在娘的胳膊弯儿里睡大觉。没有小偷，没有强盗，没有勾引，也没有苍蝇和蚊子。年是一把驱蝇拍啊。年是最真的梦乡啊。年是天堂。

可是，梦尚未醒，路已在门外吆喝了。

年的忧伤莫非正在于这种近于仙境的温情的短暂和易逝？

于风口处向娘招手；撑开篙向祖母再见；将酒旗变成军旗。

上路。

点灯时分

总觉得城里的元宵夜有点儿过于热闹，热闹得让人几生迷失之感。在街上转了一会儿，就急切地往回赶。可是热闹是躲不脱的。紧紧地关了门窗，热闹还是不可阻挡地挤将进来，让人无可奈何。就索性站在阳台上，面向老家出神。

岂料身心就一下子踏实下来。

那是因为有一团火苗在心里展开。

老家的元宵夜没有汤圆，也没有眼下这绚丽多彩的华灯和开在天空的一树树银花，更没有震耳欲聋的炮声和比肩继踵的人流，而是一片夺人的宁静，活生生的宁静，神一样的宁静，似乎一伸手就能从脸上抓下一把来。

那宁静，是被娘的荞面灯盏烘托出来的。

灯盏拳头一般大，上面有一盏芯，可盛得一勺清油，捻子是半截麦秆上缠了棉花。夜幕降临时分，几十个灯盏便被点燃，端到当院的月光中，先让月神品赏。如果没有风，几十尾灯焰静静地在乳样的月光中泊着，那种绝尘之境，真是用文字难以表达的。

赏完月，灯盏便被分别端到各个屋里。每人每屋每物，都要有的，包括牛羊鸡狗、石磨、水井、耕犁等。让人觉得天地间的所有物什连同呼出的气都带有一种灵性，似乎耕犁磨盘也会不时扯着你的手跟你攀谈几句。那时，谁也没有问为什么要给这些没有“生命”的东西点灯，只觉得这是再自然不过的事情，如果不这样做就是不应该了，而生命不正是一种“应该”吗？现在想来，这其中包含着多么朴素、多么深厚的善和美，连同真啊。

在给养了多年的老黄牛的槽上放灯盏时，老黄牛竟用微笑向我表示了它的心情，而那只小黑狗简直是欢欣鼓舞了。我一直奇怪，面做的灯盏放在平时从我们手里叼饼子吃的鸡狗面前，它们竟一派君子风度，而牛羊就更不必说。

用老人们的说法，这正月十五的灯盏，很有一点儿神的味道。一旦点燃，则需真心守护，不得轻慢。就默默地守着，看一盏灯苗在静静地赶它的路，看一星灯花渐渐地结在灯捻上，心如平湖，神如止水，整个生命沉浸在一种无言的幸福中、喜悦中、感动中。渐渐地，觉得自己像一朵花一样轻轻地、轻轻地绽开。我想，佛家所说的定境中的喜悦也不过如此吧。现在想来，当时守着的其实就是自己，就是自己生命的最深处。那种铺天盖地的喜悦正是因为自己离自己最近的缘故，那种纯粹的爱正是因为看到了那个本来。

默默地注视着灯盏，我问父亲，到底是油在着呢，还是棉花在着呢？父亲示意我不要说话。现在想来，父亲是正确的，这样重大的一个话题，我等岂敢又岂能说得。我不知道正月十五为什么要点灯盏，但有一点是肯定的，那就是留下这个风俗的人一定是深深懂得生命的。他用一个最具活性的东西，在春天到来的时候，向人们表明了生的意义和状态，也说明了生命在怎样地行进和更替。后来，每每去看满街的电华灯，一种深刻的虚假和巨大的呆板就让人生厌，因而，我宁可回家待在怀念中。后来看了一些资料，知道既甘又苦且柔且韧的荞面具有别的食品不能代替的活血降火功用，就更为祖先用荞面做灯盏叫绝。它，不正是对被人们炒得过热的生命的一种清凉的制衡吗？

天下没有不灭的灯。大人们用灯捻上留下的灯花来安慰灯的熄灭给儿女们的打击，说，那灯花将预示着来年的收获和前途，又将我们的心思转移到期冀当中。

但是熄灭毕竟给了我们不小的打击。当时又没有足够的清油供我们将灯多点一会儿。事实上点灯成了一种名副其实的短暂仪式。可是那时的我们不可能想那么多，我们只将它看作一种无比美好的过程，因而，在那灯焰一闪一闪就要熄灭的时候，心里还是一阵阵生疼。

亮着，是多么地好啊。

然而，那最后一闪终于到来。

整个屋子一下子失魂似的空落。

这时，母亲就要说，尝尝娘做的灯盏是什么味道。

我不知母亲是不是存心转移我们的心思，但有一点是肯定的，那就是这种空落真的被产生于舌头上的实在的喜悦安抚了。一种大美在双齿合上的同时变为一种实在的满足。在这个世界上，美，实在是太短促、太脆弱了。

现在想来，人又何尝不是如此。

有一个巧合。

在我们弟兄中，最是弟弟生得可爱，真是人见人爱，差不多村里所有人几天不见就说想得不行。可是有一年元宵夜，一股风突然进来将弟弟的灯吹灭了，一家人一下子脸上都挂了霜。

弟弟用火柴再次将灯点着。风又将它吹灭。弟弟就再点。

可是弟弟手中的火柴最终没有抗拒过风，七个月后，可怜的弟弟死于痢疾。

十几年过去了，死别的悲痛渐淡，生命的感伤更浓。我不止一次地想，如果弟弟还活着，他该走过怎样的一条人生之路。我甚至想，是聪明的弟弟要了一个花招，将生命中的许多艰辛一下子甩开了。活着，到底有什么意义呢？

再后来，我想，弟弟正是用他的“去”，保全了他的宁静。而我们就不能披拨红尘，于纷繁中守持那个宁静吗？倘若能够，那不更为上乘之功？可是，我们为什么就往往迷失了呢？

现在，我站在这个城市的阳台上，穿过喧哗和骚动，面对老家，面对老家的清油灯，终于明白，我们的失守，正是因为将自己交给了自我的风，正是因为离开生命的朴真太远了，离开那盏泊在宁静中的大善大美的生命之灯太远了，离开那个最真实的“在”太远了。

灯，又何尝是风能吹得灭的。

清明不是节日

春分过后是清明，这是小时候从父亲口中听到的一句话。现在想来，它既是一句话，又是一个哲理。只有太阳直射到黄经时，才有昼夜等长、阴阳平衡。而只有昼夜等长、阴阳平衡，才有“清明”。

创设了清明这个节日的，无疑是一个大智者。

“山”“水”同在为“清”，“日”“月”同在为“明”，一个“同”字，道尽了天地秘密，也道尽了中国文化的秘密。无水之山少了情韵，无山之水少了风骨；无日之月少了热烈，无月之日少了温柔；水因山不浊，山因水不枯；日因月不烈，月因日不晦。这一切，都在一种“大同”之中实现了。

这便是“清明”。

清明看上去是季节，其实是人格。没有山水精神的人格是残缺的人格，没有日月精神的人格同样是残缺的人格。

而山水日月精神，说到底则是天地精神。

天同覆，地同载。

齐生死便是由此而来。

对于中国人来说，从来就没有生，也从来没有死，因为中国人有怀念，真诚又深沉的怀念。

怀念来自人格，人格来自奉献，奉献来自觉悟，觉悟来自天地精神，来自“清明”。

而要参透这个“清明”，则需要昼夜等长、万物复苏相佐。唯有此时，人们才能生死并参。而只有生死并参，人们才能留意生死之间的“我”，才能把握生的“清”、死的“明”，才能让灵魂春色永驻。

清明处心积虑，它让我们看破，死是一个假象。就像春分过后，杨柳依然，所谓春来草自青。或者说，只要我们在“清明”之中，“死”就会成为杨柳，就会成为春色，就会成为秋千，就会成为风筝，就会成为踏青途中的欢声笑语。

为此，清明前后，栽瓜点豆。这时候的瓜和豆睡醒了，开始了它们新一轮的生命旅程，带着山水之清气和潮湿，带着日月之光辉和温暖，带着主人之期待和叮嘱，开始它们的旅行，走进农历，走进它们的缘分，走进它们的因果。

而充盈在天地间的灵魂又何尝不是如此。

大家把郊游看作是在扫墓之后乘机呼吸新鲜空气，锻炼身体，显然表面化了。真正郊游的意义在《庄子》中。庄子认为，人不必执着于生，因为生若是一次远游，那么死就等同于归。

出游是惬意的，惬意可能让人流连忘返，但天黑下来了，所有的惬意都成了归意。路上行人欲断魂，正是因为我们在路上。

出游的目的是让你体会那个“归”。

庄子说得好啊，天地赋予形体让我承受，赋予生命让我劳累，赋予衰老让我安逸，赋予死亡让我安息，所以，把活着看作是乐事，也就是把死去看作是乐事了。

这是一种“归”。

面对人们对“死”的看不开，庄子又说：丽姬是艾的女儿，许配给晋王时，哭得死去活来，对未来的陌生环境充满着不安全感。嫁过去住进王宫，每晚与晋王缠绵床笫，享受美食，就对自己在家中哭泣感到好笑，早知道宫中如此舒服，还哭个什么劲呢？同样的道理，我们现在对死亡恐惧不安，是否到头来也会笑自己对世界的依恋不舍很幼稚呢？

视生若死，视死如生。这是庄子的安详和智慧。

孔子说得更彻底：“朝闻道，夕死可矣。”在我看来，“清明”讲的就是这个

“道”。在杨柳依依中，在草色青青中，在旧墓，在新坟，在山麓，在河滨，如果我们没有看到这个“道”，我们已和“清明”擦肩而过。

中国的节日，大凡都是诱发你对道的感悟，诱发你对山水精神的感悟，对天地精神的感悟。依山悟崇高，傍水悟清廉；以日月悟光明，由天地悟正大；假生之乐悟慈，借死之苦悟悲；从而珍惜青春，珍惜年华，珍惜生命，珍惜因缘，感念造化宏德，善待自然有情，鞠躬尽瘁，死而后已。

中国的节日，大凡和祭有关。以祭悟道，这是中国人的智慧。在我理解，清明是春祭，中元是夏祭，寒衣是秋祭，大年是冬祭。而一切祭的背面却是暗藏的狂欢。哀以乐感，乐以哀感，一体两面，这便是中国人的大幽默、大安详。

如此，真正的《清明上河图》在阴阳两界展开。把追思和狂欢均匀地洒在四季，让岁月芬芳，让大地馥郁，让灵魂清明，中国文化的大戏就这样一代代演了下来，一如长河。

这时的“上河”已不单单是清明的“上河”了。

如果说上巳节是中国的情人节，那么清明节无疑是中国的感恩节。有意思的是，它俩居然比肩继踵，让人不由赞叹中国人的智慧：昨天上巳，今天清明，如同一家人的前院和后院。前院求生，后院念死；环绕着前院后院的，是青青杨柳和无尽春色。上巳的主旨是幽会求子，清明的主旨是鉴死知生。这两个节日的奇妙联袂，真是让人叫绝。幽会之后是求子，求子之后是祭祖，生死相续，以生观死，以死鉴生，一个中国人特有的生命链就这样形成了。它同时叮嘱我们，子不必求，因为子在祖德；祖不必祭，因为建功立业光宗耀祖就是最好的祭。

清明不是节日，清明其实是人格，炎黄子孙的人格。

红色中秋

当城里大大小小的店铺争相打出月饼广告时，我就闻见了中秋的味道，一种在月饼之外的中秋味道。

一挂车就往记忆深处开去。开向故乡，开向童年，开向一种冰凉而又温热的意境。

关于月饼，准确些说，在我成为城里人之前，只在词典里品味过，想象过。我对中秋的所有记忆，月饼始终只是一个提示。

有一两个西瓜和数十只梨什么的已经觉得相当地阔绰了。以致我至今仍将中秋和一个西瓜画等号，和一种冰凉画等号。

无法叙述当时是怎样战胜让人不由得打一个个激灵的一刀将西瓜切开的那种冲动的。

那一天就比涎水还漫长。太阳简直就在原地踏步。我能闻见我身体里焦急的味道。我将切瓜的刀擦了又擦，将盛瓜的盘子抹了又抹。用量角器将西瓜按家里人数分成等份，准确到毫米。然后一遍又一遍地想象着刀切进西瓜时的情景。太阳落山时分，我看见这种黏稠而又轻盈的想象一片通红。

这种红色和月亮有关。

先要献月亮。

爹说这是他小时就有的风俗。我至今仍不明白为什么农村所有的好吃好喝都要在月亮品尝之后人们才能动口，总觉得这是一种寄托，一种希望，一种勉强的酬谢，但又不能具体。因为月亮本身是清晰又模糊的，切近又遥远的。

月亮总算露了半个脸儿，哥就迫不及待地将刀切入西瓜，西瓜就如莲花盛开在盘子里。哥让我先往当院放炕桌，我没有落实，我实在没有力量动员自己离开“莲花”在哥手里盛开的动人情景。直到哥放下刀时，我才将炕桌放到当院。老实说，我是作了弊的，我将炕桌放得尽可能靠近月光，事实上已越过“当院”了。

哥将“莲花”端出来，放在炕桌上。我们就静静地等待着月光一线一线往炕桌这边移。这时，我发现鲜艳的西瓜水在悄悄地往盘子里淌，我有点儿忍无可忍了。然而神秘的东西实在太强大了，在月亮玉口未开之前，我的心里没有丝毫邪念，我敢发誓我的心里一片忠贞、一片美丽。我们静静地看着月亮沿着炕桌腿不紧不慢地接近西瓜，心里有种无比宁静的激情在奔涌。

我想哥也同样，我看了哥一眼，哥一脸的肃穆。

现在想来，那种表情不就是一种朴素的宗教吗？我们都被一种仪式感动着。

月啊，月。

大概在月亮抹嘴唇的时候，我们小跑着将盘子端进上房。

哥以长者的风度分着西瓜。

等哥给家里人全部分到时，实在不好意思，我的第一牙西瓜已经暖着肚皮了。

就这样，我尝到了实实在在的中秋的味道。

因月光而朦胧，因西瓜而实际的中秋节，就在我恋恋不舍放下最后一片西瓜皮时落幕了。我有点儿后悔自己吃得太快了。

倒西瓜皮时，我猛然发现，中秋的月亮原来就是一半拦腰切开的西瓜，那么红那么红，那么冰凉那么冰凉。

中秋是归途

在拙著长篇小说《农历》中，我用小说的眼光打量过中秋，在散文集《永远的乡愁》中，我以散文笔法写过中秋，但仍然觉得没有进入中秋。丙申中秋将近，强烈的中秋味道再次笼罩了我。是日深夜，沐浴在皎洁的月辉中，享受着一种难得的清凉，蓦然，一个特别的世界向我打开，我十分惊讶地发现，中秋，原来是一条先祖给后人精心铺设的归途。

中秋之祭

《礼记·祭统》曰："凡治人之道，莫急于礼；礼有五经，莫重于祭。"古人把祭祀作为诸礼俗中的首重。《礼记·祭法》记录："夏后氏禘黄帝而郊鲧，祖颛顼而宗禹。"指出早在夏朝对祖先的祭祀就已经存在。《周礼·春官》记载："大宗伯之职，掌建邦之天神、人鬼、地示之礼。"可见祭祀已成规定，依时有春礿、夏禘、秋尝、冬烝。

流传至今的中元祭祖和中秋祭月，当是"秋尝"的重要内容。而无论是中元祭祖还是中秋祭月，都是为了合道，都是趋吉避凶的方法论。

《易·系辞上》讲："一阴一阳之谓道"。《易·系辞下》讲："日往则月来，月往则日来，日月相推而明生焉。寒往则暑来，暑往则寒来，寒暑相推而岁成焉。往者屈也，来者信也，屈信相感而利生焉。"华夏先祖视太阳为寰宇之间阳性之最，名为太阳，视月亮为寰宇之间阴性之最，名为太阴。作为中国民间农时重要依据的阴历即是据月亮运行周期编成。既然月亮在天地间有如此重要的意义，有着祭祖传统的中华先祖当然就要献祭。《国语》记载："古者先王既有天下，又崇力于上帝明神而敬事之，于是乎有朝日、夕月，以教民事君。"所谓"夕月"就是祭祀月亮的仪式。不过当时祭祀月亮是在秋分这一天。据《周礼·春官》郑玄笺注："天子春分祭日，秋分祭月。"历代王朝也都把祭月列入国家祀典，严格执行。北京的月坛就是明代嘉靖年间为祭月修建的祭坛。

古人发现，秋分之日太阳行至赤道上空，昼夜相等。此后，白昼渐短，阳气渐衰；黑夜渐长，阴气渐增。所以，在秋分这个阴阳相当，阳气"屈也"阴气"信也"的时刻祭月，既是敬送阳气之往，又是恭迎阴气之来。正如《周礼·春官》所说："中春，昼击土鼓，龡《豳诗》，以逆暑；中秋夜迎寒，亦如是。"但秋分是据太阳的运行确定的，在农历中不固定，或在月初，或在月中，或在月末。若在月末，就很难见到明月，无从献祭，后遂演变为阴历八月十五进行。

在民间，中秋献月饱含着百姓浓烈的感恩之情。一年劳作，托福于天地护佑，风调雨顺，日清月丽，五谷和瓜果成熟了，作为受益者，就要首先把果实献给天地和祖先品尝，即所谓"秋尝"。

在古人看来，祭就是吉。因为祭是人天中介。用今天的话说，就是能量通道。生命来自父母，父母又来自他们的父母，寻根究底，肯定有一个第一父母。这个第一生产力，应该就是老子讲的"道"。"道生一，一生二，二生三，三生万物。"人也是万物之一，自然也是由道生的。要保持生命力，无疑就要保持和道的联谊。古人用的方法是祭。可见祭是人类和宇宙能量保持畅通的一种形式。

而要成功获得这种能量，就要高度同频化。怎么办？首先要斋戒。据《祭统》介绍，国家公祭之前，皇帝和皇后要分居，先散斋七天，再致斋三天，以收摄身心。这个调频过程，就是斋戒。

《了凡四训》讲："凡祈天立命，都要从无思无虑处感格"。祈天也好，立命也好，"无思无虑"是关键。这大概有点儿心理学讲的把意识层关闭，进入超意识层的意思。一旦进入超意识层，祭者的频率和宇宙频率就重叠了。频率重叠，能量就可共享。也就是老子讲的“人能常清净，天地悉皆归”。

按照现代科学的说法，任何事物都由三要素构成，即信息系统、能量系统、物质系统。月亮作为一个巨大的天体，肯定有它的信息系统和能量系统。这就是古人讲的“月神”。既然真有“月神”，《论语》中讲的“祭如在，祭神如神在”就显得必须。这让人想到小时候给爷爷拜大年，三个头磕下去，爷爷就给奶奶说，快给孙子红包。在古人心目中，祭祀对象就像爷爷奶奶，是人格化的。

古代国家和集体层面的月祭都是要诵读祝文的。向西设坛，由祭官或女性贤淑沐手恭诵祝文，然后向月焚化。祝文主要由两部分构成，先是歌颂，再是立志。作为阴性能量的载体，月亮有着太多值得人们歌颂的地方。想象一下，宇宙间如果只有太阳而没有月亮该是一种什么样的情形。现代科学已经证明，月亮对地球有一定的保护和平衡作用。月辉更是重要的生长力。据研究，女性受孕多在月圆时。据说在北极圈附近生活的爱斯基摩人，冬季有四个月看不到月亮，女子也四个月不来潮。所以，祭月不单是一种文化仪式，更是重要的生命力获得程序。

为了让这种能量具有存在感，祭祀之后要分食祭品，古人名之为“饺”，我没有考证这是不是饺子的来源，但古人把饺子就称为“月亮馄饨”。随着祭礼的不断演进，月饼和瓜果就成了中秋的主要祭品。无疑，祭品是一种祝福化了的食品，用我们今天的话来说已经被磁化了。因此，在祭礼之后，我们看到，许多家长舍不得吃掉分得的祭品，要拿回家，让老人和小孩儿分享。

中秋之中

中秋有三个核心意象，一个是“中”，一个是“秋”，一个是“圆”。先说“中”。在我看来，它是中华文化的核心。《中庸》讲，“喜怒哀乐之未发谓之中，发而皆中节谓之和”。“中也者，天下之大本也；和也者，天下之达道也。致中和，天地位焉，万物育焉。”可见“中”“和”之重要。“中”“和”体现在状态上，就是阴阳和谐。阴阳和谐，人就不生病，就没有灾难，就风调雨顺，就国泰民安。而阴阳和谐的大前提是“中”。从心性层面讲，大多祭礼都是把人心引向中道，中秋月祭也不例外。

在我理解，“中”有两层含义。一是反极端。中华民族之所以能够保持持久生命力，就是它的思维方式是“中”。我不消灭你，就不会埋下你消灭我的种子。我今天把你消灭了，终有一天你的后代会来消灭我。对应在养生上，去掉极端情绪，就能心平气和，自然健康长寿。“中”更加形而上的一个意思是贯通天地，正如“中”字的会意，它是一个贯通天地人的中线，这个中线，对应到人体上就是中脉，对应到心灵上就是现代心理学讲的零极限。而要保持这个“中”，就要“不以物喜，不以己悲”，就要心存“都一样”。人的痛苦来自“不一样”。古人为什么特别强调活在当下，因为忆往期来都不在“中”上，只有活在“这一刻”才在“中”上。

美国著名心理学家霍金斯研究发现，当一个人的心态在“都一样”上，他的生命能量是六百级，相当于一千万个二百级之下的生命能量之和。而“都一样”，事实上就是中国先祖讲的“中”。那是一种待在面缸里不出来的状态。一旦从面缸里出来，变成面包、面条、饼干、点心，就有了分别；有了分别，就有了喜好；有了喜好，就有了选择；有了选择，就有了争夺；有了争夺，就有了灾难。

而如何才能待在面缸里不出来，古人的经验是中道，而祭礼，是引导人们还原中道的重要方法。事实上，现代人已经很难体会古代祭礼中的那种大清净了。那怎么办？按照老子教的，向惯性生命相反的方向走，把我们可能的财富、体力、智慧分享给社会，渐渐地就能接近中道。老子讲：“多藏必厚亡。”为什么？因为“藏”把我们的生命力变成物质，积压在低频状态。如果奉献给社会，它就又被激活，还原为生命力。

秋祭向人们表演的，正是这种思感恩、知敬畏、天地共庆、有福同享的还原心态。它让人们从“道生一，一生二，二生三，三生万物”的“万物”向回走，回到道上去。对应在教育上，就是《大学》中讲的“明明德”，就是《中庸》中讲的“修道之谓教”的“教”。可是今天，我们发现许多家长不但没有向回走，还在助长生命惯性。饭粒掉在地上，孩子要捡起来吃掉，父母却阻止，脏，不能吃！这就在孩子的心中制造了一个分别，就把孩子生命力的一半分离出去了，从此，世界在孩子心中就是两部分，一部分是净的，一部分是脏的，他见到“脏的”就会反感、拒绝，这一部分能量就被拒之门外了。出门的时候，爷爷奶奶说，小心，现在坏人很多。又把一半能量分离出去了，在孩子心目中，世界是由两部分人构成的，好人和坏人。由此看来，人们要想保持生命力，就要努力消灭分别，从子目录不断回到根目录，这大概就是古人讲的中庸之道。

中秋之秋

中秋的另一个核心意象是“秋”。它对应着“春种夏长秋收冬藏”的“收”。中秋作为节日给人们的心理关怀就是要引导人们进入收敛，把过分的欲望收起来，为了明春更好的播种。农民这时开始耱地护墒，把地力收起来冬藏，以备第二年春种。因此，这个节日是一个重要的心理暗示，是对人的重大关怀。如果说人一辈子活到八十岁的话，不惑之年就要进入收的时候了。把能量存下来，传给下一个生命周期。对应到人伦，就是把能量转移给子孙后代，或者奉献给公益。在协助央视拍摄大型纪录片《记住乡愁》的时候，我十分惊讶地发现，古代有那么多官员，人生并未进入暮年，却主动告老还乡，或高堂尽孝，或从事农桑，或兴办义学，等等。足见古人是把“秋藏”作为一种自觉，也把“有福不享、留于后人”作为一种信念。

看看庄稼，看看果木，人们就会得到启示，它们一年辛苦，结出果实，自己却不享用，全部贡献给人类，这就是天演仁道。这种仁道，还通过生生不息的繁衍力体现出来，对此，看看种子就会明白。谁能知道，一粒粒小小的种子里，潜藏着那么巨大的生长力。那是一份收于秋藏于冬的慈悲，正是这种慈悲，形成一种生命相续之力。由此可见，种子是藏起来的花朵，也是一种藏起来的大仁大义。这也许就是古人以“仁”命名种子的原因，比如桃仁、杏仁。

这种宇宙大爱，投影于人，就是父慈子孝。日月没有按人的级别收取光租，空气也没有按人的级别收取气租，日光月华不但平均，而且免费。它们不但没有分别，更没有交换，没有索取。天下父母也没有谁向孩子收取过奶费，没有谁按给孩子换尿布的次数收取劳务，恰如日月之无私。

如果我们不能理解这一点，对“月神”的敬畏心就生不起来。敬畏心生不起来，中秋节的神圣感也就生不起来。神圣感生不起来，节日就变成娱乐，渐渐就会被人们淡忘，因为现在人们不缺娱乐。

从功用学的角度来讲，只有我们通过行仁道，才能和天地日月的频率一致。跟天地日月的频率一致，才能获得同频生命力。

中秋之圆

“中秋”的背后还隐藏着一个十分重要的意象，那就是“圆”，它是和谐宇宙的频率，也是吉祥如意的频率。大到宇宙，所有的天体是圆的，轨道是圆的，小到细胞，也是圆的。对应到人间，就是圆满不缺。既然不缺，那就不缺财富，不缺长寿，不缺康宁，不缺好德，不缺善终，所以“五福临门”。对应到“五伦”，有父母在，我们就能享受到来自上面的能量；有儿女在，就能享受到来自下面的能量；有夫妻、兄妹在，就能享受到来自平行的能量；有祖先在，就能享受到纵坐标的能量；有国家在，就能享受到横坐标的能量，此谓“祖国”。因此，古人也把“五伦”形容为“五轮”，也是一个圆。

对应在文化上，它就是一个大团圆结构。因此，有人说中国的戏剧不够深刻，其实它才是真正的深刻，因为它是重要的心理暗示。中国古人早就知道，什么样的念头会形成什么样的结果，就像什么样的底片会投射什么样的影像一样。如果平时读的文学作品是大团圆，潜意识里就会形成无数个大团圆的底片，下一个生命周期播放出来的生命景象就是大团圆，当一个民族的集体意识是大团圆时，她怎么能不长寿。

祖先们早把天理、地理、物理、人理、心理搞通了。

之所以用月饼献月，还是这个道理。古人讲，境由心造，反之，心也由境造。看到一个圆，心里就有一个圆；心里有一个圆，气就是圆的。气圆则和谐，和谐则健康。所以，月饼作为祭品，正是为了唤醒人们内心的圆满。纪录片《记住乡愁》中有一句台词非常经典，父亲给儿子讲，只有你的心是圆的，你手里的月饼才是圆的，如果你的心不圆，再高超的技术也无法把月饼做圆。可见经营并非为了经营，而是为了圆满心态。祭典也不例外。

如此看来，月饼上面的一切意象都是心灵底片：像玉兔那样没有暴力性；像嫦娥那样长生不老；像蟾蜍那样多子多孙；像“桂花”那样富贵芬芳。

如此，中秋赏月又何尝不是心理暗示，赏什么？无非是一个圆一个明。由圆和明对照之下的人生感叹就从文人墨客的笔下流出。核心话题无非是如何让生命有常。如何才能让生命有常呢？记着初心，存着归意，以一种面对天地祖先的真诚和虔敬，度过生命中的每一天。对应到文题上，就是止于秋，行到圆，回到中。

这是中秋节的四个主要元素：祭、中、秋、圆。它是古人一种极其重要的心理干预，也是一种极其重要的能量设计：但愿人长久，千里共婵娟。

寒 衣

一出门就觉得今天的天气有点儿怪，风急急忙忙地走着，像是赶紧要到哪儿办一件什么事，错过了时机再没有了似的；又像是在给人提醒着什么，让人能感觉到街上有什么在走动。这种提醒有点儿夺人。我不由得有点儿心惊肉跳，差点儿和一辆汽车撞个满怀。但是我毕竟没有成为车下之鬼，这让我开始检点自己。每当差点儿遭险但终于幸免的情况下，我总是这样。我觉得我的一切幸免都是老天给我的一次悔过的机会。

我开始悔过。到头来我发现这种迹象和一个节日有关。

这个节日就是“十月初一”。我是在一个人的车屁股后面发现这个问题的。接着我就看见很多人的车屁股后面也同样。车屁股后面是一卷纸。有那么一卷就压在我的心上，似乎要将我压到地底下去。我马上看了一下时间，眼前就有一条河，很宽很宽的河，将我眼巴巴地挡在河这边。而我要干的事情却在河那边。而且一到明天就是错过，永远的错过。我就那么在大街上怅然地立了好久好久。这时是下午六点钟。我本来是要到一个约好的非常重要的地方去，但是我一直磨蹭到取消。通向老家的班车早已开走。一种心情锋利得让人无法处理。

回到家里，我无缘无故地冲妻儿发火。弄得他们以为我得了什么病。以致我将儿子正在看的动画片关掉儿子也没怎么反抗。之后相当长的一段时间屋子里沉默如水。直到晚饭后，妻子边拿出五色纸边说，我想你脱不开身就没跟你提。我说拿纸做什么，难道先人能到城里取“寒衣”？我想，这个水泥迷宫连我们都往往迷了路，一生没有出过远门的先人们又怎么摸得着。妻子说我们可以给他们寄去啊。我的心里一下子豁然开朗，还是妻子具有开拓精神和创新意识。

我为有这么一个具有乡俗修养的妻子感到快慰。妻子极具虔诚地洗了手，擦了桌子，十分肃穆地剪起来。儿子起初还很投入地参与制作，但是不一会儿眼睛就盯在电视上。不知为何我的气又上来了，我虎地站起来关了电视，觉得不这样不足以严肃一种什么，至于是什么，我也说不清楚。反正，我觉得儿子的这种态度让我无法忍受。

小时候，每当古历十月初一这天，所有的村子都被一种特别的气氛笼罩着，让人觉得逝去的亲人就在村头等着似的。我们一边看着父母按照人间的样式裁剪“寒衣”，一边听他们讲述孟姜女千里寻夫哭倒长城，每年十月初一为丈夫送“寒衣”的故事。心里感叹着亲情的美好和力量，就觉得父母手中的“寒衣”其实是一种人间的样式、亲情的样式。就被一种怀念的美好击打得战栗。我甚至想到了一个因搬家转到城里去的同学，心中不禁升起几多悲哀，他们离先人该是多么地远啊，他们的先人该是多么地孤单啊。

一会儿，妻子就为“祖先们”剪好了“寒衣”。还别出心裁地为他们新增了马夹、西装、风衣、旗袍、太空服什么的。我知道我的祖先们不会穿这些花色，但是还是感动于妻子的一片心意。然后，妻子将它们封包起来，让我在上面写上通讯地址。我就写：

邮冥府郭氏门中三代宗亲之神收讫。

儿子就掩了嘴偷偷地笑。我说寄这些包裹得多少钱。妻说大概那边现在是义务的吧。然后我就领了儿子到门外边去“寄”。儿子一路忍俊不禁。当我跪下点火烧纸时他就再也控制不住地笑起来。我的气又上来了。我说假如我和你妈死了一到冬天你怎么办？他想了想说：“那我就去给你们生上炉子，再给你们拉很多很多的炭……”我说我们出门穿什么？他说：“穿我的怀念啊。”儿子的回答让我既惊异又感动。我说，怀念怎么穿啊？他说，歌上不是唱“今年流行一种叫怀念的衣裳”吗。

是的，黑色的灰烬蝴蝶样翻飞着，我不知道那是我的怀念，还是娘的消息。

燎 干

正看电视，有人在楼下喊，燎干了燎干了。凭窗，正月二十三已被一些怀旧分子不伦不类地点燃，在楼的峡谷里，显得有点儿背时和落魄，如同一个旧艺人走进了夜总会。

心中不禁袭过一丝莫名的悲凉。

不防，另一堆早已被岁月泯灭的大火就被记忆复苏。

当然是童年的乡村，这一天，我们一早就吆三喝五地出发，无论多么恶劣的天气，好像特意为了壮火似的，二十三很少不刮风，并且是那种经天纬地的大风。天黑回家时，我们个个成了“土行孙”，只有两个眼珠在动。有的挖刺根时从悬崖上掉下去，摔得鼻青脸肿，却没有谁抱怨或后悔。这点儿灾难早已被将要在晚上点燃的大火安慰了。

后来课堂上老师讲“众人拾柴火焰高”时，我有种特别的共鸣，我觉得这个成语用在正月二十三是再恰当不过了。所有的野刺都集中在大场里，架成一个冒尖冒尖的刺塔，再围上每家抱来的麦草，就是很可观的一个“二十三”了。然后，女孩子从家里拿来葱胡子、蒜皮子撒在上面，庄主将一串鞭炮挂在上面，最后，等全村人都到齐了时，就向对面庄子齐喊一声：“点火了！”那边就应一声，便点火了。

火苗迫不及待地蹿起。一种向上的力量摄人心魂。

风助火势，不多时天地已是一片通红。周围的男女老少无不红光满面，一如阳光中尽情盛开的向日葵。让人看着心里开花，愿意将世界上最好的事情都想象到。再看远处，已是村村红火。整个天地就像倒过来似的。心里感叹着呼应的美好。想这二十三一定来自一次非常的号令，一次全员出击，一次动人的相约，一次和春天有关的相约。

这时，就有胆大的辟火跳过去，接着第二个，第三个……不一会儿，只见人在火中来回闪跳，常常有两个相撞在火中，被刺扎破了手，被火烧破了裤裆，也无所谓。

从火上跳过时，只觉得身上的晦气如骚葱臭蒜一样被刺火燎干燎净了。着红的刺如一根根火针疗治着乡亲们的身心疾患和苦难潮湿的日子，而留在我记忆中的却是一种与火相融的美好。现在想来，那就是一种动态的短暂涅槃吧，或者说是一种生命永恒境界的提示和预告。等到我们这些“二十愣”过足了瘾时，火苗已降下去了许多，这时，就有当爸爸的抱了儿子在火上抡一圈，或当姐姐的抱了弟弟在火上跳过，大家一律地唱着：

燎干了燎干了
麦子长得上天了
燎干了燎干了
咱们的日子过宽了

等火再小些，那些腿脚不灵便的老太太、老爷爷才颤巍巍地从火上走过去。

刺着完时，大家便推举一个人扬“火场”，看当年什么粮食成，若扬到上空去的火星像麦子，就说明麦子成，像糜子，就说明糜子成……

当然，大家希望样样都成……

儿子从楼下跑上来，弄了一脸的灰，气喘吁吁地说，爸爸，下面在燎干，太过瘾了。你怎么不去呢？我说，我早燎过了。儿子问，你说为什么要燎干？

我说，你说呢？

儿子说，我觉得真好玩儿。

辑 三

子在川上曰

那是一道浩大的逝川之水走过后留下的宽阔得无法涉渡的沙河；

一条上帝偷偷打上去的再也解救不下的铁索。

尽管它是那么细那么细，

粗心的人简直可以忽略过去。

牵挂是一种美丽

从纷繁忙乱中稍一驻足，就会莫名其妙地记起一个人的名字，牵挂得你一时无论如何也挪不动脚步，牵挂得你心一揪一揪地疼。

也许，你的屁股上至今还安装着一个警报，一个催你警醒、让你不要犯规的警报，在你不留神的时候，在你喝醉了酒的时候，在你懒惰的时候，就訇然作响，还你朝气蓬勃，教你认真做人。

那是小时候老师印在你屁股蛋儿上的一个巴掌。

也许你胃里至今还有一个饼子在冒着热气，抵挡着一阵寒流，遮拦着一刃刃冷风，温暖着你冰凉的心，温暖着你的人生，使你涉过生命的冰川，走过生活的冬季，而没有在岁月的霜雪里倒下。

那是小时候母亲用爱在清凉如水的饭碗里沉淀下的唯一一个饼子，一个生活的凄风苦雨永远消化不了的母亲的饼子。

也许你的桌前至今还亮着一支蜡烛，伴你走过阴森可怖的黑夜，伴你走过寂寞的人生隧道的蜡烛。每当屋空如水的时候，每当心冷如灰的时候，每当孤独如狼迫近的时候，那盏灯就毕毕剥剥地爆响，燃一缕温馨的香烟在你心上，拂去你一段蒙尘布垢的日子、一段阴冷潮湿的日子。

无论多么忙乱，这时，你必定看表，必定一声哎哟，拿上车钥匙就跑，就飞，一口气到幼儿园门口，放学的铃正响。你向儿子招招手，儿子向你跑来……你才知道，这世界上只有一座最精密的钟，那就是父母的心。妻子下乡的晚上，你哄儿子睡着，要去单位加班，临行床边放一个枕头，怕他掉地下去。拉灭了灯，又拉着，你觉得儿子不应该在这样的黑屋里睡觉。走出去，又走进来，班明天早上加，你还是不忍将儿子一人留在空旷的睡眠里。守候在儿子身边，眼睛死死地盯着看不够。你突然觉得你很婆婆妈妈、女人气，但你无法鄙视自己。你轻轻地给儿子拢拢发，拽拽被角，倾听儿子美妙的音乐似的呼吸，嗜闻儿子的体香，很久很久。最后，你忍着疼痛，忍着破坏美丽的疼痛，拉灭了灯，拉灭了自己心里一盏无比温柔无比婆婆妈妈的灯。

多少信，都在焚烧旧日子时烧掉了。多少话，都在淘新米、洗新菜时洗掉了。唯有那几封信烧不掉，唯有那几句话洗不去。即使每一句都能背诵，每每翻读也让你怦然心动，重复过一千次的感动就搔得你脚心痒。你挖空心思地寻找回报的方案，直至一次一次失望，一次一次绝望。你发现他们一个个生活得很好，你推断不出他们是否还吃老家的土豆清油，你推断不出他们是否还需要你天真的思念，天真的一句安慰和关切。

你只好默默地为他们祝福，然后将那些信，那些话小心地重新放好。

突然发现你已走了很远的一段路，生命的枝头上已挂着几串半熟的果实。这时你就不由想起阳光和雨露，眼前就浮现出一幕幕温馨，鲜活了一个个亲切的面孔。每当这时你总喜欢静静坐着，闭上眼睛，敬请天使一般让一双美丽得让人窒息的眼睛，和蔼得让人想起乳汁的神情，亲切得牵肠挂肚的语气，逼真在你的时间里，活现在你的空间里，直至涨满了你的心房。然而，它们一个个都遥远得让你无可奈何，你只好将它们收拾好，小心翼翼地存放在你的抽屉里。你费了好大劲儿。用遍了所有的洗涤剂，也无法洗去你颊上的一朵吻，一朵曾经使你幸福得休克的玫瑰，一朵你稍不留神就开放在你面前的月季，一朵让你在梦中叫不上名字说不清道不明的花草。到头来你发现这朵吻越洗越亮，任凭你用什么高级的洗涤剂和手法，都只能使它越洗越亮。消除它的东西，这世间没有谁能研制出。

这世界因牵挂而存在，这人因牵挂而活着。

牵挂，是一种美丽。

一个人在山头

其实在无意间我一个人就到了山头。一个我似曾相识却又一派陌生的山头。

山头的一面是老家，另一面是城市。

老家的一面庄稼正满山遍野地扬着花。城市的一面却看不清季节。老家的一面居住着我的父老乡亲，城市的一面安顿着我的妻子儿女。老家的一面正等着一场透雨，城市的一面在等待什么呢？

我知道我无法变成一片云，遮挡在老家的庄稼上；心里有一场透雨想降落却无法抵挡尖锐的疲倦。至于城里，我是一个无心人，因而我不知道我能给予什么。在城市的马路上，我只不过是一个被男人摩托排放的烟雾和女人的裙风扇动的东西，有家却没处安身，有水却无以解渴，有路却总是踩在空处。

因此我只有在退到山头时才能摸到自己的身子，才能听见自己的心跳，才能看见城市和老家。老家的那个院子好找，城里的那个房子往往让人迷路。老家那片捉迷藏的苜蓿地正被一片紫雾所笼罩，那是正在盛开的苜蓿花。老家苜蓿地里的迷藏散发着清香，城里积木垛里的偷情是一种什么味道呢？市场味？市场是一种什么味？市场味就是将手伸进衣服下面摸指头。城里的房子安着防盗门但哪一个人没有被偷梁换柱？但是你是眼睁睁看着别人动手的。你就那么心甘情愿？城里的女人只是一个概念，包括妻子和情人，她们一个个穿着透明玻璃但却什么也看不见。老家的女人如棉袄，但是娘已归入泥土，一起长大的女子早已嫁完，嫁到一些连地名都不知道的地方。我知道，她们走到哪里，就会将苜蓿花带到哪里。但是她们现在的苜蓿地一定露水很重，或者一片苦焦。

她们还能认识我吗?

一个人在山头,唱惯了歌的嗓子想吼一声,却不知风会将它带到何处。我敢肯定我的娘已听不懂我的声音,因为我的歌已无法深入泥土。城里仅有的几个朋友也被女人掠夺。那个放着你的身子的地方又滑得一不小心就闪了腰。不像老家即便下了大雨,路上滋溜溜地滑,却滑得带劲。就连摔跤都是那么踏实有力。城里的路是一条心的峡谷,一条钢丝绳。城里人走路是一副跳探戈舞的样子。城里人看人都用余光。城里不冷,却寒。不热,却闷。城里总是一股下水道的味道,还有花露水,在调戏你的鼻子。城里的庄稼长在银行和信用社里。洒水车经过时,城里的庄稼唯恐躲之不及。

现在我听见老家的庄稼正在歃血为盟,誓死抵抗。我的心里有一场透雨却不知从何降落。我只有疲倦,像大街上那些被风吹得刺琅琅滚的空易拉罐一样的疲倦。

倦了的心想降落

却已失去了降落的重量

山头上的阳光很好,正好将心掏出来晒晒太阳,打打锈。但是我费了好大劲儿也没有将心找见,心脏所在的地方是一个很大的胃。我才发现我的心已不知在什么时候变成胃了。我想那就晒晒胃吧。但是我发现我的胃上要么结了铁锈,要么已经溃烂。我抓了一把山头的土。我知道既能打磨铁锈,又能治疗溃疡的,唯有这山头的土。

在山头我才发现我的脑袋比我的身子要大得多,我的瘦弱的身子已无法承受。

我只好将脑袋卸下来,放在山头上。岂料它在我打盹的当儿,却逃走了。我才发现它是蓄谋已久的。现在,留些什么在山头呢?

逃走的脑袋看见,山头上的那个我好像一面祭雨的旗。

不知道的人在说知道

夏天是扇子的春天。扇子在夏天赴约。秋冬春三个季节里，扇子都在睡觉。扇子一醒来，夏天就醒来了。一同醒来的还有儿子的眼睛。儿子说，扇子里为什么有风？我回答不上来。儿子说，扇子是折起来的风，一打开，风就跑出来。我觉得有道理，但细一想又不对了。仅仅打开还不行，还必须摇起来。

带儿子到公园，起风了，儿子突然停下来。我问，怎么了？儿子皱了眉头说，你说，这阵风从哪里来？我想了想，没有想出答案。就勉强说，从天边来啊。儿子说，那我怎么看不见那个扇子，还有那个摇扇子的人？

我说，你看见风了吗？儿子说，看见了。我问，在哪儿？儿子说，在树上。过了一会儿，儿子又说，在女人的裙子上。我说，这就对了，可见风不单在扇子上，还在树上，在女人的裙子上。

我想对儿子说，其实这些都不对，可是我没有这样说。我知道，我的这个想法本身也是风。

进城后，暂住在机关，前面是马路，后面是球场，很是热闹，有许多体会。先是热。得开窗子，可是一开窗子，就有一种极可爱的动物来造访，单等你晚上灭了灯时前来亲吻你。就驱赶，却是战果平平。后来才发现，这家伙有着足够的智能，轻易逮不着的。就索性耐着性子让它吃，等对方吃饱了，自己也不觉得有多难受了。

正要准备写东西，外面传来咚咚咚的声音，一听就是有人在打球，是那种投球技术很不好的投，球总是无法进篮，咚！咚！咚！很闷，每一下都响在你的肚子里，时间一长，就条件反射。每咚一下，肠子就拧一下，拧麻花。实在难以忍受。怎么办呢？塞上耳机听肖邦，但那咚咚咚的声音还是瞅着音乐的间隙钻进来。神经发毛，便夺门而逃。到了楼下，手却突然痒起来，竟想打。就混在一帮小子中。同样投不中，但无妨，关键是，再也不觉得这球撞击篮板的声音有多难听了。

冬天到了，有一种坦克开进的声音，是锅炉。整夜难以入眠，觉得世界就是锅炉，能闻到自己被噪声烤煳的味道。后来发现锅炉是间隔烧的，每当锅炉停时就抓紧睡觉。但锅炉停的时间实在太短。后来发明了一个办法，同打球一样，每当锅炉响起来时，我就唱歌。

问儿子，什么是幸福？儿子的回答出人意料。儿子说，口渴了喝水，肚子饿了吃饭，天冷了烤火，尿憋了撒尿。我一惊。显然，儿子的脑海里还没有关于幸福的名人名言。就是说，儿子还没有把幸福弄丢，还没有骑着幸福的驴找幸福。幸福在近处，真幸福。

每次买新衣服来，总得难受好长时间，比如裤子，蹲时怕弄折了，坐时怕弄脏了，处处得小心。所以既怕穿旧，又希望早点儿穿旧。等“旧”这个概念一从脑海里冒出来，心里倒轻松许多。再也不必担心被弄折，不必担心被弄脏。突然感到旧东西的好处来。联想到人生、爱情、婚姻，恍然大悟：只有用旧的东西才不怕用旧。

一日，一人在屋里待着，突然想跳舞。就跳。直跳到自己像火一样燃烧，像雪一样融化。没有跳的人，只有“跳”。最后连“跳”也没有了，剩下的是一种难以言传的近似于整体的“空”。从一种长久的“空”中回过神来，我才发现，真正的舞蹈是因为情不自禁，是出自一种极乐的驱动，而跟表演无关，换句话说，如果谁是为了表演而跳舞，那支舞蹈多半是假的。

学习微笑

据说我从小就很少笑。那些笑星面对我常常一筹莫展。为此我觉得很不好意思。后来我多少掌握了一些笑的技巧。我想我的潜意识中肯定是为了讨好别人。

我不知道我那时是否懂得会笑的人往往容易占便宜。但是可以肯定的是我凭借那种笑一定得到过许多好处。谁都知道那不是一种真正的笑，而是一种皮笑肉不笑的“皮笑”或媚笑。不久，我发现哭比笑更顶用。凭借哭我得到了许多不会哭的人得不到的东西。显然，这是一种“干哭”。当然，那时的“皮笑”和“干哭”都是一种合作。更多的时候我一个人在呆想。我在想狗冬天不穿衣服怎么就不冷；树一年四季站着怎么不打瞌睡；女子为什么一长大就会生孩子；庄稼地里为什么就能长出粮食来；爹饿了怎么就不吃娘的乳；一庄人怎么不睡到一个炕上去，天一黑怎么就各回各的家……

上学之后，这一切都被一种叫知识的东西所追赶、所淹没。事实上我被学校弄丢了。直到考中。

大学期间的一场大病充当了归路。躺在病床上，我想到了一个问题：假如今天睡着不再醒来，明天不就什么都不知道了？而不知道不就是一种完蛋吗？这十几年的书不就白读了？一切梦想中的美好未来，不就都完了？我甚至想到了一个女孩，一个为了考学而没有顾得上去好的女孩……

这种巨大的绝望给我的痛苦远远地大于病魔对我的折磨。

人生是多么地没有保障，多么地轻啊！

但是翌日我仍然活着，就得设法将病魔赶走。于是就接触了医学、养生学、哲学直至神秘学。当我得知“长生不老”是一种可能时，我竟能做到拒绝一个可人的女孩子如火如荼的爱。甚至发展到就业后一度放弃工作，走南闯北访师问贤的地步。

但是不久我又回来了。因为我从另一种意义上理解了“空”。

当我重新走回生活之后，我发现生活的本质是无奈的。无奈，秩序着这个世界。爱和无法爱，实现和无法实现，倾诉和无法倾诉，真诚和无法真诚……得到即失去，攀升即降落，夜亦昼，昼亦夜……

没意思。活着的没意思。连同爱情、事业。这种思想随着小说《没意思》的发表一度成了人们的口头禅。

就在我被一种更大的悲观情绪所窒息的时候，我看见了一个字：缘。一切都是一种缘。我学会了随缘，并用它来处理了许多不好处理的问题，包括一些生命难题和感情困境。

再后来，我又理解并接受了一个词：摩擦。才知道人的技巧其实是摩擦的技巧。活着的美好其实是摩擦的美好。

蓦然记起当年师父说过的一个谶语：学习微笑。

师父说，微笑时你的心便沉下来。

我一试，果真如此。

等待十一点

自从在这儿工作以后，我就等待十一点，每一天。十一点是一个湿漉漉的时刻，每当这个时刻姗姗而至，我的一种心情便乱了脚步，工作中的许多差错就在这个时刻产生。

十一点邮差来送信。

是否有我的什么？

有什么呢？细细一想，不会有谁寄来什么，即便有朋友记起你，信封里一定装的是“金锁链”。

人一成家，同学之间的那种傻乎乎的情谊和痒丝丝的思念都变成了“金锁链”。除了妻子儿女和钱，真可谓四大皆空，没有什么能够入脑、入耳、入梦，也无花也无果，也无蜂也无蝶，只一家的树枝上挑着一天比一天苍老的日子。

一次，邮差将一封大学女同学的信交给妻子，惹得我被提审了好长时间。也不知是哪位写来的，也不知信里说了些什么，从老婆的气色上看，说不定那信挺有意思的。

为此，我请了邮差老兄一顿羊肉馆子，让他无论如何将我的信交到我手中。但从此却没有哪位女同学给我写信，就连“金锁链”也没有。

至于豆腐块，因为久不写稿，一家报社连定期寄的内部通讯也中断了。

但是每到十一点，还是急切切地等待邮差那声似乎比儿子喊爸爸还要亲切的敲门声。希望有奇迹发生，希望有一封写着自己名字的信或者别的什么，即便是“金锁链”也好。

但大多还是失望。

失望之后，心想，本来就没有什么。

就拿出心在一种怅然的风中晾晒，才发现心还是湿的，还有许多莫名其妙的等待和企盼，等待得莫名其妙，企盼得莫名其妙。莫名其妙之后，我惊奇地发现这莫名其妙真有点儿莫名其妙。

有一天，在大街上遇到一个退休老头儿，寒暄过后，他问，单位有我的信吗？我想说没有，因为确实没有，但不知为何却回答说，我没有注意。老头儿说，我去看看。

我说，你去看看。

是的，去看看，有没有又有什么关系呢？

看着老头儿远去的背影，我想，什么时候才能不理会这些呢？

又是十一点，窗外，可爱的邮差如期而来。我的一种心情如期而来。

重温一串脚印

每次去母校，总要去操场的。在那条笼罩在落日余晖中的跑道上，细心地迈开每一个步子，一种遥远了的生命体验就强烈地袭上心头。血管里就一阵阵万马奔腾，脚底下就不由得奇痒难耐。

你差不多和枪声同时飞出起跑线；你胸有成竹地调整着步幅和倾斜度；打了钉的跑鞋将大地化为你的力，你很快刮成了一阵风，你遥遥领先；你将生机勃勃的肌肉和技巧发挥得淋漓尽致；你将一种精神发挥得淋漓尽致；一首燃烧的歌飘荡在大草原上，飘荡在男女同学们的心上；同学们的热血被你点燃；同学们的目光便如琴弦颤动，汗水在阳光下闪闪发光；生命在阳光下闪闪发光。你感到一种无法言说的痛快。这时，你来不及思考，但你懂得了什么样的人生才是真正的人生。你整个儿的生命都变为一种生机勃勃的得意，一段虎虎生风的幸福。

终点就要到了，你启动双腿犹如启动两座山。两座山开始游说。这时，你只要松一口气甚至只要在脑海里闪过哪怕只有一丝懈怠的念头，两座山就会如尘土般散落在地上。终点就要到了，索性由腿去吧，反正第一名是你的。但现在的你已不属于你自己。同学们的目光是血，呐喊声是风，你意志的帆被大风鼓满；你的步子迈得更大，速度更快，你在和另外一个你比赛。

冲刺!

你如一支响箭射出终点。喝彩声如潮涌起。你被潮声托着，装点着。你慢慢降下速度。你一步一步地体味潮水的滋味，咀嚼甘甜如琴声的目光。你谢绝了好心同学的搀扶，你觉得这时接受友情是一种屈辱，尽管你是多么地想靠在同学的肩上。你不愿意马上停下来。阳光很好，风很好，潮声很好。

勃勃肌肉不让你马上离开它们。衣服太霸道。

你就那样穿着背心短裤躺在草坪上，很久，很久。

这时，一个你并不认识的队员从你身边跑过，你情不自禁地喊了声“加油”，尽管那声“加油”好像是从海底发出来的。将别人给你的鼓励又给别人，你感到一种从未有过的幸福。

啊，跑道上的人生！

暮色浓重如铁，椭圆的跑道没有尽头，记忆没有尽头。我悲哀地看了看业已萎缩了的肌肉，连同萎缩了的日子，一丝凉意袭过，变成一个寒战。

丢 失

一个人住进这个屋子之后，我只置办了一床、一桌、一椅，留下大片的地面，并打算保持下去。要说也并非完全是因为拮据。

和一种心境有关。

早晨起来，可以在宽阔的水泥地上活动筋骨，伏案久了，可以信步放神。

更多的是反转了椅子，独对一片空地。让思绪空茫而富有，富有而自由，自由而旷怡。因了这种空，往事才可以破尘而出；因了这种空，心事才可以展升脚步……

因为没有多余的凳子，客人来了，主人便伫立奉陪，客人也便不敢贪坐；因为没有多余的床，因而也少了留宿的麻烦。

这种习惯保持了好长一段时间。

破戒是一组沙发。

莫名其妙地想买一组沙发。

就在一个沙发摊前徘徊了足足一个月。

回屋看看空地，又去看看沙发；在空地上走走，在沙发上摸摸。

当那组沙发终于在屋子里落座时，我觉得一件什么事结束了。

躺在舒适的沙发上，眼前的空地显得有点儿苍白和轻淡，甚至在一段时间里，我竟忽略了它的存在。

我的屁股落在舒适上，落在和空地迥异的另一种得意里，尽管不是最好的沙发。

后来我就躺在沙发上睡着了。

一觉醒来，有人敲门，一反往常，我麻利地开了门。并且说，请坐，并且手向沙发指了指。接下来又买了一个茶几，是为了配沙发；又买了烟灰缸和茶具，是为了配茶几……后来，我再不能黑了灯在屋里行走了。一天，当我不小心被沙发绊了一跤时，我发现有一件事情结束了。

晚上，当我躺在沙发上看书看得睡着时，我发现我丢失了。

子在川上曰

我实在无法描述乍一发现它时给我的惊吓。我只知道我的心被季节抽了一下，顷刻间不可遏止地发黄。

事情就这样不容分说地发生了，我眼巴巴地看着，却没有丝毫办法。我第一次懂得了当年老师在课堂上怎么也讲不明白的两个字。

无奈。

那是一道浩大的逝川之水走过后留下的宽阔得无法涉渡的沙河；一条上帝偷偷打上去的再也解救不下的铁索。尽管它是那么细那么细，粗心的人简直可以忽略过去。

但是，我还是看见了它。

它给予我的惊吓胜于突兀闪现在眼前的一条蛇。

我的手剧烈地颤抖着。

三十年修筑的生命工事，不防竟被一张照片压垮。

我差不多无力仔细地打量一下这条皱纹。

我的心顷刻一派酥脆。

我知道这是防不胜防的光阴向我的第一次正式挑衅，也是我生命的大后方向对方竖起的第一面白旗，接下来马上就会有第二面、第三面……

有什么办法呢？我生命中最嫡系的部分开始反戈，我已被束手，除了眼巴巴地等待就擒，还有什么办法呢？

接下来就有一种液体从那条线上逶迤而过。而液体终究是液体，它永远填不平生命的沟壑。

一件很近的事情就要到来了。

八年前，当我第一次拿起刀片时，就发现它已经虎视眈眈地向我走来。

那是一次偷袭，敌人是在不知不觉中登陆的。不用说我同样只有无奈。我眼巴巴地看着对方在我的领土上布置下黑压压的兵力。我奋力杀敌，到头来才发现输是注定的。这种攻势没有对手。

就知道有一种收割生命的力量比刀片还锋利。

敌人杀回去一次又上来一次，杀回去一次又上来一次，而且频率越来越快。

敌人用的是持久战，刀片太无力了。

那是我首次体会到真正意义上的投降的滋味。

当我按照父亲向我传授的经验第一次向脸的下半部分抹上香皂，敷上毛巾，然后胆战心惊地将刀片搭上去时，眼泪就不由得唰唰落下来。

生命中有一种多余的东西需要冰冷的金属来收拾。刀片走过，脸上就露出一片虚假的洁净。我知道真正的洁净没有了。我知道生命从需要打扫开始就向回走了。

就在泪水迷蒙了我的双眼时，刀片趁机在我的脸上弄出一道口子来。我的眼里一片红色，我知道我是站在茫茫逝川上进行了一次鲜艳的祭奠。

二十岁生日那天，我怀着一种无法言说的心情推开商店的门，磨磨蹭蹭地踅到卖刀片的柜台前。年轻漂亮的女售货员听见我要刀片时显得有点儿惊讶。她看了我一眼，如果是平时，那一眼一定会让我幸福得三天不吃也不饿，但当时我却觉得那目光像浓硫酸。

之后，就常听见妻子唠叨：你不大扫除就别上床；每次出差回来美其名曰给我买的礼物也全是各式各样的剃须刀。

大扫除就运动一样进行着。

多余的可以打扫，那么残缺的呢?

我努力平静着心气，放下照片，拿起笔，顺着那条很细的皱纹，写道：

子在川上曰……

想起了旧房子

说搬就搬了。

生怕耽误了什么似的。急急忙忙地赶回家，开门一看，屋里什么也没有，只剩下一种类似于催泪弹的东西。

就这样搬走了。说搬走就搬走了。我没有赶上，没有赶上一次送行、一次出发，像欠了这屋子一大笔债似的。怅怅地立在空屋子里，才知道人生不过是一张床、几件家具、几个凳子而已。

有一种声音隐隐传来。

是空屋子在说着什么吗？

说不清楚。但是有一点是肯定的，那就是这种声音马上就会属于别人。

不禁有些类似失恋的惆怅，让人难以承受。

在这个屋子里生活了这么多年，我留下些什么呢？值得搬走的都搬走吗？

没有，有些东西是搬不走的，比如故事。

但也留不下的。故事是一种记忆，记忆是人，而人，只不过是一叶浮萍。

就这样，在屋子里怅立了很久很久。但终是无可着落。走吧。

没有忘记将自己贴在墙上备忘的纸条撕下来，新主人看了会笑话的。

房子还是这所房子，人却要换了。那么，有权利先后住同一所房子的人又有什么关系呢？

这所曾给过我无限温暖和安全的房子，曾滋生过、掩盖过许多故事的房子，将要分别了。这把钥匙将要属于别人了，将要为别人打开一些新的故事了。此刻，它该是一种怎样的心绪呢？

我承认我赶向新房子的心情更为急切。

赶到新房时，刚帮完忙的人正在吃饭，过节似的。老家具们神气地坐在新房子的相应位置上，一下子气派了许多，年轻了许多。还有人。家具因宽敞和新鲜而气派，人因气派而气派。

等待着来家的第一个客人。

居然是当地首富。妻子高兴得又是茶又是烟的，说，昨天她发了一盆面的，果然应验，似乎有许多好事已跟了这人在外面等着似的。

等打发走客人，一家人在新房里重复昨天的故事时，觉得有点儿兴奋，不可名状的兴奋，我想这就是幸福的感觉吧。

让儿子写日记，平时让写几个字很不容易的儿子不假思索地写道：新家真好！

据说儿子搬家时搡车子搡得汗流浃背，平时懒得不起床，今天却早早地起来，帮妈妈又是扫又是拖的。

小侄子用不惯新便池将尿憋了一天。妻子用不惯新锅灶将饭下生。旧门帘挂上去太土气终被压到纸箱子里。

累了一天的妻儿都睡了。我本来说好晚上出去干一件重要的事，却最终磨蹭到取消。实在没有力量离开这强烈的新鲜。

八年多总是在小房子里挤着，喘不过气，如今终于有个宽敞了，有个书房了，有个自在了。

不忍心早早地睡去，似乎应该为新房说点儿什么，做点儿什么。

多不容易的一个转折。总该为它打个记号。

将睡熟的妻子捣醒。妻子问干什么？我说在搬进新居的第一夜就这么睡吗？你不觉得太轻视、太无礼、太麻木不仁了吗？妻子说那干什么？我说，我们该抒抒情才是，该庆祝一下、总结一下、回顾一下、展望一下才是。

总算可以大幅度地和妻子说些话做些事。多少年，总是小心翼翼、战战兢兢，因为一个“匣子”里装着几代人。

总算有个家，总算……

从梦中惊醒，我感到了一种巨大的异样，我陡地想起旧房子，现在，皎洁的月光一定从那扇纱窗里照了进去，同往日一样，却没有人。

我的眼里就有一种液体悄悄地爬出来。

时间简史

没有等汽笛响起，我就匆匆离开车站。及至从车站出来，我才发现这种匆忙是一种逃避，逃避一种深不可及的疼痛，一种由儿子亲手制造的疼痛。

车很挤，座位都属于成人。但儿子今天必须赶这趟车，因此儿子必须往成人里挤，于是就只好站着。

没等安排好儿子的座位，售票员已厉声赶我下车。我匆匆地向儿子招了招手。儿子也停下寻找自己位子的努力向我挥了挥手。可见他还是看重这种分别的方式的。

要说儿子挥动的小手并没有在我心中掀动多大的风暴，让人受不了的是他的眼神，简直是一团积雨云。

站在站台上，看着载着儿子幽怨的车徐徐开走，伤心的眼泪就不由落下来。我知道，这趟车的意义不单是将儿子载回家。

儿子走得无比扯心。午休的时候，儿子说，爸爸，以后中午睡觉我再不吵你行吗？我说行。那你就让我再玩儿几天。我说你明天要上学了。儿子就背过脸去，生我的气。过了一会儿，儿子又转过脸来说，爸爸，我以后每天将日记写好行吗？我说行。那你就让我再玩儿几天。我说你明天要上学了。儿子就背过脸去，生我的气。儿子一中午没睡着。

眼看发车的时间已到，儿子却迟迟不肯动身。妻子和我轮番做着动员工作：明天你就背上书包去上学了，多神气。儿子不语。

出去爸爸给你买许多好东西。仍不语。

你说你要当“三好”学生呢，迟到了就当不上了。仍不语。

最后，儿子看见我们都有点儿生气，就慢腾腾地起身，无精打采地擦了把脸，有气无力地喝了杯水，将两个胳膊套进双背带书包，率先走出屋子。书包里装满了书籍、礼品，有点儿沉。为了保持平衡，儿子将小身体往前倾着，一副负重而行的样子。

我们原以为儿子是走向大门，不料他却向另一个方向走去。我们忙说，大山，你走错路了。儿子却像没听见似的头也不回地径直朝前走，然后到了新认的表姐四霞家门前，敲了敲门，里边没有人应；又敲了敲门，里边仍没人应。儿子就试图爬上窗台，但最终没能成功，就又回到门前，站了一会儿，说，四霞姐，我走了。然后，低着头向我们走来。四霞是我一位同事的小女儿，比儿子大许多，却和儿子能玩儿在一起。儿子来单位的这些日子里，整天和四霞在一起玩儿，差不多吃住都在四霞家里，晚上也不回来。

一次我和妻子带儿子出去买了个大葵花头。儿子不让我和妻子吃，一直抱到家里，直到他去敲四霞的门时，我们才知他的心思。不料那晚四霞正好没在。我说葵花是爸爸买的，咱们和妈妈三人应该一人一份才对。儿子想了想，就分成三份给我和妻子一人一份，给他留了一份却不吃，蹲在外面门台上等四霞姐回来。

我们为一种变化震惊。平时买上一包东西还没等从售货员手里接过来就已开封，而今天他却如此坚守，不知需要多么深厚的感情做支持。

一直等到四霞回来，然后喜不自禁地抱了葵花，去和四霞姐姐睡。出门时回头看了我们一眼，似乎在向我们做着道歉。

和四霞在一起，儿子将在家里必须由妻子督促做的事情做得自觉而又妥帖，并且新上了许多连我们都没想起的项目。每天早早地起来煞有介事地洒扫房子，然后正襟危坐着背唐诗，再写日记，再做手工。我对妻子说，知道了什么是教育吗?

我们竟将这一点给忽视了，忽视了儿子无言的背后是对四霞姐姐的依恋。真想退掉车票让儿子再玩儿一天。但是明天仍要分手。因为他要和所有的人一样进入人的成长程序，去上学。

自愿的要放弃，不自愿的却要投入，而且非投入不可，这就是人生！

在往车站走的途中，儿子一语不发，从前面走到后头，不时回一下头，但直到上车，四霞仍没有来。

汽车从我眼前开过，我站在车站门外的台阶上，看见车上的儿子仍然向我们单位方向望着，泪水就不由落下来。

余下的时间就被伤心浸透。坐在办公室里，我想象着此刻的儿子坐在班车上，穿行在时间里，穿行在思念里，穿行在伤心里……想象着他背上的那个有点儿沉重的书包，心想，儿子的童年结束了，明天早上，他将走进校门。

儿子的童年的确是结束了。不管你愿意也罢，不愿意也罢。

无奈，作为人生的基调，一开始就涂在每个人的底色上。

辑四

生命之河

太阳躺在黄河上分娩，一河的太阳崽子。

我在渡水，太阳在进山。

幻觉中听到太阳在讲什么。

我没有听懂，却感到心里很沉重。

生命之河

似乎沉思着什么，又像在讲述着什么，娓娓地。这泛着微澜、缓缓东去的，就是古老的黄河？就是自天而来的黄河？

船在黄褐色的水中行驶，按理说，我应该感到兴奋，感到喜悦。因为这是我平生第一次泛舟黄河，然而，当马达响起时，我却感到了一种彻骨的遗憾，柴油机用声音和速度生产的遗憾。要是一叶木舟，或者羊皮筏子，让自己亲手去划，到了河心，静静地停一会儿，那该多好。一时间我觉得自己被这机动船给敷衍了，耍弄了。我成了一位乘客，而不是艄公。乘客总是悲哀的，被别人摆渡是悲哀的。自由的是河上翻飞的燕，而我，却在船上。我不会游泳，我只好在船上。

阴郁的心底刮起一阵风。艄公的草帽如一种充满个性的思想随水漂去。在它落水的刹那，我心中的一件东西也随之落水了。明明看见它就在草帽上面，却说不出它是什么，只感到很激动。心中的黄河为之奔涌。

艄公掉转船头，去追草帽。我趴在船帮上。草帽到了我的手边。我热情地伸手去抓，又热情地放它而去。船再次掉转方向去追，我心花怒放。恍惚间我觉得那草帽很古老，很神秘，渐渐地就觉得它不是一顶草帽了，而是一个从远古流来的传说，从天际飘来的一缕意绪，或者别的什么。最后，竟觉得它就是自己了。

就在这个念头闪过的刹那，草帽又到了自己手边。猛回头，艄公阴冷着目光向草帽走来，我一伸手，草帽又回到了艄公的头上。草帽本来就在艄公的头上。艄公需要草帽。既为遮风挡雨之物，就得遮风挡雨。

太阳躺在黄河上分娩，一河的太阳崽子。我在渡水，太阳在进山。幻觉中听到太阳在讲什么。我没有听懂，却感到心里很沉重。

彼岸渐近，恐惧渐近。船靠岸时只觉得一个精美的器皿被打碎了，一个迷离而又美妙的梦被惊破了。美在过程中。我不愿意上岸，却不得不上。回首，来路那端的夕阳很辉煌。又觉得回首还是相当的有景致。

蛙声很灿烂。我伫立岸边，送夕阳下山。这时，我感到了一种壮烈。我想到了生和死。我说不上太阳在生还是在死，也说不清到底是死壮烈还是生壮烈。黄河是一汪激动了的血泊。生是血，壮烈的死还是血。

蓦地发现同伴已经不在，却看到一位扳罾的老头儿。老头儿自然没有像我这样胡思乱想，他在专心地打鱼。在他的脑海里，也许只有鱼的数量，我便觉得自己很傻、很呆。

为过河而过河。

落霞似一金曲的余音飘绕在地平线上时，船回转了。暮色中行船更使人思绪缤纷。我求艄公放慢了速度。这时的黄河分外宁静和空阔，微微的细浪制造着恬淡。河面似乎被暮色延伸了，正如思维一样。

这时，同伴拿出了酒杯，强邀了艄公斟饮起来。暮色在酒杯中醉眼蒙眬，艄公的心事在酒杯中醉眼蒙眬。他索性熄了马达，任船随水徐行。那船就漂进流逝的河中去了……

“摆渡了一辈子别人，却永远没有摆渡得了自己。”艄公似乎在自言自语，凄然如同严合的暮色，忧伤宛如初升的弯月。我们原以为他会说下去，都住了酒杯，等待着一个或凄厉或悲壮的船帮故事。

然而，就在这时，他却一仰脖儿尽了杯中的酒，说：“走！”

“假如没有艄公呢？”船至河心时，一个同行说。

“假如没有船呢？”另一个说。

“假如没有河呢？”我说。

我的心里不由得一阵感动。我将一杯酒洒进河中。清风将酒香传播开去。

眼前便有人影开始晃动，喧嚷而幽冥。那位把酒临风，横槊赋诗的不是孟德吗？那位布衣薄衫，面容憔悴连一杯浊酒都喝不上的不是子美吗？太白任一叶扁舟在水上漂荡，东坡纯粹醉卧舟中；季陵虽然更上一层楼，终叹道春风不度玉门关；祖逖击着船帮，击起一片讪笑，但仍在击……他们是在摆渡什么呢，还是被什么摆渡？蓦地，他们腾云而起，一齐向我招手。我分辨不清他们是在向我召唤还是交接什么。

这时，船停了，面前是坚实的码头，我才知道他们是送我上岸，我感到了一种沉重的轻松，一种欣然的悲凉。当脚落在地面上时，我觉得地面太实在了。

我也很实在。

再次回首，对面的渔翁已经隐约成一个黑点。灯火一点点亮起，如同思绪。

而河，仍在流。

荷花沟

荷花沟最大的特点在于它一贯的绿，那种压迫得人喘不过气来的绿，那种处女一样一尘不染的绿，就是偶尔有那么一两株红桦点缀其中，也是那么蕴蓄，让人丝毫想不到衬托之类的概念。总之，荷花沟不允许你乱加形容。荷花沟只属于眼睛，不属于话语。

行进在一条绿色峡谷中，你的身心被清凉的绿色过滤。你的所有思想都被染成绿色。你被绿色加持了。最后，你成为峡谷中的一棵树，而物我两忘荣辱不记。你的精神渐渐进入一种定态，一种绿意充盈的定态。你才知道一些高人为什么要到深山中修炼，你开始相信济公曾在这里得道的传说。

你被一种彻底的安详所包容，所感动。荷花沟的安详源于它的无欲。你看那些树，那么密集那么密集，但是你无论如何也看不出它们的排挤来。你也很难看出它们哪一个正在为职务、职称、工资、住房等一应事情所烦。你更看不出那些百年老桦在给哪个幼树摆姿态，或者为那些小树在它们上面而不平。鸟儿在它们的头上唱歌它们也不恼怒，金鸡在它们的身下筑巢它们也不担心。它们在风中歌唱但从不收门票什么的。它们为所有喜欢它们的人演出，从不挑肥拣瘦。它们不因为外宾来就奴颜婢膝，也不因为柴夫上山就不予理睬。

和这种安详相呼应的是田田荷花。荷花把向下流着的水变成一种向天的姿态，变成一个向天的绿吻。和江南的荷花不同，泾源的荷花让你从未有过地感到它是那样地和水如影随形。可以说，有水的地方就有荷花。我们没有走到水源，但我坚信，水的源头一定是荷花的源头。荷花给人的感觉依然是安详。同牡丹、芍药等花卉相比，荷花更有道性。我盘腿坐在一大片荷花中，将心交给水，希望得到荷花的点化。

然而荷花毕竟过于淡泊。在荷花沟我最后被一顶开在炊烟中的“荷花”灌顶。我敢说在荷花沟人们看见一缕炊烟时的惊喜一定和看见天空飞过一尾鱼差不多。在一个人迹罕至的地方，我们被四面持久的绿弄得有点儿疲倦的感觉终于得到了敲击。我们向着炊烟升起的方向奔去。

原业是一堆野火。野火的旁边有铁皮水壶、瓷杯。水壶里有水，瓷杯里有茶叶，却没有人。不远处有一树枝依崖搭成的草棚。草棚里有炕，炕上铺着麦草。在人们喝茶的时候，我睡上去，觉得天地间真正的席梦思，还要算这幕天席地的去处。我想，这炕的主人一定是半个仙人。每天他躺在炕上看着一堆红火摇曳在扯天扯地的绿色中，不知该是一种怎样的心境。他一定认为那一堆篝火，就是这个世界上最动人的荷花。

在等待主人到来的时候，我想，色不异空，空不异色。

凉天峡

进入凉天峡其实是进入树。那种让你忽略山的树。忘记其他一切存在的树。凉天峡的树让你的思想无能为力。在它空气一般的笼罩下，你的思想只能是一只带雨而翔的燕子。你的燕子无法穿透一个词：森林。你平生第一次对森林一词有了彻悟。凉天峡的树横空而来，绝尘而去，兀自一个世界。

我不知道凉天峡这个名字所包含的特定意义，但和荷花沟显然不同的是，凉天峡让人感到忧伤。如果将荷花沟看成一个道士，那么，凉天峡就是一位诗人。凉天峡的忧伤缘于不时出现的红桦。面对红桦，你一定会认为它喝醉了酒，要不就是因为一腔热血无法倾诉。因此凉天峡让一帮文人差点儿晕倒。他们只差没有抱了红桦放声大哭。

在向林子深处走去的时候，我们发现了一道红光。

走近去看，我们都惊呆了。是一株巨大的倒下的红桦。它的姿态、颜色都让人想起一个倒下的新娘，或者一团凝固的火焰。因了这种倒下的姿态，才有一片天光豁然进来，为它平添了一种迷离的效果，有种贵妃醉酒的味道。我们不知它在倒下的一刻是如何的心态，但我们差不多都同时想到了悲壮之美。为什么就它独独地红在一片白桦中？红在这个不通人烟、没有歌楼酒肆烟花柳巷的地方？莫非也同我一样厌了滚滚红尘，倦了喧喧闹世？不可想象，如果整个一片树林都是这种红色，那该是一种怎样的情形。久久地，我们谁也不愿离去。

因了它，凉天峡陡添了悬念和戏剧性。

同样具有悬念效果的是和这株红桦遥相呼应的造就了凉天峡阳刚之势的几

块石头。同红桦一样，几块石头之所以牵扯人的思绪，还是因为它的独异。在一个树木封锁的狭窄的峡谷突现一片阔可走马而又没有一树一木的平地，平地上又兀地摆着一块打有人迹的整个峡谷独一无二的非集体不能搬运的巨石。巨石上又分明地有一个一寸口径的深洞，这就让你不由得要相信这里的确是成吉思汗的练兵场，那个深洞自然是他插旗的地方了。我们去的时候，旗杆洞里正蓄着水。据说这个洞里终年蓄水是因为成吉思汗当年撤离时往其中吐了一口唾沫。我们不知道这是否就是凉天峡为凉天峡的原因，但起码让人感到了一种历史的清凉。物是人非，留下的只有石头，以及一些只有石头才能承担的传说碎片。

果然，我们的思绪还没有撤离练兵场就被无比葱茏的树木浸渍、淹没。

汽车从绿色中开辟而过，我用我被树木染成绿色的眼睛看了一眼那团红雾和透着白色天光的练兵场。

蛋黄色的办公室

描绘这种情景，不敢动用写惯了公文的笔。我只能说这是黄昏，太阳的一只脚还没有从山头迈下去，善解人意的窗户将蛋黄色阳光的余息悄无声息地笼罩在办公室蛋黄色的静物上、粉白墙上，营造出一个无比静谧、一洗人间烟尘的梦幻世界。说仙界没有仙界的灵动和烟岚，说人间又没有人间的嘈杂和浮尘。

门反锁着。地早擦过。

黏稠又飘忽的时间被缩短又拉长。

短于无，长于无。

恍惚中办公室已移交给了另一世界，但又找不见他们是谁。是一种感觉，一种即使是最天才的诗人也难以描绘的感觉。总觉得她随时会飘起来，或者已经飘起来，我真担心她会黄鹤一去不复返，或者长眠，再也叫不醒来。

反正，我流泪了，不知道是出于感动还是别的什么。

我只恨我不会画画，要是能涂几笔就好了。而且是蛋彩，只能是蛋彩，除此，一切语言苍白无力。

倚窗而立，面对这些恍若隔世的静物，仿佛躲进了一个走空了人的教堂，黄昏时分的蛋黄色的教堂。白天嘈杂不堪、繁忙不堪、复杂不堪的办公桌、椅子、窗户，甚至文件柜，以及拓印在这些东西上面的种种面料的脸蛋、各种花色的形容、各种档次的官的屁股和丢来丢去的香烟，一时都睡着了。或者说被一种看不见的风轻轻抹去了。

一种幽冥的东西接过了时间的钥匙和公章，水一样暖洋洋地散漫开来，制造出一副无比宁静的睡相。白天被钥匙骚扰得疲惫至极的锁子，酣眠如婴，仿佛就要那么几百年。

总觉得那锁子不是一块铁，柜里锁着的也不是头儿们签发的用铅字打出的白纸黑字的文件，而是一种悠悠上古的一打开就如轻烟一样飘去的东西，或者是被谁忘记在这里的一段旧情、一个百年故事、一个不安分的精灵。或者什么也没有，只是因为有了门就需要挂个锁，正如有了办公室就需要有一个柜，有个柜就需要一个守柜的秘书，有一个秘书就需要有一个主任……

下班时擦得极净的水泥地因宁静而宽阔如傍晚的大海。

墨水瓶静静的，其中的蘸笔静静的。

日月还在今天停着；电话也如泊岸的船；茶叶盒和暖瓶已离开了人间水火，成为时间逝水中的两个容器，打开盖子，里边一定不是茶叶和用煤烧开的氢二氧一；茶杯响亮地飘逸出一股仙气，恍惚间似有仙人举杯相邀，我十分清醒而又万分迷醉；仙人的胡须如杨柳撑在我的心中；我为仙人倒水，仙人哈哈大笑，暖水瓶中什么也没倒出，仙人却说杯子满溢了。

白天的喧嚣和繁乱，窗外的热闹和浮躁如一个乒乓球拍将我扇到这幅不知谁的妙笔涂抹出的蛋彩中。在我怀疑我是否存在时，强烈地感到我的存在。我的呼吸如狂飙从我生命的水面上刮过。

懒得干一切事。总觉得一切都太遥远又太短暂、太没意思。奋斗太费时间、太耗神、太虚荣，消遣太浅薄、太无聊、太无味、太倒胃口，灵魂早已消融为一缕蛋黄色的烟雾，涂在四周的粉白墙上，栖息在蛋黄色的地板上，化在没有任何生命躁动的空无中，最后静泊于宇宙的风港云台。不愿打开书，尽管眼前的书很著名；不愿思虑，尽管有许多事情要想。伟人也好，情人也好；欢乐也好，忧愁也好；善也罢，恶也罢。不愿喝茶，不愿抽烟，不愿挥动肤浅无聊的笔，不愿翻开名缠利绊的故事，一切声响、语言，包括思维都会打破这天意般的静谧和安详。这太阳不经意生产的一个处子，时间随意留下的一个脚印，上帝不小心遗失的一块手帕，光阴的风暴过后的一片沙滩，月亮的潮汐平息后的一方港湾，卸妆之后走下戏台的一张面孔。

我只愿躺在这蛋黄色的时间的屏风背后长睡不起。

我知道我留不住它，当那种蛋黄色的影子悄悄溜走时，办公室又变成了实实在在的办公室。

我不喜欢这种实实在在。我愿意永远留在刚才那种恍然如梦微醺薄醉而又空空如也的世界里，变成一缕风或者一段蛋黄色的时间、一种色调，什么也不想、不做、不求、不怕。

夜幕如潮似的卷了过来，不可抵挡。蛋黄色的影子扯走她的最后一方裙裾。我闭上眼睛以期随她而去，既然不能恳求她留下。

然而一切都无济于事，我看见我的胃里是一包实实在在的土豆丝。我清清楚楚地记得我刚放下海口大碗。

特别想抽烟。睁开眼睛，才知道刚才看到的一切其实是我黄昏时分的一颗蛋黄色的心。

办公室还是那个办公室。

我是一杆什么笔

深入贺兰山，其实是深入石头。

石头是冰凉的，尽管是炎夏；石头让我感动，尽管被柏油路和现代交通工具宠坏了的脚板早已叫苦。

树还没有长成气候，只是一种点缀，而这正好突出了石头。

为了认识石头，我摘下了有色眼镜。

山顶青雾缭绕，如同一种情绪，从遥遥上古流来。我的心是一个盆子。我不敢说话，我怕稍不小心就会打翻盆子。同行的欢声笑语这时听来恍如隔世，古怪而陌生。

我尽量磨蹭在后边，为的是保卫自己的一种心境。

才知道真正的旅游是多么孤独，我是多么希望身边有一个知心的朋友，能够帮我端好盆子而不将它打翻或搅浑的朋友。

然而，今天没有。

我将孤独折叠起来，上路。

石头是无处不在的。

无处不在，就成了山。反而让人忽略了石头的具体。石头貌似散漫，似乎表达着一种极大的自由，而又那么富有秩序。石头似乎并不在乎自己的位置，一派道家风骨，那么坦然、宁静。我真纳闷儿，这些石头怎么就不躺到舒适的城市或者平川里去呢？

等同行远去，我偷偷买了炷香，为太上老君点了，并且极其虔诚地磕了头。这倒不是我一定要走他老人家的后门，而是感动于他的宁静淡泊。在世人疯狂地追金逐银的今天，他仍能一如既往地隐居山中，将心变成一颗冰凉的石头，这该是一种何等地超脱。

从老君庙出来，一阵刺耳的乐声摇滚而来，有着很强的霸道味道。原来前面是一个小亭子，在几条路的汇合处。无法逃避。各种饮料横亘着，同样无法逃避。这种曲子，不知太上老君是否听得惯；这种饮料，不知太上老君是何见地。

倒是送子娘娘的香火更要旺盛些。

同行在一个阴凉处歇了。我却决定爬笔架山。这个决定是在我一听到这个名字时就做出的。

做一次真正的笔。

才知道做一次真正的笔是多么不容易，需要带盐的墨汁和孤寂。

终于搭在那个笔架上。

笔架无比气势地打量着一望无际的平川。我说不清它在欣赏自己的杰作，还是在面对方格稿纸凝神遐思。

这时，我从未有过地强烈地感受到，什么才是真正的笔杆子。

笔杆子是一种汗水的高度，一种孤独的高度，一颗摩天的头颅……

我是一杆什么笔呢?

我头上的狼毫在风中根根耸立，红色的墨汁在体内奔腾喧嚣。

四面陡然低落的笔架山异峰突起，显然无比孤独。不知是何人将它置于此地。又到底是等待一杆什么笔？又是为谁恣肆胸臆做这千年的铺垫?

塞上明珠莫非就是它的点睛之笔?

躺在被时间打磨得无比光滑的石头上，静静地将自己变成一杆笔。夏天，我的头上冷汗涔涔。你是一杆什么笔？笔架山知道。它是一杆秤啊！

做一支真正的笔。

而要做一支真正的笔，就要先将心变成石头。

也许世上最能保持自己的就是石头了。

对石头来说，日月星辰也好，风雨雷电也好，同是一件衣裳。

不是金子。

金子可以穿过时间，却穿不过世人的心。

身上白云悠悠，身下笔架巍巍。我不知停留在时间的哪一截，又是为哪一篇文章而来。

既然是一杆笔，就得离开笔架。

再回首，迎着的是笔架山深情的目光。我不知该以一种什么方式向它告别。

宁静的小学

后面的山似乎马上要扑下来，盖了学校。

木框泥大门上的青瓦如老妪的齿，稀稀落落的，残缺不全。

上完二十九级土梯，便是校门。进了校门是一个缓坡，缓坡上去是一排教室，教室背后是一个土台，土台上顶着几间泥房子。泥房子靠着崖背，贴了崖背竖一木杆，木杆上飘着一面国旗，已被风雨漂洗成白色。崖背上飞出一棵杏树，紧依国旗，粉生生放着花，仿佛有人掩了面，只从山崖上偷偷献出一束花给谁，让人猜不透，却给小学平添了许多精神和味道。

崖背后的山坡上吊着一头驴，低了头磨嘴皮。驴肚下坐着一个放驴娃，身边放着一根木棍，抬了头看天。

走走走，风大得很，快进屋。

才知道已失了态，忙握了校长的手，进屋，屋是崖背下的泥房子。

炉子是洋炉子，却烧的是木柴，火也旺，火苗上架一茶罐，茶罐黑黑泛油光。课表、计划、制度贴了满满一房，冒着校长气。老到的书法显示出一种不容忽视的力量。作业本、粉笔盒、锅碗瓢盆摆成一幅油画。土炕味儿很浓，大红喜字枕巾黑光灿灿。老羊皮衣叠在炕角，让人想起雪和西北风。

翻了翻教案和作业，无论如何也挑不出刺儿来。

有两位学生蹲在地上。问是几年级，校长笑着说，他们是两位老师，刚从师范毕业，家在苏堡，苏堡到这儿要近二百里路。校长以感叹的口气说，这两个娃娃从开学到现在一直没回家。

问有什么困难。他们说没有，只是害怕星期六，星期六学生一走就寂寞得慌，像被遗弃了似的。

空荡荡一深山上只一座学校，空荡荡学校里只他们两人，就脸也懒得洗，饭也懒得做，刮大风的时候，打闪打雷的时候，他们觉得满山都是狼和鬼。

学校距乡上约三十里路，鸡肠狗肚似的山路得靠两只脚一步一步地往过量。菜该怎么买？面该怎么打？信该怎么发？他们说菜有乡亲们送的洋芋，面是赶集的乡亲们捎着打的，信也是赶集的乡亲们捎着发的。

一年级大教室里坐了二十名学生，后面空出更大的一块地，洒了水，让人想起空阔辽远的大草原，担心不久会长出什么来。

娃娃教师正讲课，只听得有麻雀在叽叽喳喳地说话，抬头，原来就在大梁上，盯着讲台上的老师，仿佛正在回答提问。又看老师和学生，才知我的担心纯属多余，他们压根儿就没有听见，依然专注地讲，依然专注地听，房梁上什么也没有。又抬头时，那麻雀就悠悠然不慌不忙从没有被胡墼垒严的窗口飞出去了。

窗子被胡墼垒着，风从胡墼缝里往里挤。

黑土墙上贴了红字标语：好好学习，做共产主义事业接班人。

老师让学生背一首诗，学生就大声地背，声音震天。第一句是普通话，第二句是半普通话，继而带有土味儿，最后能掉土渣了。

老师就纠正学生的舌头。

下课了，校门外子弹似的射进几十个小孩，和奔出教室的学生在一起玩儿，玩儿得很亲很热。

上课了，又自动出去。

有的趴在大门槛上，面向教室，一种朝圣的目光，透人脊骨。

下课，又应铃声跑进来，打伏击一般。

去年五谷颗粒未收，开学初学校无“米”下锅，教师就逐户往来叫，答应将自己的工资垫书费，才动员来几十个；还有更多的孩子，不久将要随父母进山抓发菜。

这是五年级教室，讲台下四个学生，讲台上一个教师，合起来才够“狼牙山五壮士”，我不由得想起红军，想起长征。

天黑了路上有狼，学区主任催我们回乡上。

校长送我们下完二十九级台阶，再回首，那两个娃娃教师还在校门口站着，一脸的憨厚和宁静。

开花的春节

开开门，就有一股清香扑鼻而来。

是那种来自自然深处的没有丝毫做作的清香。

进客厅一看，才知是茶几上的那盆水仙以一种灼人的姿态盛开了。

我的心里不由充满了感动。水仙居然将花期选择在我们回家的时候。

我们是腊月二十八回老家的。回家的那天，我特意给它添足了水。添水的时候，我丝毫没有注意到它要开花。今天是正月初六，仅仅一个星期的时间，它就出落得这样美丽，美丽得让你心里无端地生出一种绝望之感。

让我想不通的是，水仙为什么要将它生命中最为得意的时刻选择在它最为知心的观众离开的时候。整整一个冬天，我们都在等待它开花，但是它偏偏没有。在这七天里，它却盛开了。如果我们把她的出蕾看作一次分娩，那么，这个分娩则是在寂寞中进行的；如果我们把它的盛开看作它生命中最重要、最灿烂的一次展示，那么，这个展示则是在孤独中进行的。

无人喝彩。

没有掌声。

一切都在无比的寂静中进行着。

即使窗外偶尔传来的几声鞭炮声，也是别人家孩子的心情。

我不知道，我的水仙该是在怎样的一种心境中，从箱底一件件拿出它的金冠银裙，兀自戴在头上，穿在身上。

我不知道。

我只知道在这七天里，我在争分夺秒地给人拜年。

就在我步履匆匆地穿行在人间街衢上的时候，我的水仙却在专心致志地开花。

能够超然于一种选择之外，看来，我的水仙要比我成熟得多。

尽管水仙无言，但是它分明在说，舞台就是舞台本身。

也许是为了弥补一种遗憾，或者是出于一种敬仰，我拿起洒壶，打了一壶水，怀着一种特别的心情，开始这个春天最为虔诚的一次沐浴。

水仙则以一个战栗以及战栗之后蓬勃的芳香表达了它的感激。

那一刻，我在想，对于水仙来说，开花也许只是对一杯水的报答。

由此，我又想到，开花，仅仅是开花，而且只有开花，从来就没有什么观众。

时间果汁

人们之所以忽视时间，是因为时间过于和蔼，过于大方，过于从容，时间的本质是大方，是从容。

时间也有严厉的时候，那些死而复生者，可能对时间有过体会，还有考场上的学子，还有情场上的恋人。

但是我们一旦从这些特定的情景中出来，就把时间忘在脑后。

因此时间不得不制造一些特定的情景，慈悲地提醒一下这些忘性太重的人。

放下，是进入时间的一道门。

事实上，真正的放下本身就是进入时间。老子讲无为，他的本意就是规劝人们进入时间。无为是放下那些和时间无关的东西，进入时间就是大有为，因为时间本身就是意义，而且是唯一的意义。

刚刚从睡眠中出来的人还在时间里，但是当第一个念头冒出脑海时，时光被遮蔽了，或者说时间被挤在身后。马上要进入睡眠的人在时间里，可是当人一旦进入睡眠，时间也随之睡眠了，时间的清泉在“休”和“息”之间流淌。

古德之所以倡导人们用减法生活，就是为了让人们进入时间，因为生命的屋子里堆积的东西越多，属于时间的空间就越小。

沿着呼吸可能走进时间。

事实上呼吸本身就是时间，它是时间的花朵，一呼一吸之间，一朵花在盛开。

生命中每一分钟都有无数的花朵在盛开，但是我们却视而不见，我们只有在累了的时候，在供氧不足的时候，在大口大口出气的时候，才会意识到呼吸。

喜欢游泳的同志可能对呼吸的体会更加强烈，但是可能没有一个游泳队员意识到当他从水里伸出头来，张口呼吸的时候，那其实是从时间中借了一口生存的理由。

如果我们有足够的细心，就会发现，在深长的呼吸中间，有那么一个“零点”，那就是时间金山露出来的一角，当我们能够把握那个“零点”，就会渐渐看到时间的本来面目。

它是死，也是生；它是死的，也是活的；它是动，也是静；它是动的，也是静的；它是无为，也是有为；它是一，也是亿；它是一个巨大的安详体。

一个人只有进入时间，才会进入味道。

如果我们和时间错过，事实上我们已经和真正的“吃”错过，人之所以要每日三餐，并非因为能量的需要，而是造化让我们通过它进入时间。人们太马虎了，因此造化需要不可或缺的吃来“哄”人们进入时间。

其实吃并不能带给人们能量，真正的能量是时间。

人们错过了时间，本质上是对能量的浪费，或者说是辜负。因此，古人让人们在沉默中吃饭，事实上是对时间的礼敬。可是现在的吃场却成了斗闹场、情场、游戏场、玩场、生意场，时间很生气。

时间一生气，人们的胃就出问题。

因为时间不在现场的吃是“不熟”的进食，饭菜没有熟，吃下去会生病。

如果我们一时无法从味道中进入时间，我们可以让自己把一口菜咀嚼十遍、二十遍，然后下咽，这可以机械地帮助我们进入时间。人们更多的时候在狼吞虎咽。

为此，地道的茶道就成为一种善，它通过唤醒人们的味蕾，来唤醒人们对时间的感受能力。

“品”是三个口，意味着我们只有把口细分，再细分，我们才能进入“品”。

一个人只有进入时间，才会进入行走。古人能够日行千里，夜走八百，那是因为古人御时间而行。以时间代步，因此可以日行千里，甚至不行也可以千里。

我愿意相信古人会穿墙而过，因为对古人来说，时间活着。

时间和空间在“根”上是相通的，彻底的时间没有障碍。

和谐是进入时间的另一个通道，因为时间本身就是一个巨和谐。

时间的另一个名字叫慈悲。为什么积善之家，必有余庆，因为善行是时间的存折。换句话说，时间的账户上没有别的，只有善。

水之所以能够解渴，是因为水是液体的时间。

水之所以能够洗涤，也是因为水是时间。

只有时间能净。

时间躺在清净里。

偶尔的疼痛是一种关怀，它来自时间，是时间对你的提醒，提醒你该回家了。

时间是我们唯一的故乡。

清晨窗外的鸟叫其实不是鸟叫，而是一群时间的孩子在吆喝时间，赞美时间，提醒你留心时间。

这么说吧，是时间让他的孩子手持杨柳，蘸了时间的露水，往你的心上滴洒。

因此，当你听到每一声鸟叫的时候，千万不要觉得它是无谓。

那才是我们应该用心珍藏的一粒粒如意种子。

爸爸、妈妈！现在，你的小孩如此呼唤你，你开心极了，为什么？

请注意，这不是孩子的呼唤，而是时间变了一个花样让你体会它。

还有爱情，包括性，都是时间给他的孩子的慈悲。

因此，游戏爱情、游戏性是不招时间喜欢的。

如果你不能在爱情和性中体会到“真”，那你已经和时间错过。

错过是罪。

心脏为什么会跳动？它的“原油”是什么？

答案只有一个，那就是时间。

金子是诚实的时间，玉是诚实又滋润的时间。

反季节菜之所以会吃死人，因为它是反时间。

速成鸡之所以能够吃死人，同样因为它是反时间。

粮食是时间颗粒，浪费粮食就是浪费时间。

粮食之所以比肉能够存放，因为粮食是自然的时间。

流水之所以不腐，因为流水是活的时间。

太极之所以会让人健康，因为太极接近时间。

股票之所以会杀人，因为股票是投机的时间。

春种秋收，是时间的成长。但是现代人整天想的是晨种暮收，一天长成的菜和一年长成的菜，包含的时间自然不同。

种子是埋伏在果实里的时间，餐饮之所以能够给人精神，正是时间的供给。

树是生长在大地上的时间，砍倒一棵树，本质上是砍倒时间。

污染环境同样是污染时间。

而死，则是时间的收回，或者说回收。

生命就像一缸米

越来越深切地感到时间是物质的，具体的，就像手上的粉笔，只要你写，它就会短下去；又像阳光下的雪，即使你不动它，它也会薄下去。总之，现在在我心里的时间它是量化的。

而对于一个人来说，它有一个总量。就像一缸米，只要你用，它总会完。

那么拿这有限的时间用来做什么，就成了关键。

假如今天我盯了一天股市能够赚十万元，自己是赚了还是赔了？通常看来，肯定是赚了。但在我看来，肯定是赔了，因为你时间之缸内的一碗米没了。也许有人说，那你不去股市，这一碗也没了啊。对，但对还有更高超越性追求的人，他就会把这一碗米用在终极目标上，哪怕进项不多。

因此看来，目标成为关键中的关键。

对于一个要成为物质富翁的人来说，把一天时间耗在股市上是正确的，但对一个想做精神富翁的人来说，把一天时间用在股市上显然是错误的。精神富翁也许不反对财富，但财富应该是朝着精神高地行走产生的副产品，比如你讲完一堂课，临行对方给你一个红包，那是你今天精神劳动的副产品，它也许没有你守在股市上挣得多，但它的价值非常大，因为你点亮的是无数心灯。

同样，文字是能够看得见的时间。比如现在，我在电脑上写下一行字，看上去是写下一行字，其实是写下一行时间。再打个比方，比如今天你写下一万字，为一个你并不看重的征文，你可以挣十万元奖金，对于真正懂得财富的人来说，他也不会为那十万元去写那一万字，他宁可拿用来挣这十万元的时间写一千跟终极目标有关的字，因为这虽是一千字，虽然可能只能挣来一百元，但它是朝着目标前进的，是正值。而那十万元奖金则是负值，因为你向终极相反的方面消耗了时间，你退步了。

时间从嘴巴里也溜走了不少，一句话就是一粒米，两句话就是两粒米，有谁算过，或者有谁留心过，每天从我们嘴巴里溜走了多少米？大半碗吧？那么，我们时间之缸内的米就少了大半碗。如果我们把时间看成缸里的米，把每天从我们嘴里说出去的话看成缸里的米，我们就会被吓一跳。

人们之所以挥霍时间，正是因为他们没有意识到时间之于生命，是一个量，是一个限量。

时间从我们眼睛里溜走得更多。当我们打开报纸，打开网络，时间的闸门就已经打开了，时间的水就哗哗流淌了，如果我们继续借用米来说事，那么小偷已经大碗大碗地从缸里往出舀米了，但是因为我们的眼睛被花花绿绿占着，我们浑然不知。蓦然回首，大半天已经漏了。

因此，释家追求无漏境界，首先应该是对时间的无漏。而一切打我们眼睛主意的人，都十分清楚眼睛的天真，在他们的老谋深算面前，没有几双眼睛能够幸免。且别说是现代传媒，就是古典小说，所有的功夫，都是朝着如何占有你的眼睛来的，他们的目的就是让你黏在上面，永远不要下来。因此，要想逃脱被缚，就要首先明白前方是一个骗局，这是解决问题的根本办法。

如此看来，谋事之前，行事之前，甚至动脑之前，先想想是否有益于终极目标，成为正确事业的生命线。就拿自己来说，现在在这个小单位一把手的位置上，为了引进人才，为了争取经费，为了组织活动，花去了多少时间，真是不敢回首。到此方明白，引进人才也好，争取经费也好，组织活动也好，都要以是否朝着终极目标为公式、为标准答案进行换算，去找那个朝向终极目标的最大值，去选择该做什么，不该做什么，这才是正确的取舍。如果你引进的人才有助于你探索终极目标，那么调动就是正向的，否则就是反向的，因为你引进的这个人很可能是你前进道路上的消极因素。

通常来说，钱是好东西，但是在智者看来，也许没钱更好，因为钱在手里，你总要想着花掉，而计划花钱是需要时间的。对于一个乞丐来说，一块钱买一块烧红薯，不需要动脑筋，但是对于一个富翁来说，他就要为了把手里的钱花出去用心学习名牌，学习财会，学习金融，学习别墅，学习豪车，包括学习女人，连同医学，当然包括增值术。你得掌握怎么样才能既把钱花在女人身上又不染上艾滋病，怎么样把钱花在一些特别的人身上又不摊上官司，怎么样把钱投出去才能一本万利。这都需要时间。而名牌层出不穷，豪宅层出不穷，美女层出不穷，增值术层出不穷，如果把这些弄通，那一缸米也就完了，人一辈子也就完了。何况有钱人最大的烦恼还不是这些，而是怕钱的失去，因此还得学习防盗，甚至学习防身。显然，乞丐是没有这些烦恼的。

因此，禅宗说好事不如无事。

当然，如果我们把这些钱用在配备朝向终极目标前进的工具上，它就又变成正值，如果花在最需要它的那些人身上，并且随走随花，它就又变成轻松，变成幸福。

但是很难，钱的习性是声色犬马，是欲望附庸，是囤积居奇。

挣钱难，花钱难，花好钱更难。

到此，我才真正理解了古人为什么要发出“一寸光阴一寸金”的感叹。

说这话的人，如果不是时间本身，就是金子本身。

静是一种回家的方式

在十分热闹的聚会中，却听到一则安静的故事：一位农民为一家寺院送豆腐，看到和尚们整天在那里静静坐着，很享受的样子，很是好奇，就请求加入进去体会一下，不想刚一坐定，就想起有人若干年前欠他的一笔豆腐款还没收齐，当即起身告退，找人要账。

在我看来，这是关于一个时代的寓言。至于卖豆腐者，静太不重要了。

但事实真相是，静是最重要的。没有静，我们感受不到世界的富有和美丽；没有静，智慧根本无法起作用，诗意无法发生；没有静，心神无法安宁，而心神不宁的直接结果是灾疾。对于整个社会来讲，没有静，就意味着没有和谐，没有幸福。

古人之所以十分看重静，因为静是生命力。累了一天，睡一觉，精神百倍，补给能量的，正是静。这个静，既是状态，又是能量。男女之爱之所以吸引人，正是因为借助于对方让我们暂时回归静。如果我们能够在自身找到这个静力，就再不需要借助对方回到静了。同时，它还告诉我们，生命是在静中孕育的，尽管它看上去是激情，但那个激情正好是另一种静，因为在那个时间段里，我们没有杂念产生。因此，这个静和速度无关，出色的舞蹈演员在舞蹈时，看上去在动，但她的心是静的，因此打动人，她自己也在享受中。

既然静能够孕育生命，那就意味着它能够孕育一切，包括智慧。现在我们就会明白，古人为什么半日读书、半日静坐。明白了其中的道理，我们就会知道，读也是静，静也是读。

在今天，能够体会到静、享受到静的人，已经不多了。因为我们的环境已经没有了静地。古人对静地的要求是，九里之内听不到牛叫声，显然，现代社会无法找到这样的地方了。当年回老家，当我走进那个小山村的时候，从那个山头上走过的时候，就觉得进入了一种节奏，那是一种巨大的、充沛的、富有磁性的静。每晚，我都要出去，一个人坐在山头上，一抬头，明月就在当空，一伸手，星星就在掌心。那种寂静，真是有种融化人的力量。那一刻，我能够实实在在地体会到来自浩瀚宇宙的无尽滋养。这几年，已经没有当年的感觉了，因为村里已经有拖拉机和摩托车这些东西了，当年那种持久的、浓烈的、厚实的寂静，已经无缘享受了。

为此，闹中取静就成了一个课题。为此，我尝试过通过一个对象物致心一处取静，比如把一本经典读一千遍，把一首歌唱一千遍，觉得有效果。当下瑜伽之所以流行，大概也是因为这个缘由，通过一定难度的动作，让如猿之心如马之意暂时黏在上面，给本体一个浮出水面的机会、回家的机会、喘息的机会。也就是通过一念，到达无念。

之后，我又尝试通过“现场感”取静，不料效果更好。比如，在非常热闹的环境，完全跟随那种热闹，在非常喧哗的场合，完全跟随那种喧哗。不久，我就体会到了一种黏在言行思维上的“反照力”，然后回住在这种“反照力”上，一种原来不曾体会过的喜悦发生了，有些妙不可言。

现在看来，它是一种跟踪力、观照力、觉察力。

它，应该就是静的核。

蓦然发现，由不安静带来的焦虑消失了。之于现代，“农历时代”肯定是回不去了，但是我们完全可以找到“农历精神”，作为人的基因也好，作为人类的集体无意识也好，它永恒存在，确确实实存在，不会因为时代变迁而消失，不会因为骚动喧哗而消失。

它就是安详。

因此，对于现代人，我更愿意推荐通过现场感取静。当一个人找到了现场感，他就会发现，生活和工作本身就是瑜伽，他就会发现，曾经在瑜伽馆里做的那些还是一个生活的分别，还不究竟。

自此，我不再赞同那些执意放弃城市生活到乡村去寻觅桃花源的做法，因为“放弃”这个词本身就是执着，正确的做法应该是安处。桃花源不在别处，就在心里。如果一个人的心里有桃花源，他就会随时随地安处。想想看，当世界上的每一个人都能随时随地安处，这个世界是不是就是和谐社会？这时，我们就会理解老子为什么要讲“鸡犬之声相闻”却“老死不相往来”，因为没有必要，因为当处就是桃花源，不需要跑来跑去，徒劳心神。

这才明白，“农历精神”之所以滋养人，因为农历本身就是一个静。这在古老的年俗中体现得尤其突出。无论是守岁、点明心灯，还是出傩，都会把人导入大静。这才明白，既然生命来自静，来自安详，那么我们进入静，进入安详，事实上就是回家。才知为什么年关到来，人们要不顾一切地回家。可见大年本身就是一个回家情结的集体无意识，是中华民族的一次集体精神还乡。为此，我很早就建议把春晚从除夕挪开，因为春晚让我们在最需要最值得沉浸于祝福现场时却在兴致勃勃地“走神”，一次长达四小时的集体“走神”，“回家”的主题就被严重干扰了。守岁，作为中华民族集体公约的进入静的方式，进入时间的方式，进入祝福的方式，一年只有一次，却被春晚闹掉，真是太可惜了。春晚是完全可以提前一天，或者推后一天的。

这才明白，静是一种回家的方式。放过爆竹的人一定有这样的体会，在爆竹点燃到爆破的那个时间段里，人是在现场的，虽然这个过程看上去“热闹”，但它本质上是“寂静”的，因为在那一刻我们的内心了无杂念，只有“期待”，事实上，它是一种不需要期待的期待，说静候可能更准确。就像鞭炮，当捻子迅速地走向炮的主体，当那一声脆响发生，一个人的心里只有现场和现场感。这不正是一种通过动态完成的静吗？在那一刻，你会发现，你的心和时间是平行的，如果说时间是一个湖面，那么你就是静泊在湖面上的一叶扁舟。

让我们乘着这叶再美丽不过的扁舟，回家。

给是天地精神

一个人要想走进安详，获得真幸福，首先要和天地精神相应。而“给”，在我理解，就是天地精神。

日月无言，昼夜放光；大地无语，万物生长。细思量，保障我们生命的最基本条件如阳光、空气、时间、空间都是免费为我们提供的。有人收取土地出让金，但是大地本身没有收取；有人收取水费，但是水本身没有收取。

为此，天才长，地才久。

当年鲁哀公问孔子，他的弟子里谁的境界最高，孔子回答是颜回。因为他“不迁怒、不贰过”。孔子为什么要首先强调不生气呢？当年搞不清楚，后来突然明白了。人为什么会生气？生气是因为“自我”被冲撞啊。人在什么情况下不生气？“无我”啊。也即孔老夫子所讲的“耳顺”境界，所谓荣辱不惊，毁誉不动。一个人，只要有自我，就无法荣辱不惊。所谓“名关不破，毁誉动之；利关不破，得失惊之”。

那么，如何才能“无我”？在我看来，“利他”差不多是一条最重要的途径。

我们且不要说像孔老夫子和颜回那样消灭“自我”，就是尽可能地弱化“自我”，心态也会趋于平静，快乐也会成倍增长。因为烦恼和焦虑来自患得患失，而要消除“患得患失”，唯一的办法就是去掉“得失心”。

而要去掉“得失心”，就要向天地学习，包括向它们的使者动植物学习。

记得小时候，天上还满是星斗，许多人还沉浸在梦乡，父亲就赶着老黄牛下地了，夜色漆黑，那串叮咚叮咚响过巷道的铃声，永远留在我的记忆中。从老黄牛身上，我知道了什么叫任劳任怨，那种不辞辛苦的乖顺，真是让人感动。特别是看到它一边犁田，一边拉屎，心里就特别难过。但是如此辛劳生产出来的粮食它自己又何尝品味过？还有毛驴，不但要拉犁，还要驮运，面对需要两个人才能抬到它背上的沉沉的麦垛，一点儿逃避的意思都没有，而是静静地站在那里和你配合。

再比如，有一天我突然意识到，原来我们平时吃的东西，全是种子，心里就打过一个闪电。想起每次用夹子捏核桃，我都有一种强烈的罪恶感，一个那么完好的世界，却被我们咔嚓咔嚓地捏破。终于明白古人为什么要说，如果不是一个奉献者，活着就是犯罪。一颗土豆是一个世界，一粒玉米是一个世界，一只苹果也是一个世界，每天，有多少个“世界”到了我们的胃里。而它们，是种子。这些种子如果到了田野，将是一个无法估量的生机。再想想，它们是用一生的光阴来供养我们，更是让人惊心动魄了。

默默奉献，这一“天地精神”在动植物身上得到了充分体现。

如果我们愿意依此实践，就会实实在在地体会到“自我”这块坚冰被融化的过程。

当我们尝试着把能拿出来的那份财物给更需要的人，一段时间之后，对财物的占有欲就降低了。渐渐地，就能体会到钱财的得失不再对我们造成很大的焦虑了。同时，发现把财物给急需的人更有“增值”感，这种“增值”感既是物质的，又是精神的。如此，附着在财物上的那个“我”融化了，另一个“我”诞生了，它就是“本我”。

这时，我们就会明白，所有的痛苦都是因为“小”造成的，宇宙、苍生、人类、国家、家族、家、小家、本我、大我、小我，层层隔离，逐次成“小”。为了捍卫这个“小”，焦虑产生了，痛苦产生了。

可见，痛苦是因为我们心的“小”。这是我的，那是我的，得到喜，失去悲。一个宝物，到了我家，我高兴；到了别人家，我沮丧。其实在“整体者”看来，放在谁家都一样啊。

可见，分别越小痛苦越小，分别越大痛苦越大。

反之，当这个“小”按照小我、大我、本我、小家、家、家族、国家、人类、苍生、宇宙这样的次第扩展，来自“小我”的焦虑便逐次削弱，直至于无。

可见，这个“小”是被“分别”出来的。

如果我们反其道而行之，通过把自我认同的财富、力气、智慧给予他人，我们的心量就打开了，扩大了，结果必然是：焦虑消失，安详到来。

对于一个“村落级”心量的人，“家”的得失已经不会对他造成焦虑了；对于一个“世界级”心量的人，“村落”的得失已经不会对他造成焦虑了；而对于一个以“大整体”为家的人，已经不需要作“回家”想了，终极归属的焦虑自然消失了。

实践上一段时间，我们会发现，“给”的方式可以各种各样，比如一个公益倡导，比如一个公益访谈，比如给周围人作一个好榜样，比如用“四两拨千斤”的方式引动更多的人去给予，等等。

再实践上一段时间，我们又会发现，在给别人的过程中，我们有了力量感，还有包容感、温暖感。这时，我们就懂得了什么叫“量大福大”。事实上，“量大”也会“力大”。也才知道，真正的力量是与我们的心量对应匹配的，这大概就是古人讲的大则势至吧。

继续深入，我们还发现，“给”有着非常广泛的内涵和外延，比如放下名利之心，放下对立分别，包括忍辱、随缘、以德报怨，等等。有时，“给”还以“接受”的方式发生。通常情况下，我们认为把好吃的东西留给父母是善，但也要看具体情境。父亲八十七寿辰，孙子给买了一个蛋糕，仪式过后，父亲分给我们。我和爱人都说不爱吃蛋糕，让他老人家吃。但父亲坚持让我们吃，说如果我们不吃他也不吃。我们就切了点儿，装作吃的样子，陪他和母亲进用。不想父亲切了一大块递给我，我躲，刀叉上的蛋糕就掉在桌子上了。父亲不高兴地放下刀叉，说，你们不吃，我也不吃了。我忙捡起来，说，好，我们一起吃。父亲才又拿起刀叉。这时才知，“接受”也是孝敬。

当然，最究竟的“给”是点亮他人的心灯，帮助他人找到本有的光明。太阳出来，大地自会一片光明；春天到来，大地自会一片生机。因此，光明不是关键，关键是太阳；生机不是关键，关键是春天。

人生就像一次刺绣

细想起来，生命是由无数的缘分组成的。

生命的奥秘说穿了是缘分的奥秘。

通常情况下，人们一讲到缘分，就会想到一些大事、巧事、奇事、趣事。

其实不然。

缘分其大无外，其小无内，它是时时刻刻。

这一世，你生在中国，没有生在美国，这是缘分。

这一世，你和甲喜结连理，而非乙，这是缘分。

这一世，你是医生，不是老师，这是缘分。

这一世，你是厅长，不是部长，这是缘分。

这一刻，你的脑海里闪过一个念头，这是缘分。

这一刻，你突然想起一个故人，这是缘分。

这一刻，你完成了一次呼吸，也是缘分。

这一刻，你喝了一口水，同样是缘分。

……

在我看来，缘分是“后不再有”的代名词，也是“永不再来”的代名词，它是一个特定的时空点，如果错过，就永不再来。比如，初恋，对于这一世的这一对，它是唯一的，不可复制的，永不再来的。时间、地点、感情，凑巧，初恋的缘成熟了。现在，我们后悔当初没有全心全意地投入，想再来一次，已不可能了。

同样，我们在大街上碰到一个陌生人，如果当时没有对他报以微笑，想再来一次，也没有可能了。也许你会想，接下来我还可以碰到无数的陌生人，我还可以对他们微笑啊，不错，但在那个特定时空点上对那个特定人的特定微笑则永远成为遗憾。

学生在课堂听课，如果在老师讲某句话时走神了，那么属于这个特定时空点上的“听”就永远错过了。你或许会说那我下课后还可以再问老师啊。不错，但下课后老师再也无法回到当时的状态了。而且，当你下课后再问时，又把课间那个时空点上的“缘分”挤掉了，一个错变成两个错。

人无法两次踏进同一条河流，讲的就是缘分。

如果我们懂得了缘分，就会发现，生命就像一次刺绣。

一件“绣”，看上去是“绣”，本质上却是一针一线。无数的一针一线连缀在一起，便成了“绣”。这个一针一线的“一”，其实就是“无数”，或者说，这个“无数”，其实就是“一”。

当下就是一切，就是这个道理。

因为如果缺了其中的任何一针一线，就没有这个“无数”。

这些缺下的“一针一线”，就是玉的瑕疵，就是堤的漏洞，就是生命的病。

一个人只有真正懂得生命是一次刺绣，才有珍惜可言，才有敬业可言，才有爱可言。

当我们把每一个来到我们生命中的缘分视为“后不再有”，我们自然就懂得了珍重。

珍重，因为珍，所以重，因为对于生命来说，每一个来到我们面前的缘分，都是宝贝。

真正的宝贝是缘分。

为此，懂得惜缘的人，善于惜缘的人，成了这个世界上的首富。

那么，如何才能做到惜缘呢?

回到现场，只有回到现场我们才能抓住缘分的根，或者说是缘分的心。

纯粹地回到现场便是自在，不容易，需要我们把所有的“非现场”放下。打个比方，一粒米来到我们面前，可是我们却在闲谈状态下把它吃掉，连一粒米是什么味道都不知道，这就是“非现场”进食，我们和一粒米的缘，就永远错过了。

或许有人会说，如果我一直沉浸在吃的现场中，那不就意味着我和闲谈错过了吗?

这就需要我们来讨论一个词，本分。

吃饭时吃饭，睡觉时睡觉，这是本分。

上班时工作，下班后休息，这是本分。

如果我们吃饭时睡觉，睡觉时吃饭，那就是非分。

如果我们上班时休息，休息时上班，那就是非分。

尽到本分即是善。

可见，尽到本分需要一种高度的警觉，因为人有惯性，稍不留意就会滑脱。

比如说，现在应该是处理公文的时刻，但是我却把网站打开，点击了一则娱乐新闻，而且不防就一两个小时过去了。那么对于这天的这个时空段，我没有尽到本分，恶便发生了。那么，我们拿到的这一时空段的工资，就成了非分之得。

现在是上课的时间，但是某个学子却在宿舍睡大觉，那么对于这位学子来说，他没有尽到本分，恶便发生了。那么，这天他的衣食用度，就是一个欠账，就是非分所享。

而非分意味着不吉祥，因为它不对等。

生命就像一次刺绣，每一针都不能落下，每一针都不能错误，这就需要我们时时刻刻守本分、在现场。

“执虚器，如执盈，入虚室，如有人”，讲的就是这个姿态。

这个警觉需要在细节中训练。古人为了让人们回到这个警觉中，给人们创造了许多方法，比如早课，就是提醒我们进入警觉。比如晚课，就是让我们检查今天是否在本分中度过，在现场中度过，如此天长日久，就是养成。

一个人的“成人之美”，就这样发生了。

辑五

如莲的心事

一直在想释家为什么那么看重莲花。

直到有一天站在一个烂泥塘边，

我才明白，莲是花里面的行者，

它是一种会修行的花。

如莲的心事

非常喜欢老祖先的一个词“种智”。它可以作动词，即种下智慧，也可以作名词，即智慧的种子，或者说是智慧的根本。智慧如此，我想美也同样。曾经以为和谐就是美了，后来发现它不是，它强调的还是形式。有那么一段时间以善为美，但渐渐地发现它仍然不究竟。后来找到“真”那里，觉得到家了。有一天仿古人自造了一个词——“种美”，觉得很得意。这个“种美”应该就是那个“真”。需要说明的是，这个“真”和通常意义上我们讲的“真善美”的“真”不是等量概念。它是一个背后的东西，是时间之洋，原因之洋，也是大美之洋。心向往之，尝试着把它变为实践，写过一些短篇，多数人读过的感受是清凉、安详、开心，还有人说有一点点治疗的效果。但自己觉得仍然没有触摸到它（“种美”）的边儿，为此羞愧。

曾经喜欢“不平常”的文字，但是很快就发现“平常”才是“不平常”。作为一个作家，需要时刻检点自己的文字，收敛我们放纵的习气、卖弄的习气。要使自己手中的笔具足方便之德。现在，我们有些文字太不方便，让别人读起来吃力不说，更重要的是污染、带坏人，那种文字肯定来自不方便的心灵。在做人上方便别人是一种美德，在作文上可能是一种美学。电影《英雄》里有一个情节，音乐可以杀人，我觉得不是演绎。音乐的确可以杀人，文字也可以杀人。当我们每天看着安详的文字，就心平，而只有心平才能气和。而气，在中国就是原始生命力。恶劣的文字通过眼睛，种在心田，无异于毒药。在我看来，文字就是大米，大米养身，文字养心。古人说，量彼来处，计功多少，忖己功德，全缺应供。这几年，每当我喝一口水，吃一粒米的时候，都要在心里默诵这句古训。它的意思是：想想我们用的这些东西，其中包含着多少造化的慈悲和人的辛苦，再想想我们的德行，配用这些慈悲和辛苦吗？对于文字，我想也同样。

先哲讲，定能生慧，也只有定才能生慧。我想文字也同样。定是一条道路。据说走钢丝的人假如心中稍稍有一丝杂念闪过，便会葬身深渊，他需要一种持久的如如不动的定。带着文字行走的时候，我也觉得自己是在走钢丝。左和右都是死路。唯一的道路只有一条，即是那个不左不右。因为能够带读者回家的文字，肯定是那个“不左不右”，因为它是活路。功夫界有个词叫“中门”，当你处在“中”点上时，你也就处在了“力”点上。所以，能够“得定”理应是一个写手必然的追求。定能生慧，定也能够生静，生美。具有定感的文字肯定是透明的，滋润人心的。“开心”这个词大多时候被人们当形容词用了，我觉得它更应该是一个动词，“使心开之”。人们之所以烦恼，就是因为心没有开。当一个人的文字能够使别人开心，那是不小的功德。但我的文字还有风，还有摇摆，还有浮躁，还不到家，还需要下大功夫修“定”。

一直在想释家为什么那么看重莲花。直到有一天站在一个烂泥塘边，我才明白，莲是花里面的行者，它是一种会修行的花。它生在污泥当中，长在污泥当中，却能够保持自己的高洁。我们可以想象它是如何打扫它心里的污泥浊水的，如何保护它的身口意的。对于莲来说，能够在污泥中完成它的成长、绽放、盛开，已经足够。至于是否有人观赏，那是观众的事。

有两个射手去应试。一个百发百中，一个百发百不中。但师父最终收下了那个百发百不中的。人们百思不得其解。师父的答复是，那个百发百中的虽然命中了目标，但他却没有“命中”，那个百发百不中的虽然没有命中目标，但他却“命中”了。听上去像在说绕口令。且听师父高论：那个百发百不中的，看上去偏离了目标，但他却没有偏离目标，因为箭射出的那一刻他是知道的；而那个百发百中的虽然训练有素，技术过关，但在箭出弦的那一刻他是“睡着”的。师父的标准是“知道”。多年来，一直对这个公案百思不得其解，心想这个师父真是一个不讲道理的家伙。五年前，我开始写一个具有交代性的短篇《水随天去》。当我跟着我的人物水上行走到某一天的时候，我无比震惊地发现，我们拼着命命中的目标其实不是目标，那个我们千辛万苦追索的目标恰恰就在目标背后，就在“出发”的地方，就在被我们忽略的地方，如同一个淘气的孩子，藏在门背后咧着嘴笑那个自以为找到目标了的傻瓜。那一刻，我对文字有了一种新的理解。也是在那个过程中，我重新理解了一个词“知道”。只有当你“知”了那个“道”，才是真正的“知道”。我们口口声声说我们“知道知道”，其实什么都不知道。

一个东西，当它看上去非常有力量时，恰恰说明它没有力量。对于圣雄甘地来说，当时的英帝国是有力量的，但是最终，胜利者是圣雄。在我看来，主张非暴力的甘地是有力量的。我一直认为，文字是存在着教科书三种功能之外的第四种功能的。为欲望写作的人肯定不懂得生命的意义是什么，不懂得读者内在的需求是什么，不懂得生命最需要的那眼泉水是什么。欲望肯定不是人的天然渴求。就像一个孩子，在外面玩儿了一天，很尽兴，但是天黑下来了，一个必须面对的问题横在眼前。是什么呢？回家啊。这才是最根本的(恐怕没有比这更残酷的问题了)。但是天已经黑得伸手不见五指了。这时，道路是需要的，月光是需要的，包括星光，包括母亲唤归的声音。

我固执地认为人的成长是一个不断被污染的过程，只不过有些人能够通过污染超越污染，有些人则不能。而写作应该是一个反污染的过程，接近生命本意的过程。中国汉语有一个词叫“天性”，它是和人性对应的一个词。这些年，人们过于强调了人性，却忽略了天性。而我觉得，作家的使命可能就是传达、传承这个“天性”。只要我们回头去看看那些流传下来的文字，那些像火种一样流传下来的文字，能够让人百读不厌的文字，我们就知道什么叫生命力。目前，我还没有碰到哪部当代文学作品是因为人们出于喜悦、出于生命本质渴求而读一百遍的（至少对我是这样），但是确有一些文字，是我们愿意每天都诵读的，而且每读一次都有大欢喜，都有新收获。这些文字肯定是传承“天性”的文字，而不是现代人所谓的“人性”的。当然，当天人合一时，人性即天性。但当天人严重地不和谐时，那么人性就不是天性，可能就是别的什么性。

几近不惑之年，才悟透一个问题：一个人只有具足了人格，才能有资格以作家的名义去下种，去播下心灵的种子，美的种子，才能把人带到人道里去。非常喜欢一个词“人味儿”。但是看看我们当下许多文学作品里的人物，有多少是有“人味儿”的？包括我自己。

好长时间以来，都处在一种零创作状态，这除了自己在写作上一贯的散淡随缘心态外，更重要的是突然有一个问题出现了。我发现我这么多年写下的文字大多是河伯之叹，没有几篇不是“盲人摸象”“指鹿为马”。开始琢磨一个词“整体”。这也许是我此生要解决的最大也是最难的一个问题了。窃以为只有当一个人找到了“整体”，他的笔下才会没有分别，才会无漏，他的文字所到之处，才会随处结祥云。因为它是理解的基础，沟通的基础，也是心灵的基础。“问渠哪得清如许，为有源头活水来”，对于心灵，它既是目的又是源头。只有这样你才能够遵从“整体”的逻辑，才能从个人逻辑中跳出来。因为“个人”在更多的时候则意味着自私，意味着有求。可以肯定，一个人当他以一种有求心去写作，他已经背弃了写作的原意。这就需要设法找到一个可靠的路径，而要通过分别寻找无分别，通过局部寻找整体，本身就是一件盲人摸象的差事，但是我们又别无选择。所以，我写作是因为我尚未知道。那就在写作的行脚中、叩门声中等待启示的降临吧。

文学到底是什么

这个世界上为什么有作家？因为有读者。

什么样的作家才是好作家？还得从读者说起。

作者和读者的相逢是一个因缘，一个充满偶然但又必然的因缘。

一粒种子进入土壤，这粒种子就是因，土壤就是缘。只有在因和缘同时具备的情形下，一棵庄稼才会长出来。一粒种子，我们把它放在玻璃器皿里面，可能千年万年都不会发芽，可一旦遇到土壤它就发芽、开花、结果。

一粒文字的种子在进入读者心田的时候，它是带着这种非常奥妙的因缘去的；怎么样的土壤更适合种子发芽，它是同气相求的；这既是文字对读者的选择，又是读者对文字的选择。文字之所以诞生，正是因为读者的召唤。正是因为有召唤在，所以才有诞生在。

在我看来，写作的奥妙就在这里。

写作的过程就是一种情怀、一种理念、一种价值取向诞生的过程，它本身是在发出一种信号，是在召唤和它有缘的人。

我们经常讲随缘，实际上是不大懂得随缘的。随缘不等于随波逐流。在一个人对这个世界了悟于心之后的一种选择，才能叫随缘。它是一种大觉悟的境界，当一个人或一篇文章到你面前的时候，你能“识得”其背后的宿命，这才叫随缘。

农民是最随缘的，他知道什么季节种什么粮食，什么地里下什么种子，绝对不会逆岁月、逆时序去做；他知道“清明前后，种瓜点豆”，不可能秋天冬天去种瓜点豆，这是一种了不得的了悟世界或觉悟世界的方式。

一个成熟的作家，他是最尊重他的读者的，而他的读者也最尊重他、热爱他。

中国古人讲“慈”，讲“悲”，说穿了就是讲“爱”。他们甚至认为世界的原点就是爱，这个造化的“心脏”就是爱。从这个意义上去理解，人为什么渴望爱？人为什么会被爱打动？因为那是我们的当初呀！是我们的原点！是生命出发的地方！也是归宿！

中国古人还讲“人之初，性本善”，“本善”就是本来的那一块，本来的那一块材料，创造生命的那一块材料。打个比方，如果我们把世界看作千姿百态的美食，那么“本善”就是造化之厨手中最初的那一团面粉。

为什么人是千差万别的，因为“性相近，习相远”，是习气和污染把生命变得千差万别。

因此，回归生命的过程就是反污染的过程。我理解，文学和文字在一定意义上讲就是帮助人们清洗心灵灰尘的一个载体，这是文学在“本来面目”上的一个意义。

因为生命最本质的诉求是回归，回归到本有的光明，回归到本善。

如果一篇文字没有帮助读者清洗心灵，没有帮助他回家，没有帮助他找到本原意义上的光明，反而给明珠又增加了一层污染，这样的文字是需要我们警惕的。

眼睛和耳朵如果把不好这道关的话，就会使心灵遭受污染和侵害。

古人讲“舍得”，就是告诫我们要时时刻刻警惕应该舍去什么，留下什么，欢迎什么，拒绝什么，拿起什么，放下什么。生命的艺术说到底是“舍得”的艺术。

舍什么，怎么舍？

并不是要我们把世界舍掉，把生命舍掉，把生活舍掉，而是把自私舍掉，把欲望舍掉。

“舍得”是讲只要我们把物质诉求打扫干净，不用去求，明珠自会焕发光明，这叫作无求自得，自然所得。

什么叫自然？本来就是。我们本来就是一颗明珠，只不过被污染了而已。只要我们把外在放下，内在自然出现。由此可知，“得到”只不过是“放下”的代名词。

古人讲，人人都有智慧，有大智慧，只不过是被遮蔽了而已。真正的文化就是要扫除这一层遮蔽，就是要扫除掉世世代代积淀在我们心灵上的那一层灰尘。由此看来，“身是菩提树，心如明镜台，时时勤拂拭，莫使染尘埃”讲的正是文化的要义。就是不断把我们的心灵擦亮，保持光明。如果镜子上有灰尘我们是看不见自己的，更不要说去看世界。

文学要向太阳学习。

太阳每天从东边升起，照耀四方。它没有想着今天要照哪个人不照哪个人，只要出来就行了，只要把自己的光辉散发出来就行了。

作家的职责就是把那一份光辉散发出来，通过文字。至于读者怎么去选择你，怎么收藏，怎么相守，那是读者的事情。

因此，我们不能在写每一篇文字的时候，都假定一个读者群。现在有好多作家就这样假定，有些说他是为孩子写作的，有些说他是为中年妇女写作的，有些说他是为空巢家庭写作的。这种战略和战术是对的，如果从商业策略来讲的话。

而文学则是反商业的，它是神圣的、崇高的，是要我们带着神圣感去从事的。

当我们带着神圣感去从事这份工作的时候，神圣感会成全我们，因为“爱”是相互的。当我们心里有个很大的愿望，要为世道人心，为苍生，为这个民族，为这个国家去做一些什么的时候，境界就不一样了。

不要小看古人常常讲的“国泰民安”这个词语，过去的士大夫文人就有这个愿望，希望国家昌盛平安，希望老百姓过上好日子。这不是作秀，他们就认为这是自己的一份职责，就要铁肩担道义。想想，当一个人把道义扛在肩上那是一种什么样的重量，什么样的感觉。特别是在现在这个社会，铁肩已经不行了，要担起那个道义，需要铜肩、钢肩才能担得动。

“天生我材必有用”，就是讲人是为使命而来的。

任何作品，打动读者的无非是真善美，无非是温暖、崇高和关怀，无非是爱，说得形象一些，就是能够撞击到读者心中最柔软地方的文字。

它首先应该是美的文字。

那么什么是美？争论了几百年，仁者见仁，智者见智。

比较一致的看法是，美是和谐，这是美的通意，应该没错。但我后来发现，和谐强调的还只是形式，是“相”。就像谈恋爱，往往是外表先打动了自己，但是漂亮不善良，还是经不起时间的考验。

追溯到善，觉得比和谐进了一步，但还是不究竟。后来读典，当一种永恒的感动和喜悦在心里发生的时候，蓦然觉得“真”才是最美的，因为“真”是归途，是生命的原点。

由此就可以区分一流作家与二流作家。

一流作家占领的是原点，他给人的是从心灵原点流淌出的清泉，他启迪的也是读者的原点。而二流作家只能摩擦心的表皮，甚至连表皮都触不到，他可能会把你挠得痒痒的，但不解决问题，读完后生活还是老样子，涛声还是依旧，这是一种文学搔痒，浇花没有浇根。

二流作家是在玩儿文字游戏、文字迷宫，看上去是在追求和谐，其实是一种伪和谐，连“善”那一层都没有达到，怎么可能达到“真”那一层呢？所以这种文字注定不能传世，即便擦出火花来，也注定是短命的，因为火花毕竟是火花，不是火炬，不是夜明珠，不是金子，没办法保持它的生命力。

“真”随着时代的变化需要不同的载体，这就是文学，在我看来，这也是为什么老子和孔子会诞生在中国，乔达摩·悉达多要出生在印度，他们是奔着特定的因缘去的，奔着他们特定的土壤去的；如果我们把他们看成种子，他们找到了属于他们的那一块土壤；但他们的目标却惊人地一致，都是为了演说一个字：爱。

一个真正的作家，包括文化人应该向这个世界发出正直的声音，那就是爱，没有区别的爱。

我特别喜欢“众生”这个词。在古人看来，不但人是一个共同体，动物也被纳入到这个共同体中，统一叫生物，叫“众生”，叫“有情”。

在古人看来，所有的生物，包括一草一木和我们都是平等的。带着这样一种心态去面对世界，心里就会充满快乐，因为满眼都是我们的父母兄长，都是我们的兄弟姐妹，如此我们就不会在大地上看到一只小羊羔的时候把它视为盘中餐，在天空看到一只大雁的时候把它视为碗里羹。

让所有人都成为自己的利润对象，事实上已经成为现代商业伦理。当我们制定一个商业政策或者策划的时候，我们是不是把对方看成我们猎取的对象？我们何曾想过我们的这一个商业计划、写作计划是为了满足对方，是为了奉爱对方，很少。我们都想着如何把对方据为己有，把对方腰包里面的东西据为己有，把对方的心灵据为己有，我们没有想过把我们的光明辐射出去，用我们手中的蜡烛去点燃别人，很少。

这是一个掠夺逻辑，所以大家都活在焦虑之中，不平之中，没有幸福感，没有快乐感，没有安全感，这是因为大前提是错误的，大方向是错误的。

古训“求之不得”告诉我们，以一种欲望的心态向大自然和本体世界去索取的时候它不给予，因为它知道这种需求是物质的，不是本原的。

天堂在什么地方，天堂就在我们的心里，只不过我们已经遗忘了它，我们已经找不到通往天堂的路。

如此看来，文化是道路，是方向，文学亦然。

一次演讲时学生给我递条子，问怎么样才能获得好运气？我说，只要你是一个吉祥的人，就会时时刻刻在如意里，这是一个天然的关系，也是一个必然的关系。

古人的逻辑是积善之家必有余庆，积恶之家必有余殃。就是说，家族也好，人也好，只要从善，肯定会有好的结果。

什么叫好运气呢？好运气就是去为别人着想为群体着想时自然开出的花，好运气是爱的副产品。就拿财富来说，好多人以为到庙里面去烧一炷高香，就能发财。不是的。如果这条路线能够走通，那庙里面的神也不是神了，不值得我们尊重了。

财富到底是从什么地方来的呢？

古人的逻辑其实很简单，就是种瓜得瓜，种豆得豆，我把它称作“瓜豆原理”。而现在不少人信奉种豆得瓜，这是一种投机逻辑。股票和彩票的逻辑就是一种投机逻辑，每一个人都想通过注入两元钱赚得一百万元，而财富的总量就是那么一块，不是投机逻辑是什么？所以美国要爆发次贷危机是必然的，是迟早的事情，是不奇怪的，它是这棵逻辑之树结出的必然恶果。

原本财富就这么多，它不会因竞争技术的提高而使总量增加。所以竞争得越快，消耗得越快，自然就崩溃得越快。

当年孟子见梁惠王。惠王说，老先生，您不远千里而来，将有什么有利于我的国家吗？孟子回答道，大王，您为什么一定要言利呢？只有仁义就够了……上上下下互相争夺利益，那国家就危险了。在拥有万辆兵车的国家，杀掉国君的，必定是拥有千辆兵车的大夫；在拥有千辆兵车的国家，杀掉国君的，必定是拥有百辆兵车的大夫。在拥有万辆兵车的国家里，这些大夫拥有千辆兵车，在拥有千辆兵车的国家里，这些大夫拥有百辆兵车，不算是不多了，如果轻义而重利，他们不夺取（国君的地位和利益）是绝对不会满足的。但没有讲仁的人会遗弃自己父母的，没有行义的人会不顾自己君主的。大王只要讲仁义就行了，何必谈利呢？

孟子已经意识到当上下交征利的时候，就是国家要灭亡的时候了。因为争利的结果是公义的丧失。现代社会不但是一个争利的社会，还是一个刺激争利的社会。争利的结果是毁灭。

释家说，众生平等。这四个字里蕴含着无尽的关怀和真理。世界现在沸沸扬扬，硝烟弥漫，每一个发动战争的人，每一个为战争去游说的人，根本就没有弄懂什么叫人，他把手放在心房上称赞上帝，但他根本不懂上帝。

当然，这个世界也有一部分人可能需要用一种强制的手段教育他，但是教育不等于消灭，所以孔子当年在大地上奔走，用教化，用教育；而释迦牟尼提供的是更极端的一种方式，他甚至连国王都放弃，从皇宫逃跑，出去做一个苦行僧，他要用这样的方式找到一种大爱、大自在、大幸福，他觉得权力解决不了问题，金钱解决不了问题，军队解决不了问题，这些都解决不了人的烦恼，他要为人们寻找一种真正幸福的方式。

圣哲提供的就是这种东西，包括老子、庄子，有人请庄子去做宰相，他不去，宁愿做一只泥塘里的龟。

这又回到价值取向的问题了。

道家的无为并不是过去我们在历史课本中学到的消极不做事，无为是什么意思？无为就是不要为欲望去做事，不要为感官去做事，无为即“舍得”，是大积极。

舍掉那种短暂的形而下的东西，而去证得永恒，这叫无为。这就像一个杯子，要让它能有水装在里面，就必须让它先空着，这叫无为；把物质占领的空间空出来，让灵魂得以滋养自在，这叫无为。

现在有些做父母的都不敢让小孩去看老庄哲学，认为会让人消极，那是没有读懂老庄，如果读懂他，人生态度就会更积极。

有些人甚至不敢给自己的小孩提禅宗、提佛学，认为那也是消极，其实也是一个天大的误会。

大乘佛教是和儒家哲学一脉相承的，打个比方，就是我们常说的全心全意为人民服务，只有如此，才能有大成就。它消极吗？

当每一个学子带着一种为人民服务的心态去学习的时候，那种动力，还需要父母督促吗？还需要老师督促吗？不需要了，他已经把学习变成一种快乐了。他会把“苦其心志”作为一种快乐，为什么？“天将降大任于斯人也”。

现在的教育是一个怪圈。老师一上讲台就跟学生讲，你们要好好学习，将来才能买到大房子，才能找到漂亮的媳妇，才能过好日子。这种教育方向令人担忧。

现在给孩子提供的是反常识，这样教育出来的孩子，不懂得如何去表达自己的一份孝敬，不懂得如何去表达自己对于师道尊严的一份理解，更别说对世界、对宇宙了。

我们应该重新打量“敬畏”这个词。现在的不少决策者、不少开发商面对自然时心里可能没有这个概念，只想着经济指标，没有想到如果把地球比作一个人，我们已经快要抽干他的血，快要吃完他的肉，现在正在敲骨吸髓了。

一些科学家预测，如果按照人类目前这个速度发展下去，地球还能不能存在一百年都值得思考，我们的子孙后代怎么办？搬到其他星球去住吗？

这几年我写传统节日比较多，因为节日是中国人非常经典的一种天人合一的方式，一种回到岁月和大地的方式。不然，我们虽然在大地上生存，但是已经忽略了大地；我们虽然在岁月之河中穿梭，但是已经忽略了岁月。

恰恰给了我们生命以保障的东西，我们反而忽略了它，比如水，比如空气，比如阳光，比如时间，比如空间，还有爱。

我们可能满眼都是高楼大厦，都是灯红酒绿，但是我们看不到空气，看不到阳光，看不到水，当然更看不到时间和空间，还有爱。

也就是说，最有恩于我们的东西，我们反倒对它熟视无睹，这是现代人最要命的一个缺失。

而传统节日事实上就是以一种强迫的方式让我们面对土地，面对岁月，感谢厚土，感谢造化，珍惜资源，珍惜恩情。

造化创造了万物，或者说万物都是她创造的，那么万物都是她的孩子。所以古人讲“大地无言，万物生长；日月无语，昼夜放光”。如果我们有足够的细心去打量，就会发现大地真是太伟大了，她生长鲜花、生长庄稼、生长快乐，同时她也承载污秽、承载困苦、承载灾难，我们每天把多少脏东西给她，但她没有怨言，从来没有说要选择哪一部分，拒绝哪一部分，而是全然接受，她表达的是一种平等，一种无分别。

想想她的这种无言，她的这种大爱！如果我们读懂了大地，就明白了什么叫爱，什么叫善，什么叫美。日月也一样，也没有根据自己的好恶去选择照耀哪一个人。借用一个古词，就是“无缘大慈”。

在我理解，这是中国文化的根本背景，也是中华民族的根本美德。

中国古人有一个词叫“布施”，用现在的话说就是奉献于对方，这个奉献有物质的，有精神的。

作家应该带着一种布施的心态去写作，这个布施不是给读者一块金或银，而是给他一个火种，或者说给他一杯水，让他的那一颗明珠恢复到本来面目，让他本有的心灵明珠焕发出光彩，这也就是感动之所以发生的所在。

这就像一只困在笼子里面的鸟，当别人帮它打开笼门的时候，当它在天空翱翔的时候，感动发生了吗？肯定发生了。所以说，文字是一条回家的路，更为准确些说是从“真”那里来的文字是一条回家的路，从“真”那里流淌出来的文字是一条回家的路。

从这个意义上来讲，文字不但是一条回家的路，也是打开自己的一个方式，是一串串钥匙。

一个被捆绑的人是没办法自己打开自己的，必须有一个第三者去打开。几千年流传下来的古圣先贤的教诲，那些经典，其实就是一串又一串的钥匙。

在我看来，不是文学已经死亡了，或者说文化已经衰落了，是我们文化人自己把自己的行情搞坏了。因为每个人都有心灵中所缺失的那一块，作为作家，只要我们能满足他的缺失，能够填充那一块缺失，文学就不会死亡。

只要人存在，文学就存在。

我们为什么要悲观呢？

我们之所以悲观，是因为找不到读者心中的缺失所在，因而没有自信。当真正懂得了读者心中缺失了哪一处，随着人口的增加，文学应该是成正比例发展的。

而现在我们看到的事实好像是文学不景气，我认为作家要从自身去找原因。

期待把弄反的文学正过来。

以笔为渡

鲁院的课堂。一位老师在说文解字，老师的意思很明确：文字绝对不是来源于劳动，而是圣人所造。我同意老师的观点。老师借助文字讲了许多“新意”，有许多绝妙的引申和发挥，我很佩服。比如，他说，“错”是“像金子一样的过去”，“对”是“手中的叶子”，相比之下，“错”更值钱。老师没有深讲，但我的理解是，对于生命成长来说，错误要比正确有价值。智者说，错误像柴，生命之水只有通过八万四千捆柴火才能烧开。但也有个别的字，我有不同看法，比如“知识”的“知”。老师说，“知”是射入口中的箭，是一种伤害，所以知识并不可爱。我对“知”的理解恰恰相反，我觉得它不是射入口中的箭，而是射出口中的箭。它的意思是说，话一出口，它的错误已经像射出的箭那样离题千里，不可收回，所谓“一言既出，驷马难追”是也。它事实上是一个圣人心中巨大的焦虑。它告诉我们，不要说，不要说，一说就是错。换句话说，就是语言永远无法抵达目的，要想借助语言表达，永远是一个遗憾。所以古人以“不立文字，以心传心”为心灵交流的理想方式。

不知出于什么考虑，老师讲完，主持课的张晓峰老师点名让我提个问题。我是个不善于在大众面前出头露面的人。而且一学期下来，主讲课的老师从来没有点过我的名，为什么恰在这堂课上要我提问？但老师点名了，就不好拂其意，让老师冷场。于是硬着头皮讲了自己对“知”的理解。不想，老师很赞同。但我马上想到，我又向老师，向五十位同学，向这个世界，射了一支无法收回的箭。

下课之后，就把这事忘了，但同学们却没有忘。我一开口说话，捣蛋的同学就说，不要说，不要说，一说就是错。后来，我还真不敢轻易说话，或者要说时，先要考虑一下这话是否必须要说。总之，有那么一段时间，我的话少了起来。

现在，我的手指在键盘上飞舞，在狂奔，在欢腾，在兴致勃发地"说"。我看到，有无数的箭经由我的十指，在我面前纷飞。我问自己，为什么要把这些箭射出去？为什么要给这个宁静的时空增添这些纷乱？

此后的一天，还是鲁院的课堂。一位英雄在给我们讲其英雄事迹。讲得如何暂且不说，但当听到他说中国的道家无非是两个玩意儿"一是长生不老，二是金枪不倒"时，我就不可忍受了，一种从未有过的冲动让我想站起来反驳，但又想这一做法可能给学校带来麻烦，不是一个好学生要做的。可我的屁股动员我离开，于是就离开了课堂。应该说，我是一个好学生，毕业时因为缺课少得到了学校的通报表扬，但是那堂课我没有听完，也是唯一一堂我没有听完的课。请原谅我的冒失，但把自己的本教用"玩意儿"称，我实在不敢恭维；把我们老祖先博大精深的"道"用"长生不老"和"金枪不倒"概括，我也不敢恭维。我知道自己的量级不够，不能捍卫真理，但我起码可以捍卫我的耳朵，我不想让这样不干净的句子弄脏了我的耳朵。

静下来后，我又想到了那个"知"，想到了"说"，既然"说"如此不可靠，为什么要如此介意一个人的信口雌黄？为什么要如此介意自己的耳朵？

苏东坡到金山寺和佛印禅师打坐参禅，觉得身心通畅，问禅师道，禅师，你看我坐的样子怎么样？佛印说，好庄严，像一尊佛！东坡听了非常高兴。佛印禅师接着问东坡道，学士，你看我坐的姿势怎么样？东坡从来不放过嘲弄佛印的机会，马上回答，像一堆牛粪！佛印禅师听了也很高兴。东坡见将佛印喻为牛粪，佛印竟无以为答，心中以为赢了佛印，于是逢人便说，我今天赢了。消息传到妹妹的耳中，妹妹问道，哥哥，你究竟是怎么赢了禅师的？东坡眉飞色舞神采飞扬地叙述了一遍。苏小妹听了哥哥得意的叙述之后，拍案大笑。东坡问，你笑什么？小妹说，你今天可是输惨了。东坡问，为什么？小妹说，亏你学佛多年，连一个基本的道理都不懂，佛理上不是说，境由心造，相由心生，心里是什么，看到的就是什么。人家心里是佛，看到的也是佛；你心里是牛粪，看到的当然是牛粪！东坡哑然。

一天，当我整理书柜，翻检自己十几年来发表的所谓作品的时候，再次想起这个故事，突然有种获罪的感觉。十余年就这样过去了，以写作的名义。这十余年来，我不知道都看到了些什么，又“说”了些什么。我不知道在我的“小妹”眼里，是输得多还是赢得多。真是诚惶诚恐。

喜欢一个人：六祖慧能。他是中国禅宗的实际开创人，他的学说是中国禅林典籍中唯一被称作经的，即著名的《六祖坛经》。它不但成为中国禅宗的一个杰出经典，也是东方文学艺术的一个重要方法论，中国许多著名文学艺术大家都从其中得到营养。但是有一个现象似乎没有引起人们的关注，那就是六祖慧能一字不识。一个一字不识的人，能够成为中国禅宗的开创人，其学说为历代高级知识分子仰视，不能不说是一个值得研究的现象。按照现今的逻辑，他是一个最没有经过“说”的训练的人，也就是最没有资格“说”的人，但他的“说”却恰恰使听者大欢喜。为什么？

由此我再次想到“知识”，想到那些箭。经由技术超越技术，是一个方法论的问题，最终也是世界观的问题，更是一个立判凡圣的分水岭。就像一头狮子，它没有学过武术，但是学过武术的人不一定打得过它。

路逢剑客须呈剑，不是诗人莫献诗。细想起来，写作者的幸运也是剑的幸运，同样，写作者的烦恼也是剑的烦恼。一个人，在路上，怀揣一把天命之剑，苦苦寻觅，寻觅那个识剑者，生生世世。直到一天，一双慧眼出现了，像道路一样出现在持剑者面前，那是一双宿命的慧眼，像剑一样把剑照亮，也把持剑人的泪水照亮。持剑人便到达，剑的“说”便到达。一把剑，就这样涉过了它宿命的茫茫大海，完成了它的“说”！

从此得渡。

欸乃欸乃！

但我依然不明白的是：是剑得渡，还是持剑人得渡？

文学的祝福性

在北欧访问的时候，有一位学者问我，为什么你的文字总是那么安详温暖，是否有意规避现实？我告诉他，恰恰相反，那正是中国真正的现实，如果把中华民族看成一棵参天大树，它的根部正是安详温暖，否则，就无法保持五千多年的生命力。我的文字只是向此靠近，远没有表达出她真正的魅力。他又问，那又如何理解文学的批判功能？我说，在我理解，文学除了教科书上讲的认识、教育、审美、娱乐、批判等功能外，应该还有一个更加重要的功能，那就是祝福功能。近些年，我收集到了许多事例，证明了这一点。

我们村上有两位小伙，一同闯世界，一位因犯罪被判八年，另一位因为偶然读到两本书而走上自强不息的道路，二〇一〇年还被评为孝亲模范。当那位被判八年的小伙子从狱中出来，这位因两本书而脱胎换骨的青年，孩子已经六岁了，这是多么让人悲伤的人生画面。几年来，我坚持和这位服刑的小伙子通信，发现他十分单纯，只是喜欢模仿一些书上的情节逞能。读着他的来信，我想，写这些书的作家是否想过，他们的文字可以把一个孩子送进牢狱？

细想起来，这是一个再简单不过的常识，人的心灵是一个田野，任何进入眼睛的信息都会成为一粒种子，这些种子构成人的潜意识，而人的行动是由潜意识支配的。古人甚至认为，潜意识具有异地成熟性，我们今天读到的一句话，可能在很多年之后开花结果。当一个人在关键时候脑海中闪过“执子之手，与子偕老”，他对婚姻是一种态度；如果闪过“不在乎天长地久，只在乎曾经拥有”，可能就是另一种态度。还有那些寻短见者，很可能是当年读过的一本书或者一首诗成为他轻生的推力。也看到一些报道，某电视剧播出后，有不少小孩模仿剧情上吊，差点儿闹出人命。据报，现在自杀人数已经远远超过交通事故的死亡人数，如此惊人的数字，除了全民焦虑的大背景之外，恐怕和传媒有很大的关系，而这些传媒的底本，却是文学。

曾有这样的体会：看到别人有好事，心生嫉妒时，赶快起诵《太上感应篇》中的“见人之得，如己之得”，就释然；送别人一件东西，不久又后悔了，赶快起诵《太上感应篇》中的“与人不追悔”，就释然；帮了别人一个忙，却未得到对方的感谢，心里不快，赶快起诵《太上感应篇》中的“施恩不图报”，就释然；想起曾经伤害过自己的人，心里不免会有怨恨，赶快起诵《弟子规》中的“恩欲报，怨欲忘；报怨短，报恩长”，就释然。可见潜意识中的句子对人的解脱作用。

另一个常识告诉我们，一个人在接受了欲望的诱导后，必须要寻找欲望的出路，那么满足欲望的行为就发生了。以性行为为例，在不少文章中看到，许多人的第一次性冲动都是在阅读（大阅读）中发生的。现在，全球每年有四千五百万人堕胎，有近七万人死于堕胎，不少为未婚青少年，这些青少年在性行为前，难道没有受过不良信息诱导？如果有，制造这些不良信息的同志是否想过，正是他们间接地给这些青少年制造了不幸？

祝福功能必定来自祝福性。在第二十二届图博会上，有位出版家说，他认为书没有好坏标准。我说书绝对有好坏标准，一个孩子走丢了，有责任感的人应该把他带回家，但也有人在干着拐卖的事，如果我们承认在带回家和拐卖之间有价值差别，我们就要承认书是有好坏标准的，因为有些书就是把读者带回家的，有些书就是把读者带离家园甚至拐卖的。一本书让人读完，就有孝敬的冲动、尊师的冲动、节约的冲动、环保的冲动、感恩的冲动、爱的冲动，无疑是好书，相反，自然是坏书。

也有人说，文学毕竟是文学，不是教育学，没必要让它承担教化义务。在我看来，这无异于说，菜不是主食，没必要讲究卫生一样。因为无论是主食还是菜，我们的孩子都在吃。

如果看过江本胜先生的《水知道答案》，我们就知道祝福不但是一种心理存在，还是一种物理存在，那么，接受一部带着祝福心态创作的作品，无疑就是自我保健，接受一部带着怨恨仇视心态创作的作品，无疑就是自我伤害。

我认为，要想保证文学的祝福性，写作动机和出版动机显得非常关键。就像为了孩子成长，有些父母也可能打孩子、骂孩子，但他的出发点都是为了孩子好。有些人尽管甜言蜜语，却会把孩子带向歧途。所以说，一本书有没有祝福性，关键要看作家和出版家的动机。如果我们在下笔时，在出版时，心中没有读者，只有利润，祝福性是很难保证的。

那么，我们应该带着怎样的动机写作？依我浅见，“父母心肠”是一个底线。带着“父母心肠”写作，带着“父母心肠”出版，应该是作家和出版家最基本的品质。

在拙著《农历》的创作谈中，我写了这么一段话：“奢望着能够写这么一本书，它既是天下父母推荐给孩子看的书，又是天下孩子推荐给父母看的书，它既能给大地带来安详，又能给读者带来吉祥，进入眼帘它是花朵，进入心灵它是根，我不敢说《农历》就是这样一本书，但我按照这个目标努力了。”为了尽可能接近这个标准，我反复修改书稿。书稿排版后，我仍然让出版社寄来校样修改，同时复印多份，让同事、朋友包括妻儿看，对于他们提出的不妥之处，我基本都做了修正，一次又一次，直到第六次时，编辑说他做了几十年编辑，出了几百本书，没有见过像我这样追求完美的，他实在没有耐心再给我寄了，我才作罢，否则大概还要修改第七次、第八次……《寻找安详》等书也同样。这些拙著出版后有不少读者批量义捐，让我更加坚信，心灵感应是存在的。

当然，也有即使拥有“父母心肠”也难下手的时候，这时，找到一个基本原则就显得特别关键。在我看来，能给读者提供正能量，是祝福的下线；能够打开读者本有的光明，是祝福的中线；能够把读者带进根本快乐，是祝福的上线。

而要“唤醒”他人，唤者要首先“醒来”。同样，要想保证文字的祝福性，写作者自己首先要拥有祝福力，最起码，要把生活方式变成祝福方式。只有把生活方式变成祝福方式，才能让我们的想象力成为有根之木、有源之水，也才能真正保证我们的真诚心和敬畏心。一个人如果没有登到山顶，肯定是无法描述真正登到山顶的体会的。因此，要写一本让读者“一览众山小”的书，作者就必须先登到山顶。现代社会之所以有那么多伪幸福学的书，就是因为写作者自己都没有找到幸福，却在大谈幸福，当然不能解决读者的心灵疾患。阅读也同样，一个没有登到山顶的人，也是无法理解“一览众山小”的境界的。人们之所以感叹读不懂经典，正是因为我们没有按经典去生活。也许有人会说，作家不可能把所有生活都体验到，这是事实，但生活虽然不同，爱的成熟度却可以类比。就像古人登到泰山之顶，我们登到华山之顶一样，最关键的是，我们都要登到山顶。见过大孝子王希海父亲的人都惊讶，一位卧床二十多年的植物人，身上居然没有疮痕，原来二十多年来，王希海都是把手放在父亲身下睡觉，当他感觉手掌被压麻了时，就给父亲翻身。如果没有实行，只凭想象，是很难写出这种孝敬方式的。

依我浅见，要想保证文字的祝福性，写什么比怎么写更重要，大米再简单地做，也是大米，沙石再精心地做，也是沙石。

依我浅见，要想提高文字的祝福性，方向比细节更重要，高速列车走错了路，显然要比牛车走错了路的麻烦大得多。

依我浅见，要想提高文字的祝福性，安全性比精彩性更重要，原子弹投向人群显然要比石子投向人群更可怕。一部作品能给读者带来祝福，发行量越大越好，否则，发行量越大危害越大。

真快乐零成本

打开每天的报纸、网站、电视，重要位置多被天灾人祸占着，触目惊心。而这些天灾人祸又以惊人的速度更新着，人们甚至来不及记住标题，就被新的天灾人祸顶掉。就连天灾人祸都是如此匆忙，如此席不暇暖。为什么？在我看来，天灾是因为自然失去了安详，人祸是因为人心失去了安详。为此，二○○六年我提出了“安详生活”的理念，并尝试着进行了一些实践。人们的欢迎程度大大出乎我的意料，在安详的影响下，不少问题学生得以改变，不少问题家庭得以改变，不少心灵疾患得以痊愈。讲稿《寻找安详》也被一位受益者推荐给中华书局出版，并且成为畅销书。

安详之所以如此受到大家欢迎，大概是因为它正好应对了现代人最大的痛苦。现代人最大的痛苦是什么？在我看来，一是无家可归，二是找不到回家的路。想想看，当你漂泊一生，回到老家，却发现那个家已经不在，那是一种什么感觉；想想看，当你身处迷宫，却总是找不到出路，那是一种什么感觉；想想看，当你身陷沙漠，不辨东西与南北，又是一种什么感觉。

食品危机，健康危机，感情危机，安全危机，教育危机，文化危机，环境危机等，说穿了都是“归属危机”。因为找不到一条回家的路，人们从未有过的慌乱和空虚。为了填充这种慌乱和空虚，只有以加倍的速度来掩饰，只有以拼命的忙碌来掩饰，只有以财富的积累来掩饰；好抓着速度、忙碌和财富让生命暂时逃避掉这种要命的空虚和慌乱。生命进入一个巨大的两难：要么被速度累垮，要么被焦虑击垮。最后，速度本身又成为一个焦虑。生命的高速公路上，残骸历历。更有一种人，因为迷失日久，他们压根儿就不记得还有一个家，或者压根儿就不相信还有一个家，也不相信有一条回家的路。因此，他们以速度为家，以效率为家，以欲望的满足为家。利益的最大化成为他们生命的全部。为了这个利益最大化，不少人直至把车开到不择手段那条道上去。请问，不择手段会给这个社会带来什么？又会给这个不择手段的人带来什么？尽管大家都明白这是在沙漠上盖房子，在火上筑巢，知道这是蒸沙成饭，但是别无选择。没有谁愿意把车开出高速公路。谁都明白要看风景就得先把车从高速公路上开下来，但是那个刹车已经失灵。

在我看来，是四种飓风把现代人带离家园。一是泛滥的物质，二是泛滥的传媒，三是泛滥的速度，四是泛滥的欲望。泛滥的物质抢占了人们的精神，泛滥的传媒抢占了人们的眼睛，泛滥的速度抢占了人们的时间，泛滥的欲望抢占了人们的灵魂。这四者攻守同盟，狼狈为奸，陷套并设，圈人圈地，最后织就一个天罗地网，让天下无辜难以幸免，难以逃脱，难以挣脱。四种飓风之所以能够得逞，一个十分重要的原因，就是安详的缺席。因为安详的缺失，人们一点儿免疫力都没有，一点儿办法都没有。就像一条被投进滚锅的鱼，除了在烈火沸水中挣扎，别无他法。烈火沸水一般的焦虑将会成为远比艾滋病和癌症更让人们束手无策的集体疾患。而消除这种焦虑的唯一办法就是回家。但是我们已经找不到回家的路。安详就是想给现代人指出一条回家的路，而且是一条最近的路，是能够让生活和回家并行不悖的路，是不管你现在在任何方位，都可以随时切入的路，一条适合现代人的可操作的路。

在此我想真诚地告诉大家的是：回到快乐老家是可能的，回到全然的喜悦是可能的，是和现代社会不矛盾的，只要我们找到那把钥匙。因为它在许多人的身上发生了。我的体验是：快乐不在别处，快乐就在我们身上，快乐就是我们自己。生存的成本之所以加大，就是因为人们寻找快乐的成本加大，就是因为人们修筑寻找快乐道路的成本加大，就是因为人们修造寻找快乐车船的成本加大。当一个人能在“这里”“这一刻”“这一个”“这一口”“这一步”“这一声”中找到最大的快乐，那么他就不会耗费大量的“燃油”千辛万苦地到远方去寻觅。我们自己本身就是快乐的矿藏，幸福的矿藏，财富的矿藏，但是我们却要舍近求远。这个“灯下黑”真是天下再大不过的冤枉。因为这个弥天大冤，一些人可能直到终年，也不知道快乐是什么，也不知道如何回到我们“本身”，回到快乐之源。埋藏在本体的这一份最为宝贵的矿藏就永远成为一个沉睡，天下难道还有比这更遗憾的事情吗？

安详不是别的，安详正是快乐的方法论。它让我们从伪快乐回到真实快乐，从寻找快乐回到在现场打开快乐，直接享受快乐；坦然地活着，健康地活着，唯美地活着，低成本甚至是零成本地活着；喜悦着，快乐着，幸福着，满足着。同时又是最高质量地活着。

快乐是生命的意义，是生命无上的尊严，也是生命最大的动力。如果一个人从孝敬中体会不到快乐，那么孝敬就无法走远，如果一个人从尊重老师中体会不到快乐，那么尊师重道的倡导就会成为一纸空文，如果一个人从奉献中体会不到快乐，那么奉献就会成为一种作秀，如果一个官员从廉洁中体会不到快乐，那么反腐倡廉就会永远成为一个难题，你要让官员不贪就要让他找到一个比贪更快乐的东西，你要让一个孩子不学坏就要让他找到比学坏更快乐的东西，追求快乐是人的本能。

我孝敬是因为我快乐，我尊师是因为我快乐，我学习是因为我快乐，我环保是因为我快乐，我奉献是因为我快乐，我安详是因为我快乐，同样，我读诵是因为我快乐。这既是生命的意义所在，也是道德的意义所在，也是真善行的真动机。否则，道德就有可能是一个虚伪和欺骗，学问就有可能是一个虚伪和欺骗，生命就有可能是一个虚伪和欺骗。

安详本身就是喜悦。就像月光，无论照在谁家的屋顶上，它的清辉都是皎洁的；就像清泉，你用什么勺子舀出来，用什么杯子去喝，它的味道都是一样的，都是甘醇的。

请问，除了喜悦，我们还要实现什么？

我们追求财富，不就是追求财富带来的喜悦吗？

我们追求爱情，不就是追求爱情带来的喜悦吗？

我们追求荣誉，不就是追求荣誉带来的喜悦吗？

可是，如果我们在当下就能让喜悦充满，我们为什么还要舍近求远？

如果我们和安详错过，就是和喜悦错过，和时间错过，就是最终和生命错过。生命就成了一个大大的亏损。不管我们绘制多么宏伟的蓝图，从事多么伟大的事业，如果属于喜悦的账面上有出无进，那么我们肯定在和生命错过。

现代人的共同体会是离幸福越来越远。却不知从欲望中寻找幸福犹如缘木求鱼，用物质解决心灵疾患犹如拿油灭火。刺激欲望不但不会解决我们的心灵饥渴，反而火上浇油，只有水一般纯净的安详才能真正浇灭燃烧在人们心头的火焰。

一列列车，如果方向正确，速度越快越好；假如相反，越快越糟糕。细节决定成败，方向更加决定成败。生命的绚烂和精彩，快乐和幸福，固然来自细节，更来自一个正确的方向。对于生命来说，安详既是目的，又是方向。

如果一个人向外寻找幸福，生生世世也找不到幸福。现代人犯的一个最大的错误是本身就开着幸福的车子，却满世界寻找幸福，最后把车子都开爆了，最终却和幸福擦肩而过。当一个人内心存有安详，仅仅从一餐一饮、半丝半缕中，就可以感受到世界上最大的幸福。否则，即使他拥有世界，也可能和幸福无缘。因此，安详既能给富人提供心灵着陆，又能给穷人提供心灵温暖。中华民族的古传统是向“内”寻找幸福，因为幸福就是我们“本身”，只是我们已经习惯了向“外”看，那束天生的打量幸福的目光已经永久睡眠。正因为这种向“内”寻找幸福的文化，造就了中华民族五千年的辉煌和灿烂，也造就了中华民族五千年基本的社会稳定和安宁。

安详是一条离家最近的路，也是家本身；安详是全然的喜悦，无条件的快乐；安详既是生命的方向，也是生命的目的。

让我们一同在安详中获得生命的尊严和幸福。

想写一本吉祥之书

编辑约我就《农历》写篇创作谈，不敢推辞，但对于拙著本身，心想还是留待读者评判，在此仅就农历的贵重，谈些浅见。

“农历”是中华民族的底气

我把《农历》的写作视为一次行孝。因为在我看来，农历是中华民族的根基、底气、基因、暖床。昔日，侵略者可以摧毁中华大地上所有的建筑，但无法摧毁农历；时间可以让岩石风化，但无法风化农历。“农历精神”无疑是中华民族的生命力所在、凝聚力所在，也是魅力所在。

和先祖相比，现代人的“营养”很不平衡，“体质”很寒，动不动就“感冒”、就“生病”，究其原因，就是接不上“天气”和“地气”了，久而久之，“元气”大伤。而一个人要想恢复元气，就得首先接上天气和地气。农历正是向人间运送天气和地气的，是告诉人们如何才能接上天气和地气的。

我不反对外来文化，但现在的问题是，中华文明本有的一些文化精华被淹没、被轻视，主体营养在沉睡。正如我不反对西方节日，但我也不赞成忽视自己的节日。国家近年来倡导“过好我们的节日”，倡导“经典诵读”，真是英明至极。想想看，一个人把自家的地荒着，却去种别人家的地，这个人是不是有问题？

民间传统比经典传统更牢靠

依我陋见，中华传统文化主要由两部分组成，一部分是经典传统，另一部分是民间传统。经典传统固然重要，但民间传统更重要。因为经典只有化在民间，成为气候，成为地力，才能成为营养，也才能保有生命力，否则就只是一些华美的句段，也不牢靠。民间是大地，是土壤，经典是大地上的植物。只要大地在，就会有根在，只要有根在，就会春来草自青。

经典传统是可以断裂的，但是民间传统不会断裂。焚书坑儒时代，经典传统断裂了，但是民间传统没有断裂；“文革”十年，经典传统断裂了，但是民间传统没有断裂。民间传统就像水，再锋利的刀，也是无法斩断河流的。如果说农历是一个民族的命脉，那么“农历精神”就是一个人的血脉。一个民族，如果有强大的民间传统，就会永远屹立于世界民族之林，一个人，如果有强大的“农历精神”，就会随处结祥云。

从这个意义上说，农历才是真正的中国符号。

“农历精神”比“农历”更重要

诚然，我们可能无法回到农历时代，但是我们完全可以找回“农历精神”。只要每一个人心中还有“农历”，还有“农历精神”，那么这个人就拥有了健康之根、快乐之本、幸福之源。国家和民族也同样。因为“农历”本质上是生命力的“统觉”，是“与天地合其德，与日月合其明，与四时合其序，与鬼神合其吉凶”。这个“合”，在我看来就是“顺”，而“顺”，就是“利”，即所谓“顺利”。但现在的情况是，我们已经不知道如何去“顺”，于是天灾人祸成了每天新闻的主角，依我浅见，天灾是因为大地失去了“农历”，人祸是因为人心失去了“农历精神”。

近年来，在走进农历的过程中，我渐渐低下了自己一度十分骄傲的头，弯下了自己一度十分自负的腰，“农历”如一面镜子，让我看到了自己的狭隘、自私、自恋。在《农历》之《中元》一节中，我把《目连救母》一出戏全部搬了进来，因为它让我看到了古人的心量，也看到了古代文化人的心量。在我看来，它事实上是东方“救文化”的寓言，目连所救的，不单单是自己的母亲，更是大地母亲、自然母亲、斯文母亲、仁爱母亲。而《目连救母》作为一出戏，世世传唱，代代完善，却没有作者署名，这样的“作家”，该是多么让人崇敬。因此，对我来说，《农历》的写作还是一次深深的忏悔。

“祝福”比“批判”更有效

农历是另一个大自然，在这个大自然里，有天然的世界、天然的岁月、天然的大地、天然的哲学、天然的美学、天然的文学、天然的教育、天然的传承、天然的祝福。这个“天然”，也许就是“天意”。而“天意”，在我看来，就是“如意”，“吉祥如意”就是从此而来。

而作为一本书的《农历》，它首先是一个祝福，对岁月的、对大地的、对恩人的、对读者的。同时，我还在想，小说是要为“现实”负责，但更应为“心灵”服务，就像“点灯时分”，把灯点亮才是关键，至于用哪个厂家生产的火柴，并不是十分需要考究的。

“农历”的品质是无私，是奉献，是感恩，是敬畏，是养成，是化育。一个真正在“农历”中自然长大的孩子，他的品行已经成就；反过来，做父母的要想让孩子养成孝、敬、惜、感恩、敬畏、爱的品质，就要懂得“农历”，学会“农历”，应用“农历”。“农历”是一个大课堂，它是一种不教之教。就像一个人，当他一旦踏上有轨列车，就再也不需要惦记走错路，列车自会把他送到目的地，因为它是“有轨列车”。“农历”就是这个“轨”，它既是一条人格之轨，也是一条祝福之轨，更是一条幸福之轨。它的左轨是吉祥，右轨是如意。

看完《农历》，读者就会知道，其中的十五个节日，每个都有一个主题，它是古人为我们开发的十五种生命必不可少的营养素，也是古人为后人精心设计的十五种“化育”课。古人早就知道，“化育”比“灌输”更有用，“养成”比“治疗”更关键。

因此，关于《农历》，我说过这样一段话——

奢望着能够写这么一本书：它既是天下父母推荐给孩子读的书，也是天下孩子推荐给父母读的书，它既能给大地增益安详，又能给读者带来吉祥，进入眼帘它是花朵，进入心灵它是根。我不敢说《农历》就是这样一本书，但是我按照这个目标努力了。

提防不洁的文字

茶杯刚用完就洗，在清水中冲一下就可以了；但是过上一会儿，就需要茶巾了；再久一些，茶巾都没办法了。

这让我蓦然想到时间。结在杯子上的，不是茶垢，而是时间，一种非当下的时间。

由此想到古人为什么强调要回到当下，因为回到当下是对时间的最大礼敬，而延误了的时间即变成了“业”，它的功能是“障”，这也许就是民间“业障”一词的含义吧。再漂亮的杯子，由业所障，也变得丑陋了，甚至失去本来面目。

由此又想到神秀的偈：“身是菩提树，心如明镜台，时时勤拂拭，莫使染尘埃。”

因为有慧能对比，曾经觉得神秀不怎么地。但是现在看来，神秀已经了不得了，而且他的药方可能更适合我们。因为更多的人根本无法做到真空，而只要“有”在，就不可能不染尘，因此还是“时时勤拂拭”靠得住。

“菩提本无树，明镜亦非台，本来无一物，何处染尘埃”，妙是妙，却让我们无法企及。

明珠之所以蒙尘是因为它没有一双除尘的手，为此明珠不明。

那么生命呢？一个双手被绑的人是无法自己松绑的，就像一支沉睡的蜡烛无法自燃。为此，“对方”就显得重要，火种就显得重要，已经解脱的人就显得重要。

沉睡何尝不是另一种尘垢，绳子何尝不是另一种尘垢？

它是何时落在我们身上的呢？

我们又是如何落入它的圈套中的呢？

我们找不到答案，因为我们的心上满是尘垢。

尘是最不起眼的东西，最容易让人忽略的东西，但正是这种不起眼，我们被不知不觉蒙上了眼睛。一双蒙尘的眼睛当然看不到真相。

一颗蒙尘的心灵呢？

尘是落的，垢是结的；尘是无法避免的，垢是可以避免的。因此，尘可以借助吹气扫除，垢则需要水了。

这让人不由想到水，假如这个世界上没有水？

剩下的话都无须说了。

水，一个多么盛大的慈悲。

水不能洗水，尘不能染尘。

太喜欢这个句子了。一个多深、多大的奥妙啊！

水为什么不能洗水？因为水是无分别的，准确些说是无法分别的，更为准确些说是同体相生的。它是“一”。一滴脏了，所有都脏了。水是无法把其中的任何一滴脏水从中清除的，因为一即亿。

这个秘密真是太大了，大得让人胆战心惊。

那么怎么办呢？只有防微杜渐，只有从防做起。

这就回到尘，回到“小土”。

但尘几乎是无法避免的，为此除尘显得必需。

剩下的事情，就是除尘了。甚至可以说是全部，生命的全部。

尘为什么不能染尘？还是因为尘是无分别的，只要是尘，不论你是哪路来的，姓甚名谁，都是一样的。为此，尘就有机可乘。因为前尘，后尘得逞；因为后尘，前尘得逞。

这个天大的掩护，就打到底了。

只要是尘。

在我看来，这个世界上最可怕的尘垢，可能是不洁的文字。它们不经意落入我们的心田，积久成垢，再久成岩，洗也难了。

灵魂往往就是这么窒息的。

即使洁净的文字，假如不能变成水，也是灰尘之一种了。

为此，水性的文字才是地道的文字、善的文字。

而要把文字变成水，或者说让如水的文字流布人间，需要怎样的一种心泉？

由此观之，一直争论不休的真假文学之辩，也许就有了依据，同时也变得明了起来。

而尘是无法避免的，只要我们在时间里。

那么洗就成为生命的必须和必需。

那么水就成为生命的必须和必需。

那么如水的文字就成为生命的必须和必需。

那么生产净水的人就成为人类的必须和必需。

那么，文学还会死吗？

在尘境中寻找真境

先报告身份：我和文字都是行者。我是大行者，随我而行的文字是小行者。因为辛劳，小行者一次又一次地问我，你要把我带到哪里去？我说，寻找真境。小行者问，为什么要寻找真境？我说真境里有真实的快乐。

一天，当我带着小行者经过一个荷塘时，听到一阵笑声。驻足一看，发现一塘的莲都在笑我。好一阵羞愧，原来真境就在尘境里。之所以走了这么长的冤枉路，是因为我们的眼睛是被障着的。真境和尘境之间，其实就隔着一层尘。它有意障住你的视线，逗你玩儿。

如同小时候蒙着眼睛丢手绢。如果我们把睁着眼睛看作真境，那么蒙着眼睛跑圈儿就是尘境。如此说来，尘境比真境好玩儿？不好说。但可以肯定的是，借助于蒙着，我们体会到了揭开的快乐；借助于揭开，我们体会到了蒙着的快乐。为此，我们睡着又醒来，醒来又睡着，乐此不疲。

在睡和醒之间，哪个是真境哪个又是尘境呢？这是一道难题。当我们的眼睛永远被蒙上的那一刻，那块手绢又丢向哪里呢？又是一道难题。还有蒙我们眼睛的那个人，他是谁？他是什么时候到我们身后的？我们怎么就没有察觉呢？他是什么模样？还是一道难题。

孩子们不管这些，他们玩儿完丢手绢，又开始玩儿捉迷藏。借助于“藏”，他们体会“捉”的快乐；借助于“捉”，他们体会“藏”的快乐。那么，在“捉”和“藏”之间，哪个是尘境，哪个是真境呢？还是不好说。但有一点是肯定的，那就是当肚子饿了时，“捉”和“藏”都不能解决问题，他们这才想到妈妈。

而一些孩子因为玩兴大发，走得太远，等他们意识到天黑下来，已经找不到回家的路。怎么办呢？哭是没有用处的。有经验的孩子会静下来，倾听母亲唤归的声音，然后寻声回家；相对于这个“黑”，唤归的声音成了真境。如果听不到声音，那再静心观望哪个地方有灯火摇曳，然后跟光回家；相对于这个“黑”，灯火成了真境。没有“黑”我们无法看到灯火，没有“黑”我们也无法听到母亲唤归的声音；相反，没有灯火我们也看不到“黑”，没有母亲唤归的声音我们也听不到“黑”。

这时，灯火成为一种道路，唤归成为一种道路。对于走失的孩子，跟着灯火和唤归回家，成为最大的德行。

在“道路”上“德行”，世界上最美的意境就这样发生了。此刻的意境，已不是意境，而是一种道德。什么是真文学什么是伪文学，什么是善的文字什么是非善的文字，似乎也有了答案。如此，我们便明白如何才能为读者找到“真实”的快乐。

小行者又问，“真实”的快乐是什么？我说不知道。但我们可以用反证法寻找答案。孔子曰：朝闻道，夕死可矣。可见这个“道”高于生命，或者说比生命还贵重。由此可知，“真实”的快乐应该在“道”中。那么“道”是什么？还用反证法。释迦牟尼当年放着国王不做，而要去做一个苦行僧，按照常识，说明还有一个比财富、比美色、比权力更能给他带来快乐的东西。这是一种什么东西呢？无疑还是这个“道”。那么“道”在哪里呢？

孔子暮年，给他的高徒曾参说了一句带有总秘诀性质的话：吾道一以贯之。可见这个“道”和“一”有关联，差不多能够等量代换。那么什么是“一”呢？

曾参给他的师兄师弟的回答是：夫子之道，忠恕而已。那么，什么是“忠恕”呢？

孔子一生演说的，就是这两个字。依我浅见，这个“忠”就是不左不右的心，没有偏移的心，没有污染的心，没有遮蔽的心，没有走失的心，纯粹的心，故乡的心，原始的心，“人之初，性本善”的那个心。“忠”要让我们认识这个“心”，“恕”则是在我们认识这个“心”之后行动的总原则。按照最原初的那个“心”的本质、本意、指令去做事，就是“恕”。勉强说，就是按照“本善”去做事。勉强说，就是按照天意去做事。唯此，才能吉祥，才能如意。

显然，在认识这个“忠”之前，我们无法做到究竟的“恕”，因为盲人只能摸象。因此，要想真正做到“随心所欲而不逾矩”，我们就得睁开眼睛，否则我们所做的一切，都是盲人摸象，都在“恕”之外。

为此，让盲人获得光明就成了最大的“善”，因为只有盲人睁开眼睛才能看到“真”，看到“美”。可见“善”是“真”的途径，也是“美”的途径。自然，人生最大的快乐就在对“忠”的认识里，然后按此认识去“恕”，去行动。

认识这个“忠”，相当于我们在沉沉长夜燃得一灯，只有掌灯行动我们才不会走错路，不会碰壁，当然快乐。由此看来，认识“忠”成为问题的关键。

孔子讲得更多的是“恕”，释迦牟尼讲得更多的是“忠”。真是幸运，我们既有一盏“恕”的种灯，又有一盏“忠”的种灯，这个长长的灯的链条才得以延续，才不至于“万古如长夜”。

小行者说他知道了，道即真境，道路即意境。

我说好啊，可是，你真“知道”了吗？

不忘本原

透过重重叠叠的历史帐幔，我们会发现，不忘本原是中华民族保持生命力的重要秘诀。《论语》有言："君子务本，本立则道生。"而道本身就是生命力。所谓"道生一，一生二，二生三，三生万物"是也。这一点，在《记住乡愁》第二季的许多篇章中，都得到充分证明。

在四川姚坪羌寨村，但凡本原文化，无论是建筑、服饰还是歌舞，都被完整地保存了下来。三十多年来，王嘉俊一直在搜集整理与羌人生活有关的物品。2003 年，他在家里办起了以实物展示羌人日常生活的民俗博物馆。他认为，一个家庭要知道自己的祖先，一个民族要了解自己的历史。对羌族来讲，因为没有文字，这些实物就显得尤其重要。

这样的念古情结，在湖南双凤村则以跳"毛古斯舞"体现出来。从镜头中我们可以看到，那是一种对祖先当初生活状态的符号化描摹，是一部土家族的史诗长剧。在双凤村，还有一个奇怪的传统，那就是盖房要"偷"梁，但"偷"梁也要守规矩：小树不偷，古树不偷，名树不偷。一般选择杉树或者柏树，因为这类树木砍掉主干后，还会从根部长出新枝，十年左右就可成材。就是说，他们"偷"梁不伤本，因此，在这个村子里，有四百六十多年的古树还活着。

在四川宝胜村，我们看到，客家人对祖先的崇敬已经成为一种信仰。在任何时候，他们都认为今天拥有的一切都是祖先的恩赐。这种报恩心理，折射在文化活动上，就是常演不衰的川剧《清风亭》。此剧讲的是：薛荣妻妾不和，妾生之子被迫抛在荒郊，被以打草鞋为生的老人张元秀夫妻拾得，取名张继保，抚育成人。十三年后，张继保在清风亭被生母周氏带走。张元秀夫妻思儿成疾，每日到清风亭盼子归来。张继保得中状元，路过清风亭小憩。张老夫妻前往相认，但张继保忘恩负义，不肯相认，把老夫妻当成乞丐，只给他们二百钱。老夫妻悲愤已极，把铜钱打在他脸上，相继碰死在亭前。张继保也被暴雷殛死。

海南草塘村人干脆把西沙、中沙、南沙三沙称为祖宗海，每年都要举行大规模的祭海活动，渔民每次出海前也会自发举行祭祀仪式。八十岁的苏承芬老人不惜用一个多月的时间制作一艘帆船模型，以此怀念帆船岁月，同时让后代子孙感念祖德。在他看来，没有祖德，就没有子孙们的今天。他在南海闯荡五十余年，从未发生过迷航，正是凭着祖先流传下来的航海罗盘和手抄《更路簿》。

广西门头村的石牌古训是不忘本原的另一种方式，在村民心里产生的诫勉和约束力，一定意义上大过法律法规，所谓“石牌大过天”。想想看，一块石牌立在村口，村民进进出出都要看着它，久而久之就会刻在心底。“种木护村，做善积福，毁木霸地，作恶遭祸，天地有眼，会有报应。”当这样的句子一旦成为人们的集体意识，那将是一种怎样的自觉力量。成年礼上，老师会问学生：我们的传统，我们的古训，你依不依。学生回答：我们的传统，我们的古训，我们要永远遵从。通过这种一问一答的形式，让年轻人牢记古训，就像发誓一样。这些誓言，作为一种敬畏力，将一直伴随着他们成长。在节目中，我们看到，门头村人不但熟记这些古训，还把它生活化。比如，瑶医采药时遵从的“积留”原则。不挖采幼苗，能取秆的草药，绝不取根，绝不采光挖尽。采完药，瑶医还要在采摘地撒上一小把白米，酬谢山林恩赐，祈愿药到病除。救治好病人后，瑶医还要进山答谢，以“挖一种二”的方式对大自然进行补偿。正是这种“积留”的观念，让大瑶山的中草药取之不尽，用之不竭，成为广西最大的药用植物园，也让大瑶山四万多公顷的成片森林，成为广西最大的水源林。态度决定生态，敬畏涵养生机。最能体现这种生机的，就是长寿。在金秀瑶族自治县全县十五万人口中，百岁以上的老人有十四位，九十岁以上的有三百多人，八十岁以上的有两千多人，成为中国有名的长寿之乡。

在贵州占里村，流传着这样一句话："山林是主，人是客"。意即山林是永恒的主人，人们只是匆匆的过客。正是应了这句话，这里的森林覆盖率达到百分之七十。每年农历二月初一，占里村的人们都要吹芦笙、唱大歌，盛装绕寨、祭石盟誓："第一条，每家只生一男一女，不准任何人多生；第二条，村外的风水树、大树、古树、不准任何人砍伐……"占里人知道，他们今天的生活不仅得益于祖先的庇佑，更得益于千百年来与自然和谐共生的寨规约束。

《华严经》中讲："不忘初心，方得始终。"如果说以上村落的故事让我们从时间线看到了不忘本原的价值，那么台湾宝藏岩村则让我们从空间界面感受到本原的重要。该村居民来自大陆的十几个省，他们长时间远离故土，毗邻而居，形成了一种独特的传统：每隔两个月就要举办一次"一家一菜"活动，每户人家都要做一道最擅长的家乡菜，拼凑成一桌宴席，让村人共享。看上去是"一家一菜"，骨子里却是一菜一根。宝藏人把对生命本原的追思，暗藏在杯盘里。除此之外，宝藏人还有另一种安妥心灵的方式，那就是寺庙。许多群体性活动，都借寺庙完成。逢年过节，宝藏人都会聚集在庙里，一起做饭，一起祭祀，一起庆祝，俨然一个大家庭。因为远离故土，没有祠堂家庙，宝藏岩寺就成了村民们安放祖先灵位的地方。"在两岸对峙的日子里，通讯完全隔绝，看不到回家希望的白玉生在台湾又娶妻生子。二十世纪八十年代末，台湾当局终于同意老兵回乡探亲，白玉生立刻提出了申请。"这段再朴素不过的解说词所传达出的生命况味，真是让人心痛。

在新疆天山山脉中部，有一片广袤的巴音布鲁克草原，草原上有一个流动的村庄，名叫赛罕托海村，汉语意为"美丽的山谷"。这里是东归的土尔扈特后裔的聚居地。他们常常将一句老话挂在嘴边："牛羊离不开草原，江河离不开源泉，土尔扈特人离不开东方的故土"。这一句简单的话语，却蕴含了一段充满血泪的东归壮举。为了铭记这段悲壮的历史，也为了缅怀和祭奠先祖，土尔扈特人用"重走东归路"的方式，将先祖们不远万里回归故土的壮举，以及他们曾经付出的巨大牺牲，世世代代牢记于心。三百多年前，土尔扈特先祖离开故土，向西游牧到伏尔加河下游，并在那里建立起游牧民族的封建汗廷。到了十八世纪中叶，沙俄征召土尔扈特人加入军队，卷入连年战争，同时，还强迫他们放弃佛教信仰，改信东正教，引起族人的强烈反抗。为了摆脱沙俄压迫，当时的首领渥巴锡汗决定发动武装起义。

一七七一年一月，渥巴锡放火烧掉自己的木制宫殿，带领族人义无反顾地踏上重返故土的征程，向着东方前进。经过八个月的艰难跋涉，土尔扈特部终于到达家园，而出发时的十七万人仅余不足七万。土尔扈特族的东归之举得到清朝政府的高度重视和关注，乾隆皇帝在承德接见了渥巴锡汗，把一块最为丰美的草原赐予他们作为繁衍生息之地。受祖先的英雄壮举感染，大学毕业后，桑巴特没有留在大都市，而是回到了家乡工作，主动参与到东归实景剧的编排之中，为此，他多次走访村里老人，四处收集资料，短短三个月时间，就正式向游客演出了。“草原再大，却没有放私心的地方”，当一个人没有私心时，自然会返本归原。

江西西湖李家村的故事，作为电视节目播出时，片名就是《不忘本原》。“水有源，木有本，人有祖，其来久已，而流长则派别，不溯其流则失其源，祖盛则人众，不序其谱则昧其祖。”这是《李氏宗谱》明代修谱小引中的一段话。正如村民李国英所说：“家谱是一个宝，它有特异功能，它有凝聚人心的功能，为什么呢？不管你来自哪里，只要我们是供一本家谱，供一个源流，我们就是一家人，万里关山都割不断，一见就如故。”当人们从家谱中得知，他的祖先是唐太宗李世民的三子李恪的后裔，老子李耳、名将李广、唐高宗李渊都是他们的先祖时，那该是一种怎样的自豪。该村人甚至把历史上杰出的李氏族人的事迹和为人处世的格言镌刻在村庄各家各户的门楣上，以激励后代。在中国历史上，无论是立于朝堂之上的高官、征战沙场的将军，还是富甲一方的商贾，年老之后都要告老还乡、解甲归田，在古人看来，这是人生“归根复命”的重要环节。在西湖李家村，这样古老的传统仍在延续。南昌市原市长李豆罗卸任后，立即回到故乡，给自己起了个雅号“青岚农夫”，过上了日出而作、日落而息的日子。在他看来，自己原本就是农民出身，退休后回来当农民，算是遵从“不忘本原”的祖训了。“不论你飞多高，不论你走多远，不论你职务多高，不论你赚钱多少，起根发苗在这里，落叶归根还在这里，这就是本原，操存本原，不忘本原。”在李豆罗的倡议下，西湖李家村口牌楼上镌刻了“操存本原”四个大字。这是陇西李氏族谱中记载的祖训之一。这四个字源于孔子所说“操则存，舍则亡，出入无时，莫知其乡，惟心至谓也”。孔子把本原看作事物的根脉和做人的基本道德准则，告诫人们要恪守本原，否则行为无常，不知家在何处，更会心无着落。李森永的先祖六百多年前迁往台湾，在当地延续了二十多代，抗日战争中，李氏宗谱不慎遗失。半个多世纪以来，李森永的父亲常常思乡念祖，临终时嘱托他，一定要找到故乡，续接上族谱。为了完成父亲的夙愿，最近几年，李森永把自己的公司交给了儿子管理，和妻子不断往返大陆寻根问祖。

行文至此，不由得想起《道德经》中的一段话：“万物并作，吾以观复。夫物芸芸，各归其根。归根曰静，静曰复命。复命曰常，知常曰明。不知常，妄作，凶。知常容，容乃公，公乃全，全乃天，天乃道，道乃久，没身不殆。”

所重全名节

在《寻找安详》中，我曾讲过这样一个观点："要想让人们离开低层次生命状态，必须给他找到一个高层次的出路。追求喜悦是人的本能，当一个人尝到高层次喜悦，低层次快乐会自动停止。"在总结古人各种说法的基础上，我把人的生命状态概括为五个层面：物我、身我、情我、德我、本我。

"物我"的人，认同物质是"我"，这一类人特别在乎物质，对财富的占有欲极强；"身我"的人，认同身体是"我"，这一类人特别在乎身体，对身体的保健意识极强；"情我"的人，认同情感是"我"，这一类人特别在乎情感，对情感的质量要求极高；"德我"的人，认同道德是"我"，这一类人特别在乎道德，非常注重人格的完善，儒家讲的"杀身成仁，舍生取义"，就是这个层面；"本我"的人，认同本体是"我"，这一类人已经超越了前四个层面，活在一种无善无恶的清净状态里。

从能量的角度来讲，"我"的认同度越高，能量指数越高，能量指数越高，幸福指数就越高。对照一下心理学家霍金斯的能量级，我们会发现，一个人的自我认同到道德层面后，他的生命能量是前三个层面的很多倍，由此，我们就会知道为什么那些特别有道德感的大家族往往兴旺发达。

从常识角度，我们也好理解，物质认同的人，他的生命能量是跟感官相连的，而跟感官相连，能量肯定会漏掉。因为感官本身就是能量漏失的通道，看东西的时候能量从眼睛漏掉了，听声音的时候能量从耳朵漏掉了，尝味道的时候能量从舌头漏掉了，抚摸的时候能量从手上漏掉了。道德认同的人，能量就保持在一个相对稳定的基本无漏的水平面上了，生命就成为一个精气神的聚宝盆。

前三个层面的认同，随着心量的变化会变化。比如，有些人，他特别认同物质，但认同的是公家的物质，又飙上去了，保家卫国，就更不一样了，物质认同又变成道德认同了。比如，一些人，他特别认同情感，但他维护的是一段人间真情，那又成了道德认同了。如果说，我要把我的身体维护好，不是为了我享受，不是为了长寿，而是为了孝敬老人，报效国家，又变成道德认同了。

古往今来，为什么人们都要强调道德呢？这是相对于下面三个层面来讲的。因为“本我”一般的人够不着。事实上，“德我”和“本我”基本上是一体两面了，从人格的完成上来讲，它已经接近圆满了。

认同度高一级，对下面的那一级就会轻松看破，幸福指数就提高一级，幸福指数跟我们的看破放下成正比。这时候我们就能够理解，古人为什么要讲“君子忧道不忧贫”，为什么讲“朝闻道，夕死可矣”。早晨听到道，晚上死了都可以了。为什么呢？找到了最高一级的认同，而且掌握了最高一级认同，下面的可以忽略了，不屑一顾了。

如果我们依次建立一个纵坐标，物质认同、身体认同、情感认同、道德认同、本体认同。认同度越高，能量越高。我们再以心量建立一个横坐标，心量越大，能量越大。一分的心量对应一级认同，是个小圆；二分的心量对应二级认同，是个大圆；三分的心量对应三级认同，是个更大的圆。如果哪一天我的心量变得跟天地一样大，认同到达本我，就是天长地久的圆，就是心想事成的圆。为什么呢？我们的能量自由度到达理想状态，就像一个人到了天地间最大的面粉厂里，想做多大的蛋糕，就做多大的蛋糕，想做多大的面包，就做多大的面包。空间障碍没有了，时间障碍没有了，真正的自由境界就到来了。

这就是古人为什么孜孜以求君子人格的原因。这时，我们就能够理解清朝李玉的一句话，“一身轻似叶，所重全名节”。也就能够理解历史上那些白雪肝肠、坚冰骨骼的英雄人物了。

在由中宣部、广电总局、住建部、国家文物局组织实施，央视组织拍摄的中华文化传承工程百集大型纪录片《记住乡愁》第一季中，我们看到了太多的实例。

在诸葛村繁衍生息的孔明后人自不必说，他们以先祖一千七百多年前结庐隆中、晴耕雨读、养性励志、治学修身、后逢明主，尽忠效力、披肝沥胆、鞠躬尽瘁、死而后已为榜样，在医药、建筑、机械等诸多方面，做出了杰出成就。单拿医药事业来说，明清以来，诸葛村人把两百多家中药房开到了东南沿海各省并远赴港澳，成就了“天一堂”等一批金字招牌。武侯“淡泊明志，宁静致远”的思想，在他们身上多有体现。

广西江头村生活着理学鼻祖周敦颐的后人，他们世世代代坚守着莲之品格，清白做人。周履谦是清朝乾隆时期的举人，历任知县、知州等官职，以“贪一文断子绝孙”自律，在四川为官期间，勤政廉洁，传授灰土粪田法，解决了农田病虫害，受到当地百姓的爱戴。寿终身无分文，当地人民凑钱为他买了棺材，专程把他送回故乡。曾经在县政府部门担任秘书的周崇德原本可以推荐儿子参加县里的招工，但他考虑如果这样做有营私之嫌，终未同意，至今三个儿子还在家务农。

在浙江仙居李宅村，我们看到，明人嘉靖七年李一翰乡试中举，官至都察院左副都御史，负责监察工作。他为官三十年，廉洁公正，勤正爱民，史书称他“一尘不滓”，至死“囊无长物”。第十六代裔李镭担任粮长，遇交不起粮食的，即用自家粮食代交，以免乡民为此流放。耄耋老人李桂鉴四十年为村人义务送邮，没有出现过漏送，足见其心之细之诚，其修身功夫，可见一斑。

在深圳鹏城村，我们看到，一个村子居然出了十三位将军，被称为“将军村”。有着六百多年抗击外来侵略英勇保卫祖国的历史。“文官愿为清吏瘦，武将敢当沙场卒”。无论是和林则徐一起英勇抗击倭寇的广东全省水师军务提督赖恩爵，还是东江纵队情报员黄月娣，还是牺牲时年仅二十七岁的传奇英雄刘黑仔，还是转战大江南北的著名革命将领罗贵，都将生死置之度外，一心保家卫国。受此精神激励，留学国外的罗海岳做出了一个令很多人意想不到的决定，回到中国投身公益事业，成为中国留学生爱心助学基金创始人。

在黑龙江街津口村，我们看到，抗日战争期间，涌现出了很多奋勇杀敌的赫哲人，沉重地打击了进犯的日军，就连女人和孩子都驾着小船给抗联运送弹药，翻山越岭传递情报。七星岗战斗中，赫哲族军队激战三天三夜，打死打伤鬼子数百人，其中尤山、尤江两兄弟打死打伤鬼子近百名。为了把赫哲人赶尽杀绝，日军强行把他们集中起来分成几个部落，赶到离江边一百多公里的沼泽地生活，企图用这种方法困死赫哲人。但是赫哲人顽强地存活下来。抗战胜利后，赫哲族人口从一千七百人下降到不足三百人。

在福建培田村，我们看到，在上海生活多年的吴初兴，并没有在大都市中寻找到归属感。随着年龄的增长，他渐渐萌生了回乡生活的念头，也越来越想为家乡做出自己的一份贡献。二〇一三年，吴初兴开始行动，他先从恢复家乡的传统文化做起，召集几位老人商量如何修复南山书院，并在村里开办文化大讲堂。

这种当下中国最需要的还乡行动，在《记住乡愁》第一季中，不乏其人。贵州岜沙村的滚水格就是一个突出典型。同许多偏僻乡村的青年人一样，他带着对外面世界的向往，高中毕业后即去广东打工，但一年后，他却选择了回家。他说，我觉得外面没我们这边好，虽然我们这里经济比较困难，但是我们能够知足，自己种的米饭自己吃，自己织的布自己穿。而且大家都互相认识，走到哪里，大家都能互相问候一声。这一切都有一种家的味道，我就想过这种有家的味道的生活，就不愿在外面待了。从本质上来讲，这也是追求一种“全名节”的生活，这种“节”来自对生命的正确认识。

同样，因为身处远离城镇的大山之中，湖南石堰坪形成了一种完全自给自足的社会模式。粮食产自土地，古老的油坊直到今天还在出油，铁匠铺按照生产需要锻造出各式的劳动工具，篾匠包揽了村庄的一部分生产生活用品。人们活得安恬舒适，悠然自得。这种自尊、自在、自足、自愿的生活，不正是所有仁人志士视身为轻视节为重苦心营造并誓死保卫的吗？不正是最值得我们现代人深情守望的乡愁吗？

记住乡愁，就是记住春天

记住乡愁，就是记住社稷。

记住乡愁，就是记住祖宗。

记住乡愁，就是记住恩情。

记住乡愁，就是记住根本。

记住乡愁，就是记住春天。

这是我做百集大型纪录片《记住乡愁》文字统筹时脑海中一遍遍闪过的句子。二○一四年十二月二十六日，《记住乡愁》开播通气会在梅地亚中心举行，到了现场，我才知道，由中宣部、住房和城乡建设部、国家新闻出版广电总局、国家文物局组织实施，中央电视台组织拍摄的百集大型纪录片《记住乡愁》将于二○一五年一月一日正式开播。

这真是一出再好不过的元旦献礼。

中宣部领导和中央电视台台长到会讲话，听得出，他们都很激动。

看着一出出唯美又感人的样片，我再也止不住热泪，心里充满了对决策者、支持者和拍摄者的无限敬意。

大地和岁月终于等来了这一天，华夏儿女终于等来了这一天。

尘封了百年的传统文化实体，将以百集纪录片的形式重回岁月和大地。这无疑是民族之福，社稷之福。文化虚无主义者，如果认真看了这些节目，一定会走出虚无；丧失民族自信心的人，如果认真看了这些节目，一定会重新找回民族自信；道德悲观主义者，如果认真看了这些节目，一定会重新找回乐观；

迷茫无助的人，如果认真看了这些节目，一定会重新找回方向。

这些节目，既是一出出生命大题，又是一份份绝好的答卷。

格物、致知、诚意、正心、修身、齐家、治国、平天下。这道大题，在这一百个考场里，一次次展开，一次次收起，仁心写，义举答，子子孙孙答不够，一答就是百千年。这种耐心，这种淡定，这种安详，如果没有巨大的幸福感做支持，如何可能？

从中，我看到，但凡得高分的家族，村落，他们都有着共同的遵守，那就是，他们没有忘记国家社稷，没有忘记祖先，没有忘记恩情，没有丢掉根本。

但凡兴旺的家族，都有家谱、祠堂、祖训。

但凡兴旺的家族，都在像守着生命一样守着这些家谱、祠堂、祖训。

仁义礼智信，孝悌勤俭廉，在这些土地上，已经化为人们的思维方式、成长方式、生活方式、工作方式。

从中，我看到了真正的励志；从中，我看到了真正的制度；从中，我才真正理解了什么叫师道尊严；从中，我才真正懂得了什么叫商道贾德。

当你发现晋商成功的秘密并不在经营里，徽商成功的诀窍并不在谋略里，你的心里该是一种如何的震撼。当你发现幸福原来就在五常十义里，甚至就在一餐一饮里，一草一木里，你的心里该是一种如何的震撼。

看着这些台本，我突然觉得，人类一旦没有故乡的概念，一切病相就要来了，现代人生活在城里，没有的一个共同的地理凝聚力，房子常常在换，漂泊感就来了，漂泊感带来无根感，无根感带来焦虑。人的目光一直是断的，思想就是断的，能量就是断的，不像古人，不管走多远，心系故乡，能量是全的，长的，满的。

中华民族近当代之所以遭受巨大苦难，有多种原因，但废止祭礼是最重要的原因之一，如果我们承认潜意识的永恒性，我们就要承认祖先的存在，承认祖先的存在，我们就要承认祭祀的重要。而现代科学已经证明，潜意识是永恒的，否则催眠治疗就无从说起。既然潜意识永恒，那么祖先的潜意识就永恒，祭祀就成为我们从祖先那里获得生命能量的通道。

甘肃哈南村的故事读得人泪眼婆娑，这是一个把忠自觉化的村落，忠于国家，忠于单位，忠于自然，忠于内心。战时，他们把忠用于卫国，和时，他们把忠移于建设。据《哈南朱氏族谱》记载，明初时，朱氏祖先立下赫赫战功，家族中不断涌现出忠君爱国的将领，从那时起，朱氏后人便把“忠勇传家”作为家规祖训写进了族谱。在历史上，朱氏一族先后有十一人为国捐躯，从军报国也就成为哈南村的传统。每当外敌入侵的时候，“母送儿，妻送郎，父子争相上战场”催人泪下的场面，就会在这个小村庄里出现。汶川地震后，哈南村成为重建速度最快的村落，就是因为忠字效应。

在安徽屏山村，我看到，明嘉靖年间，舒善天进京赶考，高中探花。衣锦还乡之际，发现相依为命的老母病倒家中，便弃官侍母，直至终年。还是屏山村，我看到，在电影《一江春水向东流》中成功地塑造了“抗战夫人”王丽珍的人民艺术家舒秀文，当年一个月挣三十块大洋，会把二十五块寄到家里。

在浙江杨家堂村的故事中，我看到，一个医生，早晨起来，先要巡视一圈，看到家家烟囱里都在冒烟，他就放心了，否则一定要上门问询，这是何等美丽的人间热肠。一个医生，遇到穷人，不但不收钱，还要倒贴钱，这是何等美丽的人间风景。

还是杨家堂村，我看到，这一天，宋宏堂挑着柴准备去县城卖，走到半路坐在凉亭休息，意外捡到一个包裹，摸摸里面似乎有一些银两，于是宋宏堂就坐在凉亭里等，来往的人问起来，他只是说坐在这里休息。直到一个衢州商人满面愁容地走来，一副欲哭无泪的样子，宋宏堂断定这就是丢了包裹的人，经细问果然不出所料。衢州商人打开包裹，里面有两千两银票和部分银两，看到自己多年的积蓄完好如初，不禁流下了眼泪。就是这样的一个缘起，让他成为失主的学徒，开始了他的生意旅程，最终成为巨商。多么浪漫的商道。

在山西静升村，我看到，王氏十六世祖王寅德和人合伙做生意，对方早亡，他能够把属于对方的钱分文不少地还给人家后代，这是多厚的德行。王家不发，没有道理。第二十世祖王廷仪，当年的当铺小伙计，不忍把还有一天就到期的翡翠手镯卖给洋人，托词钥匙找不到了，这是多么美的一出人间智慧大戏，小人物演的大爱之戏。这一刻，小伙计心里除了商业诚信，还有爱国之心，不能让祖国的东西流失到洋人手里；更有怜悯之心，一般来讲，手镯是一个女人最爱之物，多是夫君所赐，是爱情的见证，万不得已，是没有人拿出来当的。如果第二天，主人来，镯已不在，该是多么伤心啊。现在，小伙计以计成全了这一美事，这心多厚啊。天不助这样的人家发家，没有道理。做月饼的吴丽霞家，其父为什么那么在乎月饼切开后的匀称，也不单单是月饼的品相，而是考察做月饼的人心是否匀称，心匀称，手下的活无不匀称，心不匀称，手下的活难以匀称。为此，其父宁可把过了保质期的月饼卖给猪厂，也绝不减价给人。此心多厚啊。天不助此人，没有道理。

非常庆幸，能够为这一巨大工程做文字统筹，我甚至觉得，即使为此累倒在现场，也值得。

在这间名叫如家的宾馆里，在看一出出台本的时候，我就像是在给祖先的老屋拂尘，给祖先的德容擦灰，给祖先的衣襟掸土。

我是那么急切地想等到下一出，又是那么紧张地看着每一出，一遍不够，两遍不够。

好多出节目看完，我的键盘上都会落下一个不肖子孙的滴滴热泪。就连晚上做梦，都在乡愁之中。

作为炎黄子孙，我们是多么幸运，我们有这么伟大的传统，这么优秀的祖先，这么智慧的文化，这么可爱的同胞。

作为一个作家，我是多么幸运，能够以这种方式，亲近我们伟大的传统，为祖先尽上一份小小的孝心。

在这些节目中，我看到的孝悌忠信礼义廉耻故事，远比在任何一部小说中读到的都精彩，它超出了我的想象。如果没有这四十个摄制组长达九个月的艰辛打捞，任凭他们被淹没，流失，这对中华民族来说，将是何等的损失。

有了这一百集，我们就可以回答，人类将来要走向何方。

有了这一百集，我们就可以回答，我们的子孙将来要向哪里去。

有了这一百集，我们就有了底气。孔子不但是中国人，而且还活在大地上，正在以乡愁的方式。端午不但是中国的，而且还美丽在大地上，正在以乡愁的方式。从中，我看到了二十四孝的现代版，看到了精忠报国的现代版，他们有名有姓，有脸有面。

有了这一百集，我们就能够回答人们的叩问：三鹿奶，红心蛋，地沟油，瘦肉精，我们还能吃什么；天价药，过度疗，小悦悦，楼脆脆，我们还能乐什么；周老虎，躲猫猫，假慈善，卢美美，我们还能信什么；范跑跑，韩抄抄，假作真，钱规则，我们还能做什么。

此刻，我会非常自信地告诉问者，只要我们把根留住，只要我们回到根那里，这一切，都将不是问题。因为春来草自青。草的答案不在草本身，而在春那里。

乡愁中的传统，传统中的乡愁，正是我们一刻都不能离开的春风。

听书时代和家庭课堂

一

用了两个月的时间把潇箫读《寻找安详》和“中华文化大讲堂”主播雅清的访谈版《寻找安详》连载完了，每天早上六点发早课，晚上十点发晚课，为了发早课，早上不敢睡过头，即使晚上熬夜赶稿子，早上也一定要六点前起来，就像当年每早惦记着给小家伙熬粥一样。其间有两次中断，一次是母亲一周年祭日，没有开手机，一次是利用假期在淄博张店教育系统连着讲了两天课，为了保持讲课状态没有开手机。其余日子基本按时发布。起初是为了鼓励潇箫，后来就变成一种约定。一个自己跟自己的约定。从未有过地体会到一种守约的美好。两次旷工，有不少朋友来信问今天为什么没有发音频，才知有不少朋友每天都在听，就更加督促我按时发布。

天长日久，对潇箫和雅清的敬意油然而生。自己只是转发，尚且需要毅力，他们每天要读一篇文章，这该需要一种怎样的心劲儿。如果不是出于钟爱，真是不可能坚持下来。而潇箫发愿，要把我的所有书全部录完。

经过两个月的推荐，全国许多传统文化平台都把潇箫读中华书局出版的《寻找安详》《醒来》和雅清的访谈版《寻找安详》作为课程。雅清的访谈已经覆盖全国并向全球辐射，被中宣部文明网推荐，这是有家国情怀的专业播音员加同样有家国情怀的传统文化平台联手打造的中华文化推广品牌。更加具有推广意义的是潇箫，潇箫是一名企业家，从未受过专业朗诵训练，纯粹是凭着一腔热情，用最天然最原始的声音朗读自己钟爱的文字，目的只是在做家务、开车、走路的时间见缝插针地收听。她自己受益后，还分享给亲朋好友，不想被口耳相传，接着就有了粉团，后来又被许多传统文化平台作为课程，这一大多数人如果愿意都可以完成的学习方式，在今天，尤其值得赞许和推广。

最近不断有消息反馈给我，全国各地有不少人都在收听潇箫的朗诵中受益，或者夫妻关系改善、家庭矛盾缓解；或者同事关系改善、邻里对抗和解；或者焦虑解除，甚至有人因之走出抑郁；等等。

突然发现，原来也有不少读者因为阅读拙著取得上述效果，但是不像最近这么密集。这让我们意识到，一个全新的听书时代已经到来。

由此想到，现在国家倡导全民阅读，潇箫的方式值得推荐。遂在朋友圈分享了这一做法，果然应者云集。这又让我萌生了通过权威媒体，把它介绍给全国读者的想法。愿更多的读者能够像潇箫一样，在喧嚣的生活中闹中取静，手捧一本自己喜欢的书，进入朗读带来的芬芳和美丽，也愿更多的听众通过听书这种可以和忙碌生活水乳交融的方式，在潇箫和雅清他们至为温暖又至为清凉的声音中，享受生命的安详和喜悦！

二

最近妻子用河北同道刘娜寄来的小音箱听潇箫录制的《寻找安详》和《醒来》，因为是移动音箱，她在哪屋干活，就拿到哪屋。一个多月前，在我的鼓励下，几位妻侄到“寻找安详小课堂”听课，听了几次，感觉很有收获，来跟我分享，我就又鼓励他们建立了一个家族学习群，名为“田家大院好学风好家风好作风”，让大妻侄女做班主任，让一位在宁夏医学院上大学的侄子做班长，组织大家学习，几位长辈也加入了，同时邀请我的侄媳和外甥加入。

班主任在众多可选课程中，选定唐山企业家潇箫读的《寻找安详》《醒来》和央视纪录片《记住乡愁》作为每天的学习内容。也就是古人讲的早晚课。早课听《寻找安详》《醒来》各一节，晚课看《记住乡愁》一集。从《了凡四训》中选了一段话：“有益于人是善，有益于己是恶。有益于人，则殴人詈人皆善也；有益于己，则礼人敬人皆恶也。是故人之行善，利人者公，公则为真；利己者私，私则为假。”每天早晚用微信语音朗读，以此签到，也督促大家早起。从挑选的这段能量朗读，可见他们的心量，不说别的，每天把这段话读一遍，天长日久，焦虑的人也会放松许多。

接着制定了群规，其中特别要求，不得发和课程分享无关的内容。他给大家讲，学习群不能杂，杂了大家心就乱了，很有见地。进群学习的有二十一人。但是很快就出现了违反群规的事，每有犯者，班长就发一次群规。其中他的姐姐三次违犯，他三次警告，姐姐接下来就发文道歉，接着我爱人也发文道歉，因为她首先发了和课程内容无关的视频。而且结合课程，反省更深刻，用小孩子过马路作比，把能不能遵守规矩上升到品质修养甚至是否可以保证生命安全的高度。还有一点，也许对今天众多的学习群都有借鉴意义，那就是在没有人监督的情况下，是否能够自己监督自己，这正是一个人用功的地方，也是获得进步的地方。既然班长规定了课程，如果没有如实学习，那就是自欺欺人，也就没有做到儒家讲的君子慎独。但是又有一个问题，平时她又不能用手机听，因为一拿手机，小家伙就要看手机。一天，她的智慧来了，把刘娜寄的小音箱翻出来，连在手机上，一边干活一边听，一天可以听好几遍。让我也跟着沾光，自己写得一些文字，被自家太太反复听，心里当然美滋滋的，就用主动洗锅打扫卫生回敬。

一个月下来，效果出乎意料地好！

一位曾经被焦虑折磨的侄女说：“这几天感觉心空了，脑子空了，肩膀也空了，也不知道是不是就是学习安详后所要经历的过程，这种感觉真的很舒服，没有了焦虑、忧虑，没有了不安、急躁，就算稍有心绪不宁，也会转瞬即逝。发现自己在和别人说话的时候也顺其自然地平和，自己平和了，觉得别人也很随和，都是暖暖的笑容满面。之前的时候会给自己一个暗示，自从学了安详，对人对事一下子自然了。”

她又一天分享：“今天和老妈坐在一起谈心，说了自己的醒悟，老妈好高兴，说以前给你们讲，你们总是听不进去，现在觉悟了就好了。很简单的话语，却让我觉得自己以前很不应该，父母这么大年纪了，还在为我们操心，嘴上不说，可他们心里的那种煎熬和担心，我们做儿女的没有看透，真的是错了。老妈对不起。我给老妈说以前发生了那么多事，我为了家，为了孩子回来了，可是人回来了，心没有回来，魂没有回来，每天浑浑噩噩地过着；现在学习寻找安详，静心，自己终于彻底醒来了，我回来了，这次是人回来了，心魂一起都回来了。从老妈的脸上能看出那份喜悦，可自己带给父母的喜悦来得太迟了。”

又一天，她分享：“今天去小课堂听课，亲爱的老爸老妈也去了。老妈不识字，听老妈说她就在家放碟片看，然后积极地也要来小课堂，因为她听了后改变了很多，不和老爸拌嘴顶杠了，老爸在她的影响下脾气也缓和了，两位老人看到自己的孩子在学习寻找安详后的变化，很是欣慰，我也在爸妈的脸上看到了久违了的祥和。”

曾经一位沉溺于游戏不能自拔的上大学的妻侄分享说：“小姑今天给我打电话说这几天的生活是不是很充实，的确充实。没有像以前感觉无聊的挠心抓肺那样。小姑还问我是不是不打游戏了。现在不用打游戏打发时间，可以克制不让游戏左右我的情绪和心情了。以前游戏输了，我会低落好半天，有时候还会生气。当我发现了有意义的事情，就不会为其他因素所左右。”

又一天，他又分享：“安详的学习就像充电宝，在自己濒临困惑之际给我续航，给我方向，每一天自我控制的能量会渐渐降低，当我整理大家的分享之后能量补充，心灵就会无比地轻松。每天都会有两难的时候，面对许多事情，在没有当下时我们会纠结，而在当下时做这些就会顺心顺意，而在这之后每一刻就都快乐，快乐是智慧和创造的源泉。身为大学生的我们，很是迷茫，焦虑在所难免，上课时我们无时无刻不在玩手机，除了这一部分剩下的人大多数是在睡觉，听课的人寥寥无几。好多人谈对象都很快分手，理由千奇百怪，在我看来都是因为不在当下，谈对象的相互指责、怀疑，等待别人的爱，现在的我们连自己都不会爱，又怎么去爱别人。从现在起，我要学会抓住生活的细节，去除把自己带离当下的思维惯性，拥抱他人的好意，活在安详里，以积极的态度度过每一刻。”

大姑分享说：“孩子叛逆，不是孩子出问题了，而是父母出问题了。就像身体的某个部位不舒服，病根不在这个部位，而在它的源头。源头就是根，孩子像花果，花蔫了、果落了，要用心修根，只知道掏心掏肺给孩子，是叶面施肥，救不了根本。父母检点自己的力量，真是不可思议。父母真诚地检查自己的错误行为，在孩子身上就会产生很大的改变。”

侄媳分享快乐和喜悦的区别：“快乐是表面现象，而喜悦是发自内心的知足常乐，我们常常羡慕别人，寻找所谓的幸福，其实幸福就在我们身边，那就是知足，只要不贪心，感觉什么时候都是喜悦的、幸福的，以前自己想要的太多，太贪心，总感觉自己的日子过得不如别人，现在想想都是不知足的表现。”

还有的同学说她自从进入“田家大院”学习，就没有和先生生过气，有的说她能看到家人的长处了，有的说她知道如何处理婆媳关系了，有的说自从她开始学习，孩子暴躁的脾气也渐渐变柔和了，等等。一天，年过古稀的孩子他大舅来感谢我们，说几个孩子变化很大，几家人都受益了，并表示，他和老伴儿也要加入学习。孩子他大舅母要了一包我的光盘，说是要送给她的娘家人看，并表示要自己买好 DVD，送给他们。第二周，他们老两口真的到小课堂听课去了。

我突然意识到，这是习主席倡导的家风建设的好方式啊，应该介绍给更多的人知道，让一些有条件的家庭和家族效仿。从全民阅读的角度讲，这才是永不结束的全民阅读日。

后记 好散文当是生命必需品

好散文当是生命必需品。当散文像食物一样成为人们每天不可缺少的精神必需品时，自会繁荣。身体没有食物提供营养会垮掉，灵魂没有“食物”作营养也会垮掉。身体需要每天三顿饭作保障，灵魂同样需要。这也就是古人为什么有早晚课的原因。明白这个道理之后，我开始实验，近半年来，获益很大。每当诵读，状态好时，全身舒坦，口有清香，舌下有甜甜的津液产生，如品佳茗。需要说明的是，这样的美好感觉只有诵读才能得到，就是说，对于选定的经典，先不要理解它的意思，只是把字音读准，文句读顺，在直觉状态读即可。如果读进去，会有不忍释卷之感，总想待在那种纯粹的读的美妙状态之中。如果某一天没有诵读，一天都会觉得没有精神。后来觉得，这样的早读比早点都要重要。它还有一个好处，就是提醒我们如何度过一天，经典成了我们一天生活的线路图，依此行事，可以免去许多错误。晚上再读，对照检查今天是否有做错的事。如此天长日久，我们会发现，灵魂比以前干净了一些。

好散文当需无菌作业。去年以来，我基本停止了传统意义上的写作，但我每天在写反省日记，越写越喜悦。因为我想，当我自己还很假时，大概写不出真正真的文字，而一种文字如果真不起来，是不可能真正打动读者的。比如今天，因为我没有带水杯，服务员用一次性杯子给我倒了水，就浪费了一个一次性杯子。晚上，我就要在反省日记上作检讨。也许大家会说，郭文斌你太作秀了吧，浪费一个一次性杯子有什么要紧的。但在我看来，这个问题很严重，因为它让我的生命中少了一个圆满。在我看来，节约整个地球的资源和节约一个一次性杯子虽在事上有大小，但在心上没有大小，因为都是一个节约的心。有许多错误，正是在不间断的反省日记写作中改掉的。比如，吃零食的毛病，天天检讨却天天犯，但时间久了，就觉得这样天天检讨实在不好意思了，第二天，就下决心把它改掉了。再如，上班期间，当我有一天终于做到了公事用公家电话，私事用个人电话时，觉得生命有了一个重大超越，晚上在反省日记上写下这件事时觉得很光荣很喜悦。这样的文字，我不知道是不是散文，但是我觉得很真，如果将来我愿意交给出版社，相信读者也会喜欢。

好散文当有改造力。近年来，我收集到了大量正能量的文字改变读者命运的案例。我们村上的两位青年，其中一位因为犯罪被判了八年，另一位却因为读到两本好书走上改过自新的道路，这个故事，我写在《文学的祝福性》一文中。去年，一位朋友的孩子出了问题，很严重，严重到她都准备辞职专门在家看护孩子。就在她快要绝望的时候，有人告诉她试着读一些正能量的经典，向孩子表达祝福，她就试着去做，奇迹出现了，孩子真的渐渐地好转起来，今年居然以高出他们省重点分数线七十多分的成绩考到一所重点大学。这件事给我的震动很大，它让我想到，古人所讲的祝福不单单是一种形式。后来看“霍金斯能量级表”，才知道人的生命观本身就是能量，那么，文学观也不应例外。表的下限是二十，上限是一千，分水岭是二百，之上产生的情绪对世界有积极影响，之下产生的情绪对世界有消极影响。个体生命是如此，文化产品也如此。而研究发现，绝大多数流行文化对应的能量在二百之下。那么，在浩如烟海的文学作品中，能量级在二百以上的又有多少呢？因此，我们要让散文真正繁荣起来，散文本身重要，但写作者的价值观可能更重要。因为一个能量级在三百之上的人，相当于九万个在二百之下的人。因此，我们的崇高感提高一分，慈悲感提高一分，喜悦感提高一分，也许会多赢得成千上万的读者。